W0320255

La memoria

1005

Alicia Giménez-Bartlett,
Marco Malvaldi, Antonio Manzini,
Santo Piazzese, Francesco Recami,
Gaetano Savatteri

Turisti in giallo

Sellerio editore
Palermo

2015 © Sellerio editore via Siracusa 50 Palermo
e-mail: info@sellerio.it
www.sellerio.it

2015 luglio terza edizione

Per il racconto di Alicia Giménez-Bartlett «Una mala mujer»
© Alicia Giménez-Bartlett, 2015
Traduzione di Maria Nicola

Questo volume è stato stampato su carta Palatina prodotta dalle Cartiere di Fabriano con materie prime provenienti da gestione forestale sostenibile.

Turisti in giallo. - Palermo: Sellerio, 2015.
(La memoria ; 1005)
EAN 978-88-389-3376-9
853.914 CDD-22

CIP - *Biblioteca centrale della Regione siciliana «Alberto Bombace»*

Turisti in giallo

Antonio Manzini

Castore e Polluce

A Marco Dell'Omo

Lasciata la macchina, a Saint-Jacques, avevano iniziato la salita inerpicandosi fra i boschi carichi di neve. Carlo Polenghi, Sandro Biamonte e Ludovico Venier seguivano il sentiero segnato respirando a pieni polmoni l'aria rarefatta. La Pasqua era vicina ma di neve ce n'era ancora tanta. Pochi erano gli escursionisti che si avventuravano per quei picchi, la maggior parte si accontentava delle piste da sci. Loro no. Carlo Sandro e Ludovico avevano programmato la salita al Polluce, 4.092 mt s.l.m. da circa due mesi. In pieno inverno, quando i turisti della roccia non c'erano e a salire lassù erano i più preparati e i più coraggiosi. Le piccozze sbattevano contro le borracce. I caschetti ben annodati allo zaino riflettevano la luce del sole che era appena spuntato fra la coltre di nuvole. Il tempo prometteva bene per il giorno dopo, quando cioè avrebbero attaccato la parete, e l'eccitazione si accordava al ritmo dei loro passi. Ludovico masticava la gomma americana compulsivamente. Era un rumore fastidioso, ma i due colleghi non erano riusciti a fargliela sputare. «Mi calma...» diceva. Preferivano sopportare quel rumore che i nervi non sempre saldi di Ludovico. In studio dove lavoravano gomito a gomito erano riusciti a evitare quel tramestio costante. Carlo, che aveva da poco compiuto i 50, non ne voleva sapere. Rovinava la concentrazione. Disegnare e creare progetti per gli arredi interni richiedeva calma, attenzione e ore di lavoro al tavolo. D'accordo con Sandro, il vice capo, avevano vietato sigarette, gomme da masticare, caffè e telefonate personali. «Quando si disegna è come stare in chiesa» diceva Carlo coi suoi occhi ardenti verde smeraldo, «avete mai visto uno che in chiesa va a pregare con il cellulare acceso?».

Finito il passaggio in mezzo ai boschi, raggiunsero l'altopiano, poi si inerpicarono verso il rifugio Mezzalama per l'ammazzacristiani, un sentiero ripido che l'estate segava le gambe dei trekker poco allenati, ora che la neve lo ricopriva c'era anche il rischio di scivolare. Dovevano procedere a passo lento, cadenzato. Solo il giorno prima erano nei loro uffici di Biella a chiudere l'affare della loro vita, e i polmoni ancora non si erano abituati all'altitudine. Passo dopo passo Carlo Polenghi apriva la marcia seguito da Sandro, chiudeva il terzetto Ludovico, il meno capace ma con un talento innato e un amore per la montagna che sopperiva alla sua inesperienza.

«Che meraviglia...» disse Carlo fermandosi a guardare il panorama. Le nuvole s'erano fermate intorno alla corona delle cime innevate. Il silenzio era talmente profondo da risultare rumoroso. Lontano un rombo cupo avvertiva che forse, da qualche parte, una piccola slavina s'era lasciata andare su qualche pendio. I ghiacciai davanti a loro erano splendidi. Turchesi come acqua di un paese tropicale, le rocce che spuntavano punteggiavano il manto bianco di macchie nere. Su in alto si scorgeva il costone dove era costruito il rifugio Mezzalama a più di tremila metri.

«Stanotte ci fermiamo lì?» chiese Ludovico ciancicando la gomma.

«No. Saliamo alle Guide d'Ayas. 3.420 metri. È lì che dormiamo!» rispose Sandro.

«Ti sei portato il pigiamino?».

Sandro e Carlo risero.

«Sì, con gli orsacchiotti e gli alberi di natale. Ma andate a cagare!».

«Ludovi', guarda che su la gomma la sputi però!».

«Sì sì, la sputo... che palle!».

Ripresero la salita concentrandosi solo sui passi e su dove mettevano i piedi. Sotto la neve c'erano le rocce e prima di poggiarci il peso dovevano assicurarsi non ci fosse il ghiaccio. Una caduta lì non era cosa pericolosa, ma avrebbe sicuramente leso l'amor proprio, ammaccato la dignità e sarebbe stata occasione di prese in giro per i mesi a venire.

«Fra un po' comincia il ghiacciaio... ci mettiamo i ramponi» avvertì Carlo.

«Va bene».

Ludovico non rispose. In quel momento suonò il cellulare.

«Nooo» gridò Carlo Polenghi. «Chi è?».

Era quello di Sandro. Fermarono l'ascesa. Non avrebbe mai risposto, il divieto c'era nello studio di progettazione come lassù, in mezzo alle meraviglie della natura, ma era un'urgenza, una telefonata che tutti e tre aspettavano da un momento all'altro. Ne andava del loro futuro.

«Sì? Dimmi, Loredana...» si mise in ascolto. Gli altri due cercavano di interpretare la faccia di Sandro seminascosta dal cappello di pile. Loredana era la segretaria personale di Sandro e Carlo. «Mmh... mmh... sì...».

Ludovico guardò Carlo. «Embè?».

«E che ne so Ludo... è lui che parla!».

«Bene, benissimo. Ti richiamo io». Sandro chiuse la telefonata, con calma mise il cellulare nella tasca. Sapeva che i due fremevano di curiosità, ma ci godeva a prendersi tutto il tempo a disposizione prima di parlare.

«Sandro, se non parli ti prendo a piccozzate!» disse Carlo.

«Il direttore della Velvet Airways ha firmato! Il lavoro è nostro!».

«Sììììììì» urlarono tutti e tre e si abbracciarono. Cominciarono a saltellare sulle rocce, Carlo mise un piede in fallo e scivolò a terra. Non aveva importanza. Gli altri gli si fiondarono addosso e si abbracciarono sul terreno, come calciatori dopo un goal.

«Evvai!».

«Grandi!».

Il progetto di ristrutturazione di tutti gli interni dei charter e delle sedi negli aeroporti era loro. Un affare di qualche milione di euro. Lo studio Polenghi e associati ormai entrava di diritto fra i grandi della città. Fra tre anni ci sarebbe stata l'Expo 2015, in lizza per i lavori adesso c'erano anche loro! Carlo Polenghi aveva realizzato il sogno di una vita. Sandro coi suoi baffoni sporchi di neve aveva le lacrime agli occhi. «Glielo faccio vedere io a quello stronzo di mio padre!» disse pulendosi il naso. Che dall'alto dei suoi uffici finanziari e delle sue frequentazioni non aveva mai creduto in lui, nel suo lavoro. «Sandrino» gli disse Carlo, «a 43 anni ancora pensi a tuo padre? Hai due figli e una moglie. Pensa a loro, no?».

«Meglio di no!» intervenne Ludovico. «Che sennò gli succhiano tutta la sua parte di soldi!». Risero ancora. Si rassettarono guardandosi felici negli occhi. «Lo studio Polenghi e company...» mormorò Carlo. «Ce l'abbiamo fatta, amici miei!».

«Torniamo a noi. Il Polluce ci aspetta!» disse Sandro rincalcandosi il berretto.

Ancora un paio di pacche poi la fila indiana riprese l'anabasi verso il rifugio Mezzalama.

Si fermarono per poco in quella casetta incastonata nelle rocce per proseguire la marcia attraversando il ghiacciaio. D'estate pericoloso per la presenza di crepacci, l'inverno per il freddo e il gelo. La temperatura era calata sensibilmente e i tre alpinisti proseguivano in silenzio, risparmiando il fiato. Perfino Ludovico s'era messo la gomma americana tra i denti e evitava di masticarla. I ramponi mordevano la neve, e si sentiva solo il rumore dei ferri ad ogni passo, quello della piccozza contro il casco, lo sciacquare dell'acqua nella borraccia. Poi si unì un vento freddo e leggero che cominciò a fargli compagnia fischiandogli nelle orecchie. Finalmente raggiunsero il rifugio Guide d'Ayas, a 3.420 metri. Si fermarono a guardare il paesaggio. In quei momenti di silenzio, con il fiatone per la salita, le orecchie che ronzavano, gli occhi umidi e le cime, i ghiacciai del Rosa e la valle davanti a loro, Carlo, Sandro e Ludovico provarono qualcosa che somigliava molto alla felicità. Poi si voltarono a guardare la vetta del Polluce, la loro meta, 4.092 metri.

«E facciamocela una foto!» disse Ludovico.

Prese il cellulare, si strinsero davanti all'entrata del rifugio, alzarono le mani e sorrisero verso l'obiettivo come tre ragazzi alla gita dei cento giorni.

Le volute di fumo denso si alzavano pigre verso il soffitto bianco bisognoso di tinteggiatura. La porta chiusa appannava i rumori dei corridoi e solo il ronzio del condizionatore che d'inverno faceva da termosifone segnava pigramente il passaggio del tempo. Sul display i gradi che quella pompa di calore cercava di infondere a tutta la stanza. Il divano di pelle nero a due posti aveva un taglio sul bracciolo sinistro dal quale usciva l'imbottitura grigia. La scrivania colma di carte, appunti e numeri di telefono misteriosi e senza nome. Le Clarks accanto alla pompa dell'aria calda. Scure, rovinate. Teneva i piedi poggiati sulla scrivania. S'era messo un calzino blu e uno nero e i pantaloni di velluto chiaro erano scuciti sull'orlo. Il suo loden appeso all'attaccapanni pareva una pelle scorticata stesa ad asciugare. Anche la sigaretta sapeva di muffa. Era una di quelle mattine in cui la noia gli piombava addosso con tutta la sua virulenza e lo lasciava inebetito e senza forze.

«Dovresti fare delle cure omeopatiche per l'energia» gli aveva consigliato Italo Pierron, il suo agente di fiducia. «Dovrebbe prendersi una vacanza» era stato invece il suggerimento del viceispettore Caterina Rispoli, ora che la Pasqua era alle porte.

Una vacanza. E per andare dove? All'estero. Londra. Parigi. Amsterdam. Magari Barcellona. Per passare tre giorni in un albergo da solo a guardare la televisione in una lingua incomprensibile? «Ci sono musei bellissimi» aveva detto Caterina. I più belli li aveva visitati con Marina. Tate Gallery, British Museum, Jeu de Paume, Rijkmuseum, Gare d'Orsay. Non gli era mai piaciuto fare il turista. Si sentiva una specie di cucciolo di facocero in mezzo ai leoni pronti a sbranarlo. Gli occhi affamati di ristoratori, albergatori, bigliettai di musei, stadi, teatri e concerti. Tutti lì, pronti ad azzannare il portafoglio e le carte di credito dei turisti, a spennarli per rimandarli a casa intontiti e bisognosi di riposo. A lui in una città piaceva stare giorni, settimane, mischiarsi con la gente, carpirne l'odore e il sapore, le abitudini e la quotidianità. Favoloso weekend a Stoccolma! Tre giorni a Madrid, corrida inclusa! A cosa serviva? A nulla. Solo a scattare qualche foto e poter dire: ci sono stato. Senza aver capito niente, senza aver impresso nella memoria nulla di più che un ristorante messicano coi mariachi o un quadro che ormai non sapeva più se stava alla Gare d'Orsay o al Van

Gogh Museum. Cannibalizzazione della memoria. Consumismo superficiale e frenetico. «Ci vogliono almeno tre giorni per vedere il Louvre» diceva sempre a Marina. «Così di corsa non ci capisco un cazzo!». In più non aveva mai condiviso le frenesie delle feste, sapeva solo che quando si avvicinavano date come la Pasqua, il Ferragosto, il Natale, il lavoro nelle questure aumentava in maniera esponenziale. Lavoro stupido, noioso, inutile. Fatto di piccole denunce, liti condominiali e simili amenità. Aosta sotto una coltre di neve s'era riempita di turisti, come l'ufficio di gente pronta a sporgere denuncia. Guardava il cielo grigio che prometteva altra neve. Ma a Pasqua di solito a Roma, se non piove, e piove sempre, si cominciano a vedere i primi segni della primavera. Ad Aosta sembrava di stare alla Vigilia. Avrebbe potuto prendere un aereo e tornarsene nella capitale.

Ma a fare che? In quella casa imbustata che aveva lasciato da sette mesi, e gli sembrava già un'eternità.

«È permesso?». Italo s'era affacciato alla porta.

«Che vuoi?».

«Rocco, io andrei. Non c'è niente da fare...».

Erano passate da poco le cinque del pomeriggio e la noia, come una nebbia pestilenziale, affogava le esistenze dei poliziotti della questura di Aosta.

«Vai, vai...».

«Domattina posso venire un po' più tardi?».

«Italo, fai quello che cazzo ti pare!».

Rocco si alzò. Andò ad infilarsi le scarpe che erano ancora bagnate. «Che schifo...» disse. Italo non provò nemmeno a suggerirgli di comprarsene di nuove, tanto sapeva che a quelle calzature il vicequestore non avrebbe mai rinunciato. Con un sorrisino l'agente sparì mentre Rocco si annodava i lacci. Afferrò il loden e uscì dalla stanza senza spegnere le luci.

Nel corridoio illuminato dai neon gli venne incontro l'agente D'Intino. Aveva le guance e la fronte striate da segni rossi e obliqui.

«Dotto', proprio a lei cercavo!».

«D'Intino, che cazzo hai in faccia?».

«La 'atta de la vedova Frescobaldi».

«La... 'atta?».

«Sì. Era salita su un albero, io e Deruta le semo aiutate per farla scendere».

«E mi sa che la *'atta* non voleva, no?».

«Mica tanto».

«Poliziotti che si occupano di gatti... roba da matti. Ti sei disinfettato?».

«No».

«Ecco, bravo, non farlo. Magari ti viene una setticemia fulminante che ti si porta via».

«Dice? Senta, dotto', ci stanno un po' di denunce da prendere».

«Che denunce?».

«Furtarelli, cose facili, insomma posso dire all'agente Casella che le pigliasse lui?».

«Ma fate come cazzo ve pare!» e ad ampie falcate piantò lì il poliziotto.

Non gli restava che tornare a casa e chiamare Nora. Non che morisse dalla voglia di vederla, ma almeno avrebbe passato una serata con una donna, che era l'unica cosa decente che Aosta gli avesse riservato in quei lunghi mesi.

Il sole era andato a nascondersi dietro le cime piene di neve. Nel rifugio Guide d'Ayas c'erano solo loro tre. D'estate in quel posto bisognava fare i turni per mangiare, tanti erano gli alpinisti che tentavano la cima del Polluce. Con l'inverno ancora in piena attività pochi si spingevano fin lassù. Ed era aperto solo il locale invernale. Uno stanzone con le brande, qualche scatoletta di cibo, un tavolaccio e le candele per la notte. Carlo e Sandro afferrarono le scodelle con la zuppa di farro che s'erano cucinate sui fornelletti da campo. Ludovico appiccicò la gomma americana sotto il tavolo.

«Non ci posso credere!» fece Sandro. «La conservi per dopo?».

«Volete che riprenda a fumare?» chiese ai suoi amici mettendo in bocca la prima cucchiaiata. «E allora non rompete le palle!».

«Invece parliamo un attimo del lavoro» fece Carlo. Aveva il viso arrossato e gli occhi, due pezzi di giada, risaltavano vivi e eccitati. «C'è una cosa importante che devi sapere Ludo... io e Sandro la settimana scorsa abbiamo cambiato i colori degli interni».

«Perché?» chiese Ludovico ingoiando un cucchiaio di farro.

«Perché dalla direzione è arrivato il nuovo ordine di colori. Hanno preferito rosso e blu invece che rosso e bianco».

«Che schifo!» mormorò Ludovico. «Gli interni rosso blu... peggio di una squadra di calcio!».

«Lo so, ma che ce ne importa?».

«E abbiamo dovuto ripresentare il progetto?».

«Già» disse Sandro. «Appena torniamo devi firmarlo anche te. Ma intanto gliel'abbiamo sottoposto».

Ludovico guardò i due colleghi «Spiegatemi una cosa. Perché non mi avete avvertito? Sarei venuto a darvi una mano, no? E giacché c'ero, avrei anche firmato» aggiunse con una punta di rabbia. «Ora risulta che il progetto è solo vostro?».

Carlo poggiò il cucchiaio. «Giacché c'eri? Vorrei ricordarti che eri a Torino! A fare lo stronzo con Myriam. Noi abbiamo dovuto lavorare di notte per cambiare tutto!».

«Sarei venuto».

«Vabbè» si intromise Sandro. «È andata. Era una sciocchezza, Ludovico, l'abbiamo fatta, il nostro progetto è passato, abbiamo il lavoro. Ora non pensiamoci più e godiamoci 'sta vacanza».

«Hai ragione, Sandrino» fece Ludovico, «è che sono un po' stanco. Scusa Carlo...».

«No, scusa tu. L'importante è il lavoro. Alla nostra!» e alzò il bicchiere colmo a metà di vino rosso. Sandro e Ludovico lo imitarono e fecero un brindisi guardandosi negli occhi.

«Parlando di cose serie. Domani sveglia all'alba. Apro io, segue Sandro e tu Ludovico chiudi».

«Va bene». Sandro si asciugò labbra e baffi. «Controlliamo l'attrezzatura ora?».

«Domani, Sandro... ora andiamo a letto e cerchiamo di dormire».

«Alle sei e mezza?» protestò Ludovico guardando l'orologio.

«Alle sei e mezza!» rispose Sandro.

Ludovico guardò triste i tre sacchi a pelo già posizionati sulle brande.

Era sgattaiolato fuori dalle coperte di Nora alle tre di notte per uscire in strada al freddo, sotto un nevischio insistente. A piedi fino a casa sua dove riuscì a farsi altre tre ore di sonno. Poi non c'era stato più verso di addormentarsi. Dopo la doccia e la vestizione aveva guardato fuori dalla finestra convinto che avrebbe dovuto affrontare un'altra giornata fredda, squallida, grigia. Invece con il suo massimo stupore, un sole splendente e aggressivo illuminava la città. Sorrise appena e gli venne voglia di uscire e camminare per le strade di Aosta, a viso aperto, pronto a farselo schiaffeggiare dai raggi e dal calore.

I turisti già affollavano le strade del centro, prendevano d'assalto i negozi di souvenir, scattavano foto senza una apparente logica a tutto ciò che gli si parava davanti. Con le mani in tasca entrò da Ettore per fare colazione. Trovò il banco pieno di gente che comprava uova di cioccolato in mostra sulle mensole del locale. «Che prende, dottore?».

Mai dalla sua bocca sarebbe uscita la fatidica frase: il solito! Significava arrendersi all'evidenza di essersi integrato, avere un'abitudine con quella città, e ammettere che lì gli toccava restare per il resto dei suoi giorni fino alla pensione. Quindi ogni mattina cambiava ordinazione. «Un decaffeinato macchiato caldo con latte di soia e senza cacao!» disse. Ettore annuì. «E vuole anche la brioche al cioccolato?».

«No. Semplice, col miele!» che poi neanche gli piaceva tanto il miele, ma erano tre colazioni che ordinava il cornetto al cioccolato. Errore da non ripetere con tanta leggerezza.

Perse ancora un'oretta a guardare i negozi e alla libreria Aubert, dove comprò due romanzi. Ormai non aveva più scuse. Doveva andare in ufficio a passare un'altra giornata di noia colossale seduto a fumare e a sentire le cazzate dei suoi agenti. Ed erano ancora le dieci e mezza.

Solo a mezzogiorno passato, dopo una canna, sei Camel, due caffè al distributore e tre partite a poker on line, arrivò la telefonata che avrebbe movimentato quella Pasqua di noia.

«Dottore!» disse Italo affacciato alla porta.

«Che c'è?».

«Telefonata dal 118. Un brutto incidente...».

«E cos'abbiamo stavolta? Una vecchia è scivolata sul ghiaccio? A un turista hanno rubato una grolla di legno?».

«No, Rocco, una cosa brutta. In montagna. Un alpinista...».

«Che?».

«Caduto dal Polluce. I soccorsi sono già sul posto».

«Cos'è il Polluce?».

«È una cima. 4.092 metri».

«Che ci faceva lassù?» a parlare fu la totale inesperienza di Schiavone. Lui di montagna ne sapeva poco o niente, non riusciva ancora a convincersi che fosse un luogo dove passare le vacanze.

«Si scala. Si va lassù a conquistare la cima».

«Co 'sto freddo?».

«D'inverno è più difficile».

«L'ho visto. E questo ci ha lasciato la pelle?».

Italo annuì. «Un volo di qualche centinaio di metri».

«E io che devo fare? Non ci sono quelli del soccorso?».

«Sì, ma insomma, forse dovremmo...».

«Cosa? Mi vuoi mandare a 4.000 metri? Ma che sei deficiente?».

Il corpo di Ludovico Venier arrivò alla morgue mezz'ora dopo. I giornalisti s'erano già sparsi per procure, questure, alla centrale del soccorso alpino a carpire informazioni. L'Ansa aveva messo in rete la notizia e una televisione locale era pronta con il servizio da mandare in onda. Schiavone aveva raggiunto l'aeroporto Gex. L'elicottero rosso del soccorso alpino era fermo sulla pista. Accanto al mezzo lo attendeva un uomo biondo e bassino, vestito di rosso. Ai piedi portava scarponi giganteschi. Mangiava una banana.

«Vicequestore Schiavone, questura di Aosta».

«Sono Michele Dujardin, il medico...».

«Mi spiega cos'è successo?».

«È semplice. Alle 12 e 15 abbiamo ricevuto una telefonata di soccorso. Siamo partiti. Abbiamo trovato il corpo di Ludovico Venier ai piedi della parete rocciosa del Polluce. Un volo di qualche centinaio di metri».

«Morto sul colpo?».

«Direi di sì. Sul volto parecchi segni e sangue intorno alla bocca. Aveva i pantaloni calati e parecchie ossa fracassate».

«Pantaloni calati?» chiese Rocco.

«Già. Era su con due compagni di cordata. Li abbiamo portati all'ospedale. Hanno qualche escoriazione e sono sotto shock. I miei colleghi hanno deciso di trattenerli per una notte almeno».

Dopo aver ordinato il sequestro dell'attrezzatura da montagna degli alpinisti, come da procedura, alle due del pomeriggio Rocco entrò nella stanza dov'erano ricoverati Carlo Polenghi e Sandro Biamonte distrutti dal dolore. Carlo aveva un'escoriazione sul viso. Sandro invece guardava la finestra e respirava lento. Erano sfiniti. Rocco aveva preso una sedia e s'era piazzato ai piedi del letto di Carlo. Notò che Sandro aveva un polso fasciato.

«Ce la fate a spiegarmi come è successo?».

Annuirono insieme.

«Evitate termini tecnici che io non ne so niente» si raccomandò Rocco.

«Siamo partiti all'alba dal rifugio delle guide della Val d'Ayas. In cordata e...».

«Stop!» fece Rocco. «Che significa?».

Prese la parola Carlo. «Io sono il più esperto e aprivo. Legato alla corda c'era Sandro e per ultimo Ludovico, quello che mastica meno la roccia, che chiudeva la fila».

«Mastica la roccia?».

«Sì, insomma, che ne capiva meno».

«Vada avanti...».

«Abbiamo superato un piccolo terrazzo».

«Aristop! Che è?».

«Una sporgenza della roccia. Più o meno un metro. Una piazzola, ecco».

«Continui...».

«E poi abbiamo ripreso la salita. Ci avvalevamo anche dei canaponi che...».

«Stop! Che cazzo sono i canaponi?».

Stavolta a rispondere fu Sandro: «Sono delle corde messe dalle guide per facilitare la salita. Faccia conto, dottore, dei corrimano... come nelle scale di un condominio». Le parole gli uscivano a fatica.

«Ottimo. Poi?».

«Siamo arrivati in cima. Uno splendore. Siamo stati un po' lassù a goderci la vista, a 4.000 metri il panorama può togliere il fiato, e Sandro ha fatto una foto a tutti e tre. Insomma, l'impresa per degli alpinisti non professionisti non è roba da poco, sa?».

«Poi?».

«Poi abbiamo cominciato la discesa. Il primo era Ludovico. Poi Sandro e infine io».

«E mi dica, dottor Polenghi, cos'è successo?».

«A un certo punto, neanche a metà discesa, Ludovico ci avverte che deve espletare un bisogno».

«Che vuol dire?».

Sandro imbarazzato fece: «Doveva fare la cacca».

«Lassù? A 4.000 metri?».

«Succede. Allora approfittò di quel terrazzo. Solo che... ha fatto un errore».

«Quale?».

«S'è tolto l'imbracatura. S'è slacciato i pantaloni ed è scivolato giù...». Sandro chiuse gli occhi. «Noi abbiamo sentito un grido e abbiamo capito. Lo chiamavamo ma lui non rispondeva. Da lassù non vedevamo il terrazzo. Abbiamo cominciato veloci la discesa e l'abbiamo visto...».

«Era ruzzolato fino ai piedi della parete ed è finito in fondo, sul ghiacciaio». Sandro riprese a guardare la finestra.

«Una cosa terribile» aggiunse Carlo. «Allora abbiamo chiamato subito il soccorso e abbiamo terminato la discesa. Quando siamo arrivati in contemporanea con l'elicottero Ludovico era già...». Carlo tirò su con il naso. Rocco annuì.

«Perché s'è liberato dell'imbraco?» chiese il vicequestore.

«Chi lo sa, dottore? Forse non riusciva a slacciarsi i pantaloni» azzardò Sandro.

«So che siete colleghi di lavoro».

«Sì. Abbiamo uno studio di arredamento d'interni. Siamo architetti».

«Avevamo appena chiuso un affare importantissimo con una compagnia aerea... la svolta delle nostre carriere, dottore».

«Questo Ludovico Venier ha famiglia? Figli?».

«No. Era un po'... diciamo farfallone».

«Si divertiva» disse Rocco. «Voi come vi sentite?».

«Male, dottore. Male» rispose Carlo. Sandro invece si portò la mano col polso fasciato al viso e si asciugò gli occhi.

«Le vostre famiglie?».

«Stanno salendo le nostre mogli, da Biella. Siamo di lì».

«In bocca al lupo» fece Rocco e si alzò dalla sedia.

«Una sfiga tremenda». Italo era nell'ufficio di Schiavone insieme a Caterina.

«Non è sfiga, Italo. Se uno va in pieno inverno a scalare una montagna di 4.000 e passa metri può succedere. Sfiga è uno che attraversa la strada per andare a fare la spesa e gli cade un vaso in testa».

«Già» concordò il viceispettore Rispoli.

«'Sti cosi sono fatti da paura!» il vicequestore armeggiava col cellulare ultima generazione del fu Ludovico Venier. «Ha fatto un volo di non so quanti metri e funziona ancora».

«Ecco qui!». Casella era entrato senza bussare.

«Non si bussa più?».

«Ho trovato la porta aperta e credevo che...».

«E credevi male! Che vuoi?».

Casella depositò un foglio sulla scrivania di Rocco. «Direttamente dall'obitorio. Questa è la lista degli oggetti del cadavere. Gliela lascio qui?».

Rocco ci buttò un'occhiata distratta: «Fai pure...».

«Posso andare?».

«Ma magari»» disse Rocco con gli occhi sulla lista.
«No, dico... a casa?».
«Sono le tre e mezza, Casella, vuoi andare a casa?».
«Io ho finito. Giù alle denunce ci sono...».
«Non hai il permesso. Vai a lavorare, rimetti a posto l'archivio, c'è una montagna di pratiche accumulate che 'st'inverno ci vanno a sciare. Arriva fino all'orario e poi te ne puoi andare a casa».
Casella mise su la faccia triste e uscì dall'ufficio.
«Che palle... com'è un guanto solo?».
Italo si avvicinò al vicequestore e buttò un'occhiata alla lista. «L'avrà perso cadendo?».
«Qui dice un guanto d'alpinismo North Face destro. Dov'è il sinistro?».
«In effetti è strano» disse Caterina. «Si usano dei guanti e si agganciano con un laccetto al polso così te li puoi togliere se hai bisogno di sensibilità alle dita, ma rimangono appesi. E poi è facile rimetterli».
«Sei esperta di montagna?» le chiese Rocco.
«Insomma, a venti anni ci andavo spesso».
«Magari se l'era tolto per slacciarsi i pantaloni, no?» azzardò Italo.
«Sì, ma sarebbe rimasto allacciato al polso, giusto, Caterina?».
«Forse il nastrino nella caduta s'è rotto? Anche se la vedo difficile».
«Forse. Ma perché il sinistro? Era mancino?» chiese Rocco.
«Boh! Lo possiamo chiedere ai suoi compagni» propose Italo.

«O magari...». Rocco riafferrò il cellulare di Ludovico. Aprì le fotografie. «Se si è fatto gli autoscatti, li ha sicuramente fatti con la mano che usava, no?».

«Giusto!» fece Caterina.

«Ecco. La più recente... sono in posa sul picco... e il nostro usa la mano destra, no?» passò alla seconda foto. «Anche qui di fronte al rifugio delle guide della Val d'Ayas... Tutti e tre in posa! E usa ancora la destra».

Caterina e Italo s'erano messi accanto al capo a guardare le foto. «Ci stiamo facendo gli affari di questo poveraccio» mormorò Italo.

«No. Facciamo il nostro lavoro. Eccoli qui tutti e tre... è di ieri. Venier in questa seconda foto non ha i guanti».

«Già».

Rocco osservò la foto in silenzio. Tre omoni imbacuccati con la faccia da bambini felici. «Agenti, cosa c'è che non va?».

I due poliziotti guardarono attentamente l'immagine sul display. «Sorridono... alzano tutti la mano come per salutare... l'attrezzatura alle loro spalle... non saprei» disse Caterina. Rocco invece riprese il foglio arrivato della morgue. Riguardò la lista. Senza dire niente afferrò il telefono. Compose un numero. «Schiavone, mi passa Fumagalli?».

«Ma che succede, dottore?» chiese Italo che in presenza di terzi tornava a dargli del lei.

«Alberto? Schiavone!».

«Che vuoi?».

«Senti un po', a proposito del morto su in montagna».

«Poveretto. È ridotto malissimo. Presenta fratture alla base del cranio e alla spina dorsale... poi i polsi e le dita delle mani sono spappolati e...».

«Non me ne frega niente delle fratture. Parliamo della lista degli oggetti».

«Compilata da me personalmente».

«Ne manca uno. Un orologio da polso con cinturino d'acciaio a chiusura automatica».

«Amico caro, io non dimentico nulla, lo sai. Se non c'è su quella lista, non è qui. Figurati se dimenticavo un orologio da polso!».

«Ma lui l'aveva» disse Rocco. «Lo sto guardando adesso, su una foto dal suo cellulare».

«L'ha perduto nella caduta?» suggerì Caterina.

Rocco annuì e trasferì la domanda all'anatomopatologo.

«Avrebbe potuto perderlo, sì» rispose quello, «ma se avesse avuto i guanti, come poteva succedere?».

«A proposito di guanti, guarda che il sinistro non c'è...».

«Allora ammettiamo che quando è caduto non aveva i guanti... e ammettiamo pure che una roccia gliel'abbia strappato, insomma, un cinturino d'acciaio a chiusura automatica è cosa difficile, ma ripeto, ammesso e non concesso... avrebbe delle escoriazioni sul polso, no?».

«Già. E ce l'ha?».

«E che ne so? Mi fai andare da Ludovico a controllare?» e il medico buttò giù la cornetta.

Italo se ne stava in piedi con gli occhi sbarrati: «Ma che significa? Che gliel'hanno rubato?».

«Rubare un orologio a un amico morto? Ecchecazzo, Italo, che sono, iene? Magari è solo una sciocchezza, ora Alberto ci dirà che l'escoriazione sul polso c'è eccome!».

«Non ha niente» si udì dall'altra parte del telefono. «Ha le dita fracassate, ma il polso niente. Né un graffio né escoriazioni. Nulla».

«Cazzo...» mormorò Rocco. «Grazie, Albe'».

«Figurati, dovere».

Mise giù il telefono. Guardò i due colleghi. «Nessuna escoriazione!».

«Che vuol dire?».

«Non lo so, Caterina. So solo che vedo profilarsi all'orizzonte una rottura di coglioni di decimo grado».

«Che facciamo?».

«Ci dividiamo. Caterina, voglio che vai a dare un'occhiata all'attrezzatura di Ludovico e dei due amici che abbiamo sequestrato. Guarda nello zaino, nelle tasche, nell'auto. Magari l'orologio è lì».

«E io?».

«Io e te, Italo, dobbiamo salire, cazzarola».

«Salire dove? Lassù?».

«Sì. Io, te e un paio di guide, a dare un'occhiata».

Italo gli guardò le scarpe: «Mica vorrà salire con quelle!».

«Dici di no?».

«Dottore, con le Clarks a 3.900 metri le amputano

le dita dei piedi, sicuro come il sole. L'ha visto, no? Con queste montagne non si scherza!».

«Cos'è 'sta storia?» chiese il giudice Baldi che Rocco aveva fermato davanti al bar sotto la procura mentre quello beveva un analcolico dal colore preoccupante. Rocco gli riportò l'incidente, i sospetti. «Sento che qualcosa non va, dottore».

Baldi tracannò l'analcolico giallo urina. «Lei mi sale a 4.000 metri?».

«Sì, con l'elicottero però. Ma oggi no. È tardi, fra poco è buio. Saliamo domattina presto».

«E cosa vuole da me?».

«Mi serve dare un'occhiata a...» trasse dal profondo della tasca del loden una carta. La aprì. «No, questa è la bolletta del telefono» cercò nell'altra tasca. Una seconda cartuccella bianca stropicciata. «Questa è una multa che ho beccato in centro. Mi devo ricordare di farmela leva'...».

Baldi alzò gli occhi al cielo. «Se è una cosa di giorno, Schiavone, che io per Pasqua avrei da fare».

Rocco prese il portafoglio e finalmente nella taschina dei soldi spiccioli trovò il biglietto da visita. «Ecco qui! Si chiama: Inner Life. È una società di arredo d'interni. Sono di Biella».

«E cosa ci dovrei cercare, se è lecito?».

«Non lo so neanche io. Però le cose non mi quadrano. E allora mi sono chiesto: cui prodest?».

«Eh già... cui prodest scelus, is fecit!».

«Gli studi classici so' sempre studi classici, giusto dottor Baldi?».

«Non bastava usare un volgarissimo *movente*?».

«E allora saremmo come tutti gli altri, no?».

«Spesso mi chiedo, fra le tante questure d'Italia, lei proprio quassù doveva finire?».

«Sapesse quante volte me lo chiedo io!».

«Lo è il piede dei ruminanti, sette lettere» urla Marina dal divano. Invece di dirmi com'è che 'sto sugo non s'addensa. «Perché il sugo è acquoso?».

«Ci hai messo troppo olio?».

«Macché».

«Hai aggiunto acqua?».

«Un po'».

«Porta pazienza e gira. Allora? Il piede dei ruminanti?».

«Che ne so? Zoccolo?».

«No. Comincia per B e finisce per O».

«Bifido?».

«Quella è la lingua dei serpenti... aspetta, faccio il 3 verticale... facile, è iride... 4 verticale: dice di saperne parecchio».

«Sapiente?» le suggerisco.

«No, il sapiente ne sa per davvero. Questo è saccente! Allora la parola è BIS poi tre lettere poi O».

«Bisbetico?».

«Rocco, non ci sai fare. Trovato! Bisulco! Bella parola. Me la segno».

Mi affaccio in salone. È stravaccata sul divano. I polpacci sul bracciolo. I piedi scalzi poggiati sull'aria. «Non senti freddo?».

Mi guarda e sorride. «Bel sole oggi... hai visto? Domani vai lassù?».

«Quattromila metri. Roba da matti».

«Copriti, e non ti azzardare ad andare con il loden e le Clarks. Ti ritrovano ad agosto allo scioglimento dei ghiacci».

«Mica male come cosa, no?».

«Fa meno il cretino».

Vado al divano. Le prendo i piedi in mano. «Vuoi un massaggio?».

Ride. Le ha sempre fatto il solletico. «Perché non metti un po' di quadri in casa? C'è un'aria triste».

«Stanno tutti a Roma... non mi va di portarli qui».

«Sì, ma c'è un'aria triste».

«C'è l'aria che ci deve essere, Mari'...».

Si alza. Poggia la «Settimana Enigmistica» sul cuscino. «Bisulco» mi dice. «Il piede di un ruminante...».

Che vuol dire. «Sarei io? Un ruminante?».

Si fa una bella risata e sparisce in camera da letto. Sono io, allora. Rumino. Rumino e non digerisco.

Lo vestirono con l'attrezzatura da montagna. Giacca rossa, pantaloni rossi, imbottiti, scarponi neri, pesanti coi lacci gialli. Si mise un berretto di pile in testa e come un astronauta avanzò verso l'elicottero che aveva le pale già accese. Italo gli scattò una foto: «Sei bellissimo» urlò per superare il rumore del motore.

«Vaffanculo!» gli rispose Rocco. «Sembro un palombaro!».

«Ce la fai a salire o vuoi un aiuto!».

«Arivaffanculo Italo» e mise un piede sull'elicottero. Il frastuono all'interno era insopportabile. Batté sulla spalla del pilota. «Non è che 'sto coso casca come un sercio?» chiese.

«Intende: non è che il mezzo cade giù come un sasso?» tradusse Italo.

«Tranquillo, dottore, è una meraviglia».

Salirono anche il medico e le due guide alpine, cariche di corde e di zaini, e finalmente chiusero le porte. Il motore salì di giri poi magicamente l'elicottero si staccò da terra. Rocco stringeva il bracciolo della sedia.

«Prima volta?» gli chiese Michele Dujardin.

«Su 'sto fregno? Sì».

«Tranquillo, dottore» fece una delle due guide con la barba lunga. «È sicuro».

«Sarà...».

«Metta questi» e tirò fuori due specie di tagliole di ferro.

«Che roba è?» urlò Rocco per farsi sentire. «Una trappola?».

La guida sorrise. «Atterriamo sul ghiacciaio. Sono ramponi, altrimenti scivola e rischia brutto».

Rocco guardò quei due oggetti dentati. La guida gli fece cenno di alzare un piede. Rocco glielo porse. Si sentì un cavallo da ferrare.

Tac! Con un solo gesto fece scattare una molla e chiuse l'attrezzo con un cinghietto. Lo stesso fece con il secondo. Il vicequestore si guardò i piedi. «Ma come faccio a cammina' co 'sti cosi?».

«È più facile di quanto creda».

Sorvolarono la valle, superarono la città e cominciarono a volare in mezzo alle montagne. Italo guardava lo spettacolo di neve e rocce. Le guide erano indaffarate con l'attrezzatura mentre il medico giocava a qualcosa sul cellulare. Rocco ogni tanto buttava un'occhiata. Sui tetti bianchi degli alpeggi, le rocce nere e acuminate come denti di un rettile preistorico. I ghiacciai azzurri e la neve che ricopriva tutto. Una stradina appena visibile, altre casette sparse. I boschi s'erano diradati per lasciare il posto al manto bianco e alle pietre nere. Un paesaggio lunare circondato dalle corone dei monti. Italo alzò l'indice: «Ecco» urlò, «vede quel cocuzzolo laggiù? Quello è il Polluce. E accanto c'è il gemello, il Castore!».

«Che cazzo c'entrano gli argonauti con due picchi alpini?».

«Non lo chieda a me» fece Italo. «Io ho fatto l'alberghiero!».

Lentamente l'elicottero cominciò la discesa. Si avvicinò sempre di più al terreno alzando una massa di neve che copriva la visuale. Si assestò e finalmente il pilota mise il motore al minimo. «Quanto restate?» chiese a Rocco voltandosi all'indietro.

«Non lo so. Un paio d'ore, se mi regge».

«Allora io vado giù. Alla fine chiamate e torno a prendervi» e alzò il pollice a dare l'OK. Cominciarono a scendere. Prima Rocco Italo e il medico, infine le due guide che scaricarono il materiale. La neve era dura. Italo appoggiò la mano sulle spalle di Rocco per fargli abbassare la testa e lo portò a distanza dall'elicottero. Il vicequestore avanzava nel ghiaccio con i denti dei ramponi che si infilavano nella neve. «Ma come cazzo si fa a cammina' co 'sti cosi...».

«Venga...» disse.

Si allontanarono di una ventina di metri. Il motore aumentò i giri, le pale alzarono nuovamente una nube di neve. «Si copra gli occhi!» urlò Italo. Poi il bestione riprese il volo e in un attimo sparì alla vista lasciando solo l'eco degli schiaffi nell'aria rimbalzare sulle coste delle montagne.

Nonostante la bella giornata di sole, la temperatura doveva essere di parecchi gradi al di sotto dello zero. Rocco alzò lo sguardo verso la roccia. «È lì?» chiese alle guide.

«Sì, l'abbiamo trovato laggiù, alla fine della parete. Vicino a quella sporgenza nera».

Più giù di una cinquantina di metri si vedeva il tetto del rifugio. «E quello che è?».

«Quello è il rifugio delle Guide d'Ayas, dottore» rispose Italo.

«Mi stai dicendo che qualcuno ci vive?».

«D'inverno no. D'estate sì».

«E andiamo, va».

Rocco con un passo incerto seguiva il medico, le guide alpine e Italo che invece sembravano aver vissuto sempre in mezzo a quel ghiaccio. Gli girava la testa e il fiato era corto e spezzato. «Porca puttana» sibilò fra i denti. «Co 'sti cosi ai piedi sembra di avere gli zoccoli!». La schiena di Italo che lo precedeva ebbe un sussulto. «Cazzo ridi, Pierron? Poi te le faccio pagare tutte in una volta!». Finalmente giunsero sul posto. «Ecco, ci siamo. Il corpo era qui» ancora evidenti sulla neve le tracce di movimenti di un sacco di persone. «E da dove sarebbe caduto?».

La guida barbuta alzò lo sguardo: «Vede lassù? C'è quella rientranza nella roccia... quella specie di piazzola?».

«No, non la vedo».

«Lì, accanto a quei due buchi in parete... tenga» gli passò il binocolo.

Rocco puntò l'obiettivo fra la neve ancora adagiata sulle pietre e una corda bianca legata alla montagna.

«Cos'è quella cosa bianca?».

«È un canapone. Serve per aiutarsi nel caso...».

«Ah, sì sì» disse Rocco memore del dialogo avuto in ospedale con Carlo e Sandro. «Tipo un corrimano in un condominio».

«Esatto! Ora vada a destra di quella fune e troverà la sporgenza».

«Ecco, sì. Ora la vedo».

«Pare che Ludovico Venier si sia accovacciato per... insomma per fare la cacca ed è scivolato...».

Rocco guardò il precipizio. Diverse centinaia di metri. Un volo da far accapponare la pelle.

«Insomma, si sarebbe fermato lassù per defecare, è scivolato giù e addio...». Rocco restituì il cannocchiale alla guida. «Io ho bisogno di una cosa».

«Dica, dottore!».

«Io lassù non ci arrivo manco teletrasportato. Salite voi».

«Al terrazzo?».

«Al terrazzo. E date un'occhiata».

I due, rapidi e silenziosi, si prepararono alla salita.

«Guardi come fanno. È uno spettacolo!» disse Italo entusiasta.

E uno spettacolo lo erano davvero. Agili e veloci, le due guide raggiunsero in poco tempo il piccolo terrazzo. Rocco era rimasto a guardarli con tanto d'occhi. «Questi non sono uomini, so' stambecchi». Il poliziotto trasteverino stava scoprendo un mondo nuovo. Dujardin e Italo sorrisero. La radio del medico gracchiò: «Ci siamo!».

Rocco la afferrò. «Ottimo. Date un'occhiata, passo».

«Che cerchiamo? Passo».

«Il massimo sarebbe se trovate un orologio, passo».

Italo guardò Rocco scettico.

«Va bene anche il minimo? Passo?» disse la radio.

«Perché? Passo?».

«Una cosa l'abbiamo trovata, ma non la tocchiamo, passo».

«Bravi». I due avevano visto qualche telefilm poliziesco. «E posso sapere cos'è? Passo?».

«Sembrerebbe... sì, direi una gomma americana...».

Alberto Fumagalli guardò l'involucro di plastica che conteneva la gomma biancastra. La afferrò con le pinzette tirandola fuori dalla bustina. «Uhm...».

«Mi pare che quella macchia...» disse Rocco «potrebbe essere sangue, no?».

«Potrebbe». Con perizia il medico aprì il chewing-gum come fosse il muscolo di una conchiglia. «È sangue, Rocco, te lo dico con sicurezza».

«Perché?».

«Se guardi bene qui dentro c'è anche un pezzo di dente. A prima vista sembra un incisivo. E conta che al cadavere gliene mancano sei. Mi gioco lo stipendio che questa mezza mentina gli appartiene...».

«Cazzo...» fece il vicequestore, «dammene prova certa, per favore».

«Mi metto al lavoro. Ma è una brutta notizia?».

«Per me no. Anzi, è la notizia!».

Incrociò Caterina Rispoli nei corridoi della questura. Erano le tre del pomeriggio, e non mangiava dalla sera prima. «Dottore! Ho esaminato le attrezzature di Polenghi e Biamonte».

«E?».

Caterina spiegò il foglio che aveva in mano: «Ci sono due corde da 80 metri blu, due piccozze, due caschi, tre paia di calze, due coltelli, un asciugamano, due lampade frontali, due...».

«Orologi?».

«Niente, dottore. Niente orologi».

«Allora vieni con me. Portami in ospedale».

«Si sente poco bene?».

«No. Diciamo che ho una sola carta da giocare e speriamo che funzioni. Avverti Italo che stanotte ce la passiamo cuore a cuore io e lui».

Il viceispettore lo guardò senza capire.

«Poi ti spiego. Cose da uomini».

«Lo sa?» gli disse. «Sta bene vestito da alta montagna. Le dona».

Il vicequestore sorrise lusingato: «Non paro un astronauta?».

«No, assolutamente. Più una sorta di vecchio alpinista che...».

«Hai detto una parola sbagliata».

«Alpinista?».

«Vecchio! Avanti marsch! Vieni con me!».

Carlo e Sandro erano seduti sul letto della loro stanza d'ospedale. Avevano abbandonato la camicia da notte e recuperato i loro abiti d'alta quota, non vedevano l'ora di lasciare la corsia.

«Signori miei, potete anche tornare a Biella. So che avete affari in corso e non voglio assolutamente ritardare la vostra partenza per delle sciocchezze burocratiche» esordì Rocco entrando nella stanza.

«Grazie... credo che prima di tornare in montagna ne passerà del tempo» fece Sandro toccandosi la fasciatura intorno al polso.

«Secondo me invece fareste bene a riprendere subito. Un po' come quando si cade da cavallo. Subito in sella, altrimenti non si ritorna più».

«Forse ha ragione» disse Carlo alzandosi dal letto.

«Potete riprendervi l'attrezzatura, la trovate in questura».

«Grazie». Carlo sorrise.

«Solo una cosa mi dà fastidio e non capisco» disse

Rocco. «Il vostro amico sfortunato, Ludovico... aveva un orologio da polso».

«Sì, un Rolex. Glielo regalammo noi tre anni fa».

«Bene, non si trova più».

«Come...» fece Carlo

«E la cosa mi disturba. Perché dio non voglia che qualcuno del soccorso abbia messo le mani dove non doveva!».

«Ma dottore!» fece Caterina. «Quelli del soccorso sono persone di specchiata fiducia!».

«Lo so. Ma l'orologio, il Rolex, non c'è».

«Forse gli sarà caduto?» azzardò Sandro.

«Naaa, impossibile. Non vi sto a spiegare perché. Comunque io vi giuro su dio che da domani riprendiamo le ricerche, setacciamo tutta la zona, costi quello che costi. Ne va del buon nome mio, degli uomini della questura e di quelli del pronto soccorso. Io l'orologio lo devo ritrovare. E appena lo ritroverò, ve lo spedirò a Biella. Ci tengo».

«È... è un bel pensiero da parte sua» affermò Sandro.

«Dovere. Bene, signori miei, è stata una brutta storia, spero ve la dimentichiate al più presto. Vi saluto!» e portandosi la mano alla fronte salutò da militare i due alpinisti. Caterina lo seguì.

In corridoio il viceispettore sussurrò al capo: «Ma veramente tutto questo tran tran per un orologio?».

Il solito elicottero, con un volo crepuscolare, li aveva fatti scendere al rifugio Guide d'Ayas. Il freddo tagliava le facce dei due poliziotti come una lama di rasoio spuntata. Pungeva sui loro visi, fracassava la pelle.

«Non c'è nessuno?» chiese il vicequestore vedendo le luci spente.

«Te l'ho detto, Rocco, è aperto solo il rifugio invernale. D'estate ci sono i gestori, adesso no».

L'elicottero ripartì e veloci il vicequestore Schiavone e Italo Pierron entrarono. Buio. Rocco provò ad accendere la luce. «Non c'è. Solo candele» e Italo ne prese un paio che erano messe lì apposta per i viandanti.

«Accendine di più. Non mi piace stare al buio!».

Italo ne consegnò due al vicequestore, due ne prese lui.

Lo stanzone aveva sei letti. Al centro un tavolaccio. Su una specie di mensola c'erano due fornelletti da campeggio e una libreria scheggiata in più punti conteneva barattoli e piccole bottiglie.

«Che se magnamo?» chiese Rocco. Italo indicò la libreria. «Vedi un po' che c'è?».

«Ma te m'avevi detto che i rifugi sono quasi degli alberghi...».

«Ancora? D'estate. D'inverno no. Il cibo è lì sopra».

«Che roba è?» chiese Schiavone incollando le due candele sul vecchio tavolo. «Italo, io non mangio da ieri sera...» si avvicinò alla dispensa «... fagioli che se ricordano mio nonno. Piselli... tre zuppe liofilizzate con funghi e... no, vabbè, se mangio una di queste mi viene il tifo! So' mezze arrugginite 'ste scatole».

«Te l'avevo detto di portare qualcosa noi da giù,

no?». Italo afferrò una scatoletta. «Guarda qui! Questa l'ha lasciata un russo sicuramente! Polpa di granchio!».

«Ma che sei matto? Poi la lavanda gastrica chi me la fa? Non abbiamo una merendina, un cracker... va bene pure un pacchetto di Valda, che ne so?».

«No, Rocco. Se hai fame devi mangiare una di queste. E anzi ringrazia gli alpinisti che le hanno generosamente lasciate, sennò stavi a digiuno».

«Preferisco». Si staccò dalla scansia. Saggiò il letto. «Ma c'è solo la rete!».

«Per questo ho portato due sacchi a pelo». Italo andò agli zaini e li aprì. Afferrò una specie di coperta verdastra e la svolse su una branda. «Vedi? Dormiamo qui dentro».

«Ma che cazzo... ma è peggio di un campeggio! È da quando ho 16 anni che non ci vado, l'ho giurato a me stesso, povero sì, ma piuttosto niente vacanze. Il campeggio è all'ottavo livello delle mie rotture di coglioni, lo sai?».

«Vuoi dormire fuori? Ci sono 20 gradi sottozero! A che livello di rottura di coglioni è morire congelato?» e gli lanciò un sacco a pelo blu. «Provalo».

«Ma va va...» si mise una mano in tasca e prese il pacchetto di Camel.

«Qui non si può fumare!».

«Neanche?».

«Ma lo vedi che è tutto di legno? Se vuoi fallo fuori. Io non muoio bruciacchiato per colpa tua!».

Rocco scosse la testa e aprì la porta del rifugio. Un vento gelato lo colpì in pieno viso. Il corpo tremò dalle unghie dei piedi alla testa coperta da un berretto di lana. Ci rinunciò e rientrò immediatamente nella stanza.

«Embè?».

«Embè che? Fuori è il polo».

«Te l'avevo detto. Dai, mettiti giù. Facciamo i turni. Io preparo qualcosa. Faccio una zuppa?».

«Ma se manco abbiamo l'acqua».

«La vado a prendere fuori. Non so se hai notato quella cosa bianca tutt'intorno: è neve. Se la sciogli, miracolo! Hai dell'acqua!».

«Fa poca ironia, imbecille!».

Italo senza paura uscì ad affrontare il gelo. Rocco si affacciò alla finestrella che dava sulla valle. Una linea arancione disegnava le creste nere e i picchi, poi il cielo degradava verso un azzurro che diventava viola e infine, proprio sopra la sua testa, blu cobalto. Le stelle s'erano accese e a guardarle provava ancora più freddo di quanto già non ne facesse. Sentiva una puzza di muffa, cose morte, calzini sporchi, vino vecchio misto a legno fradicio, ascelle. «Che schifo...» disse fra i denti. Si sedette sulla branda. Affondò al centro, peggio che se si fosse seduto su una pozza di fango. Decise che il sacco a pelo l'avrebbe messo per terra. «Ma come cazzo m'è venuto in mente, dico io...». Si alzò. Su un tavolino alto che sembrava un leggio c'era un librone. Sopra gli alpinisti avevano lasciato decine di messaggi.

«22/12/2012 saliamo al Polluce! Grande giornata. Ugo Mario e Carla. 3/01/2013 happy new year!!! Frank & Andrew» faccette sorridenti, disegni di cani, cavalli, due donne nude. Italo rientrò sbattendo i piedi. «Mamma mia!» disse con la mandibola che tremava dal freddo. Nella pentola aveva raccolto un sacco di neve. «Dai, sorridi, Rocco. Ci facciamo la zuppa liofilizzata funghi e asparagi!».

«Te la magni tu!».

«È una cosa calda, pensaci! Accendino!».

«Ah, per cucinare si può e per fumare no?» e lanciò il briquet a Italo. Quello girò la manopola del primo fornelletto a gas. Niente. La seconda. Stesso risultato. «No gas, no zuppa!».

«Mi viene da piangere».

«Dai, Rocco, scegliti una bella scatola e ceniamo a lume di candela. Non è romantico?».

«No».

«Io prendo tonno e fagioli. Tu? Qui c'è pure una cosa strana, mi sa che è polacca... dal disegno si direbbero crauti» e lanciò il barattolo a Rocco.

Rocco l'osservò attentamente al lume della candela. «Dal disegno sembra merda di cane, Italo. Polacca, ma sempre merda è!» e gli restituì la lattina. «Niente. Io digiuno. Preferisco!».

Avvolto nel sacco a pelo come una mummia, tirava fuori solo la faccia e non riusciva a dormire. Il primo turno di guardia l'aveva preso Italo che stava appiccicato alla finestra. Alle decine di puzze schifose s'era aggiunta pure quella del tonno rancido della scatoletta. Avrebbe vomitato se nello stomaco ci fosse stato qualcosa. Provò a rigirarsi, ma il braccio incastrato nell'involto di piume d'oca non si muoveva. E la gamba destra sembrava stretta da un nodo scorsoio. «Porca troia...» bofonchiò scalciando.

«Non riesci a dormire?» chiese Italo.

«E come? Sembra che m'hanno legato qui dentro!».

«Facciamo a cambio? Io sto crollando».

«E famo a cambio». Provò a tirare fuori la mano per aprire la zip, ma non ci riuscì. «Aprime 'sta cazzo di trappola!».

Italo lo aiutò. Rocco scalciò via quell'inferno in poliestere e si alzò in piedi.

«Rimettiti le scarpe però, sennò t'ammali».

Rocco le infilò e andò alla finestra. Italo invece si stese sulla branda. Lento si chiuse la zip, poi gli occhi, neanche dieci secondi e l'agente si addormentò.

Come fa? pensò Rocco. Dalla piccola finestra si vedeva solo il buio della valle. C'era però la luna che aiutava e il nitore della neve rifletteva la luce. Spettrale, fu l'aggettivo che gli venne in mente. Appostamenti ne aveva fatti, in auto, su un treno, una volta addirittura nella gabbia di una gru. Ma a quasi 4.000 metri di altezza non gli era mai capitato.

Questi so' matti, e ripensava alle persone che salivano fin lassù, affrontavano giornate di privazioni, di stenti, rischiando la pelle per potersi arrampicare sulla cima di uno di quei mostri solo per poter dire: «Io ci sono stato!». Pensò a Trastevere, alle luci dei locali, alle risate delle ragazze, alle gambe lunghe e tornite che attraversavano Ponte Sisto. Via delle Coppelle, uno spritz da Ciampini. Un rumore leggero attrasse la sua attenzione. La scatoletta di tonno e fagioli posata sulla mensola del cucinino aveva un secondo consumatore. Un topo di almeno quindici centimetri se ne stava appollaiato sul bordo a leccare avidamente i resti. Si tolse una scarpa e gliela lanciò.

«Che cazzo!» urlò Italo svegliato di soprassalto.

«Un topo!» fece Rocco.

«E allora?».

«E allora!? C'è una zoccola qui dentro e tu dici *E allora?*».

«M'hai svegliato!».

«A 4.000 metri ci sono i topi?».

Italo neanche gli rispose. Il ratto s'era infilato chissà dove. Saltellando arrivò al cucinino, si accucciò e recuperò la scarpa. In un angolo, ammucchiato, c'era un preservativo usato. «Non ci posso credere!».

«Che c'è ora?».

«Un preservativo!».

«Avranno passato una serata romantica».

«Qui? Che serata romantica passi qui? All'Excelsior con lo champagne passi una serata romantica. Qui devi essere malato di mente per farti una trombata!».

«Ora mi lasci dormire?».

Era tornato alla finestra. All'improvviso le vide. Piccole, fievoli, come due lucciole sperdute in una notte d'inchiostro. «Ci siamo!» gridò. Corse al tavolo e soffiò sulle candele. La stanza precipitò nel buio. Sentì Italo aprire la zip del sacco: «Sei sicuro?».

«Sicuro» e tornò alla finestra. Le due lucine avanzavano verso il rifugio. Lente e continue sembravano danzare sotto la spinta del vento. Italo raggiunse il vicequestore. «Eccoli!».

«Raccogli tutto. Non facciamo trovare niente qui dentro, nel caso si dovessero prima fermare al rifugio». Veloce Italo rimise a posto i sacchi a pelo. Rocco recuperò la lattina di fagioli. «E dove ci nascondiamo?».

«Fuori. Copriti bene...».

Attesero che le due luci si mostrassero per quello che erano: due torce montate sui caschi. Le due ombre avanzavano a fatica nella neve. Stavano affrontando l'ultimo tratto prima del rifugio. Rocco fece un cenno a Italo che lo seguì. Uscirono all'aria aperta. Una mano gelida li afferrò. Veloci andarono a mettersi dietro l'angolo della casa e si accucciarono in attesa.

«Congeliamo...» sussurrò Italo. Rocco si portò l'indice davanti al naso. Un minuto dopo la prima ombra spuntò da dietro la roccia. Un uomo alto, con la luce sul casco che allungò la mano e aiutò il compagno a raggiungere la piattaforma del rifugio. Guardarono il rifugio ma lo ignorarono. Poi proseguirono verso le pareti di roccia.

«Che facciamo? Li seguiamo?».

«No. Guardiamo dove vanno».

Fecero il giro della casupola. Le due luci continuavano a salire verso la roccia scura lasciando un alone chiaro sulla neve. Sparirono dietro un avvallamento.

«Quanto c'è a piedi da qui alla parete?» chiese Rocco.

«Un'oretta almeno!».

«La pistola l'hai portata o l'hai scordata con la cena?». Pierron neanche gli rispose.

Un'ora e mezza dopo, Carlo e Sandro entrarono nel rifugio. Gettarono gli zaini a terra e accesero le due candele. La salita in piena notte a quasi 20 gradi sotto lo zero era stata dura e faticosa. Respiravano e si guardavano negli occhi soddisfatti. «Come ti senti?» chiese Carlo.

«Meglio» rispose Sandro.

Entrarono nella stanza col tavolaccio e le brande. La fievole luce illuminò due ombre. I due architetti sobbalzarono.

«Buonasera!».

In piedi vicino al tavolo c'era il vicequestore Rocco Schiavone. Davanti al cucinino l'agente Italo Pierron che brandiva la beretta. Con due passi veloci si mise alle loro spalle davanti alla porta. «Tutto bene?». Carlo e Sandro si guardarono perduti.

«Aprire lo zaino» ordinò Rocco. «Molto ma molto lentamente».

Carlo si chinò. Sganciò la chiusura e lo consegnò a Rocco. «E vediamo cosa abbiamo qui...» rovesciò il contenuto sul tavolo. Una corda blu da arrampicata. Mostrava un capo tagliato e sfilacciato. Un altro piccolo pezzo di corda blu poco più lungo di un metro. Un orologio da polso Rolex con il vetro spaccato. «Ecco qui! Visto, Italo?». Rocco ne osservò il quadrante. «Questo segna le 11 e 35. A che ora è arrivata la chiamata al 118?».

«Alle 12 e 10» disse Pierron.

«Di grazia, posso sapere perché c'è questa discrepanza?». Carlo e Sandro rimasero in silenzio. «Questo orologio secondo me s'è rotto al momento della caduta di Ludovico. Che è avvenuta presumibilmente alle 11 e 35. Perché avete chiamato i soccorsi... vediamo, 35 minuti dopo?».

I due alpinisti tacevano. «Ve lo dico io? Perché prima dovevate fare la messa in scena. Non si è ammazzato precipitando sul ghiacciaio per una sua imprudenza. No, lui è morto prima, sfracellandosi sul terrazzo dove secondo voi voleva cagare. E come c'è caduto? Semplice, gli avete tagliato la corda mentre lo calavate dalla parete che sta lì sopra. Appena si è appeso e si è sporto nel vuoto, zac, un taglio netto con il coltello ed è venuto giù per quindici metri, come da un palazzo di cinque piani. Solo che si è schiantato sul terrazzo. Allora siete scesi, lo avete trovato morto o magari agonizzante, gli avete tolto dall'imbracatura il moncherino di corda tagliata...» e Rocco alzò proprio quel metro di corda blu trovata nello zaino dei due alpinisti, «gli avete calato i pantaloni e lo avete buttato giù per il dirupo. Altrimenti la storia della defecazione a metà discesa mica reggeva, no?».

Italo annuiva convinto.

«Siete arrivati al corpo, e vi siete accorti dell'orologio fermo. Glielo avete tolto. Solo che dovevate rinfilare il guanto, cosa che non avete fatto. Perché? Difficile, forse il povero Ludovico aveva le dita fracassate? Solo allora avete chiamato il soccorso. Ed ecco la prova di come è caduto il vostro amico sul terrazzo!». Rocco alzò la corda blu. Mostrò una specie di fiore formato dai fili troncati da una lama, sfilacciati. «Gli avete tagliato la corda! Che poi avete inguattato insieme all'orologio per nascondere le prove. Tutto qua!».

«È una bella ricostruzione la sua. Da romanzo, ma è una ricostruzione» fece Carlo che non voleva arrendersi. «Lui s'era fermato su quel terrazzo per defecare e...».

«E allora mi spieghi perché proprio su quel terrazzo abbiamo trovato la gomma da masticare, col sangue di Venier e addirittura un dente incastrato dentro? Mi vuole dire che l'ha sputata lui prima del bisogno e siccome ha la piorrea o roba simile ha perso un dente? Pierron, ce l'hai i braccialetti?».

«Come no... prego, alzatevi signori!». Sandro e Carlo obbedirono. Italo li ammanettò insieme. «Sedetevi pure sul letto, grazie».

Carlo e Sandro si guardarono in silenzio.

«Bene. E ora aspettiamo l'alba che ci vengono a riprendere».

«E perché l'avremmo fatto, sentiamo!».

«Zitto!» urlò all'improvviso Rocco guardando Carlo negli occhi. La calma sfoderata fino a quel momento lasciò il campo alla bestia. «Stai zitto! È la gente come te e il tuo compare che mi rende la vita un inferno. Siete due imbecilli, due poveracci, mi avete costretto a fare cose che mai avrei sognato di fare. E tutto questo perché? Per soldi, è chiaro. Sto aspettando che il giudice mi faccia avere notizie, ma sono sicuro che qualche merdata l'avete combinata e dovevate eliminare quel poveraccio».

«Queste sono tutte illazioni. Noi siamo saliti qui per riprendere parte del nostro...».

Lo colpì in pieno viso e il guanto attutì il rumore. Carlo cadde di traverso sulla branda. «Se io dico zitto significa zitto! Non parlare, imbecille!».

«Io ti denuncio» urlò Sandro guardando l'amico.

«Tu ti fai vent'anni, pezzo di merda!».

I due ammanettati dormivano coperti dal piumone. Russavano. Italo se ne stava sulla branda di fronte e cercava di tenere gli occhi aperti. Rocco era sveglio come se fosse già mattina. «Rocco, io dormo un po'» disse Italo.

«Fai pure. Dove vanno tanto? Ammanettati manco Messner e Bonatti ce la farebbero a scendere fino alla valle...».

Poi si alzò. Andò al librone sul leggio. Prese la penna e scrisse: «26/3/2013. Andate affanculo! Rocco Schiavone».

Tornò al suo posto e si fissò a guardare la luna aspettando che diventasse un sole.

Quando scese dall'elicottero, Casella e Deruta comandati da Rispoli presero in consegna i due alpinisti. Rocco corse fino allo spogliatoio, non vedeva l'ora di togliersi quei vestiti da palombaro e tornare al suo abbigliamento civile.

«Schiavone, sono Baldi. Ho già saputo. Confermo l'arresto».

«Ha scoperto qualcosa a Biella?» chiese tenendosi il cellulare sulla spalla mentre cercava di allacciarsi le Clarks.

«Certo. Avevano truffato l'amico. Ripresentando il progetto senza la firma di Ludovico Venier e estromettendolo dall'affare. Con lui morto nessuno avrebbe detto più nulla».

«Ma l'affare, di cosa si tratta?».

«Una commessa da quattro milioni di euro, Schiavone».

«Tanto valeva la vita di Ludovico?».

«Ci rifletta. Valeva un terzo della somma!».

«Purciari...» disse Rocco sottovoce.

«Che ha detto?».

«Pezzenti, dottore. Pezzenti!».

«Può dirlo forte. Dopo passa in tribunale?».

«E certo, non vedo l'ora. Prima vado a fare colazione. Sono a digiuno dall'altra sera».

«A più tardi allora».

Si voltò. Italo s'era rimesso la divisa. Aveva la faccia verde. «Che hai, Italo? Vieni a fare colazione con me?».

«Rocco, io declinerei...».

«Sei verde».

«Il tonno. Mi sa che non andava».

«No? Non era un posto da serata romantica?».

Italo si voltò di scatto e vomitò sul pavimento degli uffici della protezione civile.

«Buona Pasqua, Italo. A domani, se ce la fai...».

Alicia Giménez-Bartlett

Una poco di buono

Dedicato a Nacho, Abdul e Sayan,
in ricordo di una meravigliosa visita a Goa

Ringrazio il dottor Miguel Orós per i ragguagli in materia di medicina legale che mi sono stati necessari per scrivere questo racconto.

A. G.-B.

Odo, Petra, la sua afflizione
e ascolto il triste concerto
che fanno, suonando a morto
la campana e il cannone.

«Cos'è questa roba, Fermín?».

«Un'ode patriottica».

«Sì, questo lo so».

«Solo che io al posto di "patria" ho messo "Petra"».

«Me ne sono accorta».

Guardai il viceispettore come se me lo vedessi davanti per la prima volta. Negli ultimi tempi i capelli gli erano diventati quasi tutti bianchi, e i baffi pure. Ma gli occhi gli brillavano di malizia come a un adolescente. Spandeva un forte odore di caffè.

«È così che si sente, oggi, come un vecchio poeta, Garzón?».

«Io? Per niente! Ho un'energia che spacca i muri».

«Ottenuta a forza di caffeina, se l'olfatto non m'inganna».

Tolse il braccio destro da dietro la schiena e mi porse un bicchiere di carta colmo di caffè.

«Stavo giusto aspettando che mi desse dell'egoista e dell'insensibile perché non avevo pensato a lei, ma tra un po' mi brucio le dita con questo coso».

Gli strappai di mano il gradito omaggio e sollevai il coperchio. Che buon odore ha il caffè! Sa di promessa mattutina, di incoraggiamento e di conforto, di chiacchiera tra amici. Basta entrare in un bar a metà mattina: espresso, macchiato, ristretto, lungo, doppio, cappuccino, con ghiaccio, con zucchero bianco, zucchero di canna, dolcificante... Per gran parte della popolazione questa è la sola scelta concessa in una lunga giornata. Di lì tutti traggono le forze per inalberare la bandiera della volontà, pronti a uccidere pur di difenderla, se necessario.

Garzón mi strappò alle mie meditazioni sul caffè:

«Ispettore, non vedo nessuna reazione ai versi che le ho recitato».

«Cosa si aspettava, un applauso?».

«Poteva almeno pensare che l'afflizione e il cannone e le campane a morto volessero dire qualcosa, no? Un'investigatrice che non deduce, che investigatrice è?».

«A quest'ora del mattino non sono abbastanza sveglia per le deduzioni. Vuoti il sacco, Fermín».

Alle prime luci dell'alba uno sportivo che faceva jogging sulla salita della Rabassada aveva trovato il cadavere di una donna, nel fosso lungo la strada. E visto che la faccenda sembrava opera della criminalità organizzata, il caso era stato affidato alla Policía Nacional, e al nostro commissariato, per poi finire, più precisamente, a Garzón e a me.

«E parlare prima, Garzón?».

«C'è tempo. Il medico legale e il magistrato sono stati avvisati solo adesso. E sul posto ci sono quelli della Policía Urbana. È tutto sotto controllo. Finisca il suo caffè».

«Solo lei è capace di declamare versi in queste situazioni» brontolai mentre volavo a mettermi il cappotto.

Tirava un vento gelido, e forse per questo, guardando le cosce scoperte della donna, sentii un brivido percorrermi la spina dorsale. Emisi addirittura un piccolo gemito. Non mi sono mai abituata al drastico spettacolo della morte violenta. Comunque fosse, il freddo mi entrò nelle ossa, e lì se ne restò, acquattato, mentre osservavo il cadavere. Non c'era niente, in apparenza, che si potesse considerare una novità: gettata su un fianco, con la gonna corta rialzata fino a mostrare le mutandine, una donna dal fisico tozzo, che aveva tutta l'aria di essere una prostituta, giaceva tristemente a terra. È facile essere vittime quando si lavora in strada. La sequela di omicidi commessi nel mondo della prostituzione, che da tempo riempiva le cronache dei giornali, si allungava senza che nessuno fosse capace di fermarla. Forse anche quella donna si era ribellata ai suoi sfruttatori, e loro, dalle minacce, erano passati ai fatti.

Il giudice e il medico stavano discutendo. Mi avvicinai per capire di che cosa si trattasse.

«Ci sarà da fare l'autopsia ed esaminare ogni dettaglio con cura, ma così, a naso, direi che questa donna è morta da almeno due giorni».

«Eppure, come le dico, è ben strano che un corpo venga abbandonato tanto tempo dopo la morte» replicò il giudice.

Entrambi mi guardarono. Mi strinsi nelle spalle e mostrai i palmi, vuoti di ogni opinione.

«Posso vederla?» domandai, per dimostrare che ogni domanda sarebbe stata prematura.

Garzón si accovacciò accanto a me e osservammo da vicino il corpo: capelli di un biondo furioso, ottenuto con prodotti da supermercato, occhi impiastricciati di matita nera e rimmel, monili di bassa bigiotteria, camicetta leopardata e zatteroni. Non dava l'idea di far parte della serie di prostitute uccise, e certo non per lo scarso gusto nel vestire, ma perché doveva essere già ampiamente al di sopra dei cinquant'anni, mentre le vittime del racket raramente arrivavano ai trenta. E poi, a dirla tutta, non era affatto attraente, mentre la bellezza di quelle ragazze, tutte del tipo nordico, era stata molto commentata dappertutto.

Il commissario Coronas, secondo una logica squisitamente poliziesca, non aveva voluto escludere un legame di quella donna con la rete di sfruttamento, e aveva messo il caso nelle nostre mani. Eppure fin da subito ebbi la certezza che quello fosse un episodio a sé. Niente a che vedere con nessuna organizzazione criminale.

Ma ormai eravamo lì, davanti a un corpo senza vita buttato come uno straccio.

«Sembra una bambola rotta» mi disse Garzón sottovoce.

«Sì, la bambola vecchia e brutta da cui le bambine non vogliono separarsi».

«E invece questa l'hanno tolta di mezzo senza tanti complimenti. Poveretta, è orribile».

Era vero, davanti a quel cadavere era difficile perfino provare pietà. Tutto era così grottesco: il fisico, l'abbigliamento, la posizione. Mi sforzai di provare dei sentimenti. Anche lei meritava pietà: una prostituta quasi sessantenne, priva dei mezzi necessari non solo per smettere di fare la vita ma anche per sistemarsi in modo più decente. Avvertire una fitta di pena mi fece sentire meglio. Non mi piace indagare su un omicidio senza provare una certa compassione per la vittima; e anche per l'assassino, alla fine, quando riusciamo a prenderlo.

Le tracce trovate vicino al corpo erano scarse: un mozzicone di sigaretta, un bioccolo di lana rossa... Tutto fu debitamente raccolto e sistemato nelle apposite buste, senza la minima convinzione che potesse servire. Difficile sapere da quanto tempo quei reperti erano lì. E il fatto che il corpo fosse stato portato in macchina non permetteva di risalire alla scena del delitto, che è sempre un'importante fonte di indizi. Come se non bastasse, i due giorni trascorsi dalla morte avrebbero reso meno affidabile l'autopsia. Testimoni? Difficile che ce ne fossero, praticamente impossibile, in pieno inverno, lungo una strada fuori mano, nelle ultime ore della notte. Insomma, avevamo tutto contro. Ma volli farmi coraggio. «Ne hai scalate di montagne più impervie» mi dissi, e prima di ragionarci su per capire se fosse vero o no, tirai la manica al mio collega perché si unisse al gruppo, a presenziare alla rimozione del corpo.

Che la nostra vittima fosse una prostituta qualsiasi, della quale si poteva escludere a priori l'appartenenza a quel vistoso quanto triste caso di tratta delle bianche, non favoriva la celerità delle indagini. Nell'attesa del referto dell'autopsia, la nostra squadra, composta da Garzón, Yolanda, Sonia ed io, cominciò a fare il giro di tutti i baracci malfamati della città, di tutti i posti frequentati da confidenti e marioli con la lingua lunga, mostrando la triste fotografia della defunta. I luoghi storici della prostituzione cittadina furono il nostro campo di battaglia per una settimana. Sono imprese, queste, che richiedono pazienza e buona volontà, perché le persone da sentire sono molte, e non sempre facili da trattare. La buona volontà non ci mancava, ma quanto a pazienza eravamo messi molto peggio, almeno per quanto riguardava me. Come diavolo era possibile che nessuno, assolutamente nessuno, avesse mai visto quella falena bionda dal corpo a barilotto? Nemmeno una collega che avesse notato la sua assenza, né un lenone di bassa lega, né il padrone di un bar dove andasse a ripararsi dal freddo o a confortarsi, né un cavolo di parente, anche lontano? Che fenomeno era mai quello? Lo sbocciare di un fiore spontaneo ed effimero che non lascia nemmeno un ricordo del suo passaggio sulla terra?

Le mie due giovani agenti tentarono a modo loro delle ipotesi a partire dagli abiti e dall'aspetto della signora.

«La faccia non ha espressione perché è morta da un pezzo» disse Yolanda. «Certo, poveraccia, che poteva truccarsi un po' meglio. Guarda che ombretto».

«Il malva va di moda» obiettò Sonia.

«E questo che c'entra? Voglio dire che è dato malissimo, sembra messo a casaccio. È chiaro che, oltre a non essere bella, non ci teneva per niente».

«Be', su questo non sono d'accordo, deve aver usato prodotti di qualità, se dopo due giorni si vedono ancora».

Sperai che non ne venisse fuori una di quelle discussioni inutili cui tante volte mi era toccato assistere. Mi interessavano di più i commenti sugli abiti, che cominciarono a esaminare manipolando con i guanti le buste di plastica trasparente:

«Il top leopardato dev'essere dei cinesi» disse Sonia con smorfia di disgusto. «Da nessun'altra parte si trova roba così orrenda. Guardate l'etichetta».

«Luxury Fashion. Made in PRC. Cosa vuol dire?».

«Popular Republic of China» declamò la ragazza, felice di segnare un punto a suo favore.

«Però la gonna non è della sua misura» continuò Yolanda. «Guardate che vita stretta. La signora della fotografia non può starci, qui dentro. Per questo la cerniera era abbassata».

«L'avrà comprata così perché fosse più corta, per scoprire le gambe».

«Poteva farla allargare, almeno».

«Ma sei scema? È chiaro che la tipa non era il massimo dell'eleganza e dello stile».

Perché si beccavano sempre tra di loro, quelle due? Che cosa volevano? La nostra approvazione? La medaglia della piccola Sherlock Holmes? Le avrei volentieri prese a scarpate. Dio mio, le scarpe! Meglio che non dicessero niente sulle scarpe. Ma Yolanda era decisa a mostrare la sua sagacia:

«Portava calze di lana sopra il ginocchio, con quel freddo, e le scarpe sono di una volgarità spaventosa, anche se nuove».

«Nuove?».

«Guarda le suole» aggiunse. «Doveva averle messe per la prima volta quel giorno».

«Magari le usava solo ogni tanto» azzardò Sonia.

«Sono nuove, ti dico! Sei cieca?».

«Basta, adesso. Potete andarvene tutte e due».

Non appena furono uscite sospirai guardando il mio collega:

«Che pesantezza! E dire che di solito vanno d'accordo».

«Vogliono farsi belle davanti a lei, ispettore».

«Davanti a me?».

«Certo, lei è il loro modello, la persona a cui vogliono assomigliare».

«E io sono così rompicoglioni su certe cose, Fermín?».

Non ebbi risposta. Si limitò a guardare il soffitto atteggiando le labbra a un fischiettio distratto.

«Lasciamo perdere» continuai. «E gli effetti personali di questa disgraziata, dove diavolo sono?».

«Non ce ne sono, ispettore. Niente borsetta, niente tasche. Solo una tessera dei trasporti. Pare ce l'avesse attaccata sotto la pianta di un piede, con la calza sopra».

«Una tessera esaurita?».

«Usata a metà».

«Vedremo cosa si riuscirà a ricavarne».

Tanta lentezza cominciava a darmi sui nervi. Chiamai il giudice che istruiva le indagini e riuscii, dopo grandi insistenze, a farmi dare il nome del medico che avrebbe eseguito l'autopsia. Poi feci una cosa che non avrei mai dovuto fare: lo chiamai per sollecitare. Doveva essere giovane, perché non mi mandò al diavolo. Anzi, si scusò per il ritardo e mi fece una proposta insolita:

«Direi che questa sera verso le sette avrò finito. Se desidera può passare di qui, così le spiego a voce, no?».

Giovane? Doveva essere un lattante per non essere ancora stato contaminato dalla cafonaggine che impera nel nostro ambiente. Fui parca nei ringraziamenti per non rivelargli quanto il suo trattamento fosse eccezionale.

E in effetti, giovane lo era, e anche un bel ragazzo, francamente irresistibile in camice bianco. Sorrideva in modo cortese e si esprimeva senza sentire il bisogno di usare parole grevi.

«Da quanto tempo è in servizio?» mi interessai.

«Tre mesi» fu la conferma alle mie supposizioni.

Altri tre mesi sarebbero bastati per condurlo sulla ripida china della maleducazione. Il viceispettore gli diede una bella spinta non appena aprì bocca:

«Senta, a parte tutta la pappardella didattica, le spiace se diamo un'occhiata noi alla salma? Non sarà un bell'aperitivo, ma almeno così ci capiamo».

Il dottorino aprì la porta della sala autoptica e ci fece entrare. Su una delle lettighe c'era la nostra vittima, coperta da un lenzuolo. Il dottor Segovia, così si chiamava il bel giovane, cominciò il suo discorso:

«La morte risale a due giorni prima del ritrovamento. Presenta diverse escoriazioni al volto e alla fronte procurate dopo il decesso, probabilmente quando è stata estratta dall'auto e trascinata sull'asfalto fino al punto in cui è stata trovata».

«Il tipo non ha perso tempo. Avrà avuto una paura matta che passasse qualcuno» commentò il viceispettore.

«Non sappiamo neppure com'è morta» aggiunsi.

«Dissanguata» sentenziò il medico. Ha una coltellata profonda nello stomaco.

«Però sugli abiti non c'era sangue. Sul corpo ce n'era?».

«Un po' intorno alla ferita. Ma solo tracce».

«Vuol dire che l'assassino ha lavato la vittima e l'ha cambiata d'abito?» chiese il viceispettore.

«Evidentemente» dissi. «Forse non voleva attirare l'attenzione quando l'ha portata fuori dal luogo dove l'ha uccisa».

«Ma come si fa a uscire in strada con un cadavere senza attirare l'attenzione?» volle sapere Segovia.

«Ci sono tanti modi: dentro un baule, oppure facendo finta che la vittima stia male, che sia ubriaca...».

«E il sangue? Dov'è finito tutto il sangue di questo corpo sventurato?» si domandò Garzón di nuovo in preda all'afflato poetico.

«C'è altro da segnalare?» chiesi, per arrivare al sodo.

«Non aveva assunto droga né alcol. Non ha nessuna caratteristica morfologica particolare. È una donna normale».

«Una prostituta» puntualizzò il mio collega.

«Questo dall'autopsia non è risultato».

Chiesi il permesso di dare uno sguardo, e a un cenno di assenso del medico alzai il lenzuolo che copriva il corpo. Una donna normale, se non fosse stato per quella tinta dei capelli giallo paglia e la lacca di un rosso vistoso che si era data alle unghie delle mani e dei piedi, con considerevole inettitudine, tanto che in molti punti usciva dai margini dell'unghia e si estendeva sulle pellicine circostanti. Il resto era come al solito: seni e ventre flaccidi, ginocchia sporgenti... le ingiurie dell'età.

«In conclusione» mormorai, «di progressi ne abbiamo fatti pochi».

«E quella tessera che aveva sotto il piede, non fornisce elementi utili?».

«Su quella non siamo ancora andati a fondo» risposi con imbarazzo. «Abbiamo esaminato gli abiti».

«È saltata fuori quando la spogliavamo, dentro una calza. Sembrava una specie di tessera della metropolitana. Dev'essere tra i reperti».

Ah, sì, la tessera dei trasporti! Correre come matti da una parte all'altra senza prestare la debita attenzione a ogni dettaglio non favorisce certo le indagini. Tornammo in commissariato ed effettivamente, come ci aveva fatto notare il medico, il nostro indizio era là.

«Certo, è una tessera dei mezzi pubblici, ma non ne ho mai vista una simile. Sonia dice che le fanno per i turisti».

Riguardai le scarpe, nere, volgarissime, due zatteroni tozzi, plasticosi. Le calze erano nere, di lana spessa. Se il corpo era stato rivestito dopo l'assassinio, quel cartoncino doveva essere finito dentro le calze per sbaglio. Una tessera dei trasporti. Un oggetto talmente comune che a stento lo si può considerare come un indizio. Lo osservai bene: «Barcelona Card» c'era scritto.

«Lei sa se questa tessera ha qualche particolarità?» chiesi a Garzón.

«Mai vista in vita mia. Io qui ci vengo a piedi, sono anni che non prendo un autobus».

«Santo cielo, Garzón, come ci siamo allontanati dalla vita del proletariato! Mi vergogno perfino a chiedere che tipo di biglietto è».

Chiamammo le ragazze, che pur essendo utenti regolari dei mezzi pubblici, non avevano mai visto quel tipo di tessera. Anche se a Sonia pareva di ricordarla in una pubblicità. Avrei fatto prima cercandola al computer.

«Basta, lasciate stare. Qui c'è tutto. La Barcelona Card è una specie di tessera onnicomprensiva per visitare la città, che permette di viaggiare su tutti i tipi di mezzi pubblici e di entrare gratis in una serie di musei e attrazioni: Museo Picasso, monumento a Colombo, Museo del Cioccolato...».

«C'è un Museo del Cioccolato a Barcellona?» mi interruppe Sonia sempre inopportuna. La guardai con occhi assassini e proseguii, scandendo bene le parole:

«Il prezzo varia in funzione dei giorni di utilizzo. Esiste da tre, da quattro e da cinque giorni».

Le due agenti si precipitarono sul cartoncino e lessero il numero scritto in grande:

«Cinque! E la vittima ne aveva già consumati due».

«Poverina, magari non ce l'ha fatta ad andare al Museo del Cioccolato» tornò a ironizzare Sonia.

Prima di mandarla a quel paese sciolsi la riunione distribuendo ordini a destra e a manca.

«Sonia e Yolanda: domani voi due continuerete il giro nell'ambiente della prostituzione. E lei, viceispettore, mi preparerà una relazione scritta su tutto quanto abbiamo fatto finora, non voglio guai con il giudice. Buonasera a tutti».

Le ragazze scapparono via subito, ma il mio collega si attardò nel mio ufficio, soltanto per dirmi:

«Se il colpevole è un turista, Petra, allora siamo fregati. Lei lo sa come si complicano le cose? Come facciamo a beccare un tizio che...».

«Basta, Fermín! Ci manca solo che lei mi sottolinei le difficoltà. È stata una giornata lunga. Voglio andarmene a casa e smetterla di pensare alle puttane assassinate».

In casa c'era Marcos, ma nessuno dei ragazzi. Mi dispiacque, la presenza dei suoi figli dà alle serate la giusta dose di confusione che aiuta a dimenticare i problemi del lavoro. Alzando gli occhi dal giornale, mio marito mi sorrise.

«Dalla tua faccia deduco che è meglio non chiederti com'è andata».

Crollai sul divano come un generale dopo la battaglia, e sbuffai, con lo sguardo al soffitto. Marcos si alzò:

«E dai tuoi gesti deduco che hai bisogno di bere qualcosa. Ti farò una sola domanda: ti va di parlare, sì o no?».

«Basta che non mi parli di puttane morte».

«No, stai tranquilla, non sono tra i miei argomenti preferiti».

Scomparve silenziosamente e un attimo dopo era di ritorno con due bicchieri di Porto.

«Grazie, caro. Ti ho mai detto che detesto fare il poliziotto?».

«Da quando ci conosciamo me lo hai detto tutti i santi giorni. Ma proprio perché ci conosciamo, non ti ho mai dato retta. Quello che fai ti piace, Petra, arrenditi all'evidenza».

«Ma ci sono delle volte che... Hai seguito il caso delle donne assassinate dal racket internazionale?».

«Non pensavo ti occupassi di questo».

«No, infatti. Quello è un caso grosso, importante, che permetterà di liberare dalla schiavitù un mucchio di ragazze belle e giovani. Il nostro è decisamente più modesto. Una vecchia prostituta, brutta e malmessa, non identificata, trovata dentro un fosso. Per di più potrebbe averla ammazzata un turista. Ti viene in mente qualcosa di più squallido?».

«Certo, non sarà un caso da prime pagine dei giornali, ma mi pare che a te della fama non sia mai importato nulla».

«Ed è vero, credimi. Ma proprio per questo mi preoccupo. Se il colpevole non salta fuori in fretta, tutta la faccenda sarà archiviata e dimenticata. A chi può importare di una povera prostituta di quell'età? Certo, a me importa. Mi fa arrabbiare, mi dà fastidio. Soprattutto perché non sarà facile scoprire chi è stato».

«Devo dirti che sei come Robin Hood?».

«Grazie, molto spiritoso! E adesso non dirò una parola di più. Parliamo dei ragazzi, piuttosto. Li hai sentiti?».

«Solo un attimo. Hugo e Teo stavano litigando per una questione che non ho capito bene. Alla fine l'unica cosa che sentivo era il rumore degli schiaffi. Naturalmente, ho riattaccato».

«E Marina?».

«Era arrabbiata. La madre non l'ha lasciata andare a una festa di compleanno».

«E tu che cosa le hai detto?».

«Niente. Si è lagnata per un po' ma non voleva stare a sentire».

«Allegria! Sembrerebbe che parlare di puttane morte sia quasi meglio!».

«È quello che penso anch'io».

Ci preparammo un'insalata di pollo e ci sedemmo a tavola. Il silenzio cominciò a pesarmi.

«Se non parliamo di puttane o di bambini sembra che non abbiamo più niente da dirci» osservai.

«L'esperienza mi insegna che bisogna avvicinarti in modo diverso a seconda del caso di cui ti occupi. E quello di oggi non mi trova preparato».

«Non farmi sentire un mostro. Tentiamolo su di te, l'avvicinamento. Com'è andata al lavoro oggi?».

«Petra, per favore, il tuo stato d'animo viene prima. Sei tu che ti muovi tra i morti ammazzati. E la morte di un essere umano influisce sullo spirito molto più che la semplice costruzione di un edificio. L'animo di un architetto è molto più stabile».

«Sei molto comprensivo, quasi mi offendi».

«Ti offendo? Adesso sì che non ti capisco».

«È molto semplice: di qualunque cosa si parli, sembra sempre che l'argomento debba dipendere da me. E non mi piace».

Si mise a ridere, e questo è importante. Se la persona con cui stai non ti fa ridere o non riesci a farla ridere, conviene formare un terzetto o chiuderla lì. È vero che all'inizio del nostro matrimonio avevo giurato di non commentare mai con Marcos le vicende del lavoro, ma avevo rotto i voti già più di una volta, e quella sera sentivo il bisogno di farlo. Forse raccontare quella storia mi avrebbe alleggerita del peso che sentivo.

«Sai, si tratta di un caso che potrebbe rivelarsi molto complicato, di quelli in cui la vittima è un soggetto debole, che non conta niente per nessuno».

«E proprio questi sono i casi che ti stanno più a cuore».

«Non voglio far la parte della santa, però è vero che i deboli sono la mia debolezza. E quella vecchia prostituta... Pensa che nessuno ha reclamato il suo corpo, nessuno la conosceva, sembra non avesse neppure delle amiche tra quelle del suo mestiere».

«E come lo sapete che è una prostituta?».

«Portava l'uniforme d'ordinanza: abiti provocanti da pochi soldi, occhi pesantemente truccati, zatteroni...».

Lui annuì più volte, guardò il pavimento, pensieroso.

«Petra, hai mai pensato di smettere di lavorare? Forse ti sentiresti sollevata se non ti occupassi più di certe cose».

«Troppo tardi. Io le ho già viste, certe cose, e so che continuerebbero a succedere anche se non le vedessi tutti i giorni. Almeno così ho la sensazione di fare qualcosa, anche se a volte devo riconoscere la mia inettitudine».

«Tu sei una buona investigatrice, e sono sicuro che chiunque abbia ucciso quella donna la pagherà».

«Certo, Marcos. Lo prenderemo e la pagherà cara».

«Ecco, ora ti riconosco».

E lì finì la nostra chiacchierata. Meglio così, perché né lui era convinto di quello che diceva, né io avevo tutta la sicurezza in me stessa che stavo mostrando. Quindi finimmo di cenare parlando del più e del meno, e dopo un'oretta dedicata alla lettura ce ne andammo a dormire.

La mattina dopo il viceispettore Garzón mi ricevette con una salva di lamentele:

«Porca miseria, Petra! Abbiamo Yolanda e Sonia a casa a dormire, dopo aver passato tutta la notte in giro per le peggiori bettole della città. E lo sa che cos'hanno scoperto? Niente! Nessuno l'ha mai vista, quella donna. Non si sa da dov'è uscita, se è venuta dallo spazio, se si è materializzata dal nulla! Questo caso è una ciofeca, ispettore. Se non c'è un magnaccia né una puttana in grado di riconoscere quella poveraccia, mi dica lei cosa possiamo fare».

«C'è quella tessera della città. Se ha visitato qualche museo forse qualcuno può identificarla».

«Ma da quando una prostituta si compra un abbonamento ai musei della città?».

«Magari una prostituta appena arrivata da fuori, in vena di arricchirsi culturalmente. O forse il turista era l'assassino, e ha perso la tessera».

«Strano che sia finita lì».

«Mica tanto. Usi l'immaginazione. Si alzano dal letto, si rivestono in fretta e lei pesta accidentalmente la tessera caduta, che le rimane appiccicata al piede. Poi si rimette calze e scarpe e il cartoncino rimane lì. Possibile».

«Possibile ma strano».

«Comunque quella tessera ci dice che un turista ha avuto a che fare con questa storia».

«Sì, ma un turista che non è per forza l'assassino».

«Sarebbe strano se non lo fosse. È stato l'ultimo ad andare con lei, perché se la donna avesse avuto un altro cliente, la tessera le si sarebbe staccata dal piede. No, mi ascolti: è andata così. Va col turista, e le rimane attaccata al piede la tessera caduta dai pantaloni dell'uomo. Ma succede qualcosa, litigano, il tipo si infuria e la uccide. La carica in macchina e va a buttarla nel fosso, dopo averla lavata».

«E la tessera non si è staccata dal piede mentre lavava il corpo?».

«Forse non le ha tolto le calze».

«Mi pare molto tirato per i capelli, Petra».

«Lo so, viceispettore. Crede che io sia scema?».

Ci mettemmo a riflettere ciascuno per conto proprio, ma la domanda doveva essere la stessa per tutti e due: qual era la crepa in cui infilare la leva che ci avrebbe permesso di scoperchiare quel mistero? Doveva esserci. Da qualche parte c'è sempre. Di colpo mi svegliai da tutto quel pensare e inorridii della nostra immobilità.

«Si può sapere che cosa diavolo stiamo facendo?».

«Pensare, ispettore, pensare».

«E da quando la pratica investigativa consiste nel pensare?».

«Diamine, Petra, un bravo poliziotto...».

«Un bravo poliziotto è un uomo d'azione. Se i poliziotti dovessero pensare saremmo tutti dei filosofi».

«E quale sarebbe la nostra linea d'azione?».

«Di quali indizi disponiamo?».

«Di quella cavolo di tessera e basta».

«Bene, cominciamo da lì. Visiteremo tutti i musei dove lei o lui, o tutti e due insieme, possono essere stati».

«Ho difficoltà a credere che una prostituta vada per musei, e ancor di più che ci vada con un cliente, magari mano nella mano come una coppia in viaggio di nozze».

«Se la mette così, allora io trovo difficile credere che uno che va a puttane, e con una puttana di quel genere, possa aver visitato un solo museo in vita sua. Ma la natura umana riserva delle sorprese, Garzón. A Franco piaceva Charlie Chaplin, Hitler amava i cani. E noi non siamo nelle condizioni di escludere niente. Dica alle ragazze di venire subito».

«Ma, ispettore, hanno scarpinato fino all'alba, devono essere distrutte».

«Tollererò».

«Tollererà che cosa?».

«Tollererò il lavoro, certamente imperfetto, di due giovani agenti piene di sonno».

«Lei è una sfruttatrice senza pietà».

«La gioventù, Garzón, è un peccato da espiare».

Un paio d'ore dopo eravamo tutti e quattro riuniti nel mio ufficio. Le ragazze avevano gli occhi gonfi e le facce non troppo sveglie, ma si guardarono bene dall'aprir bocca per protestare.

«Vediamo» cominciai. «Qui c'è la lista dei musei che offrono l'ingresso gratuito ai possessori della famosa tessera. Ci dividiamo in due squadre. Ci presentiamo lì e mostriamo la foto della vittima al personale all'ingresso per vedere se qualcuno la riconosce. Cominceremo da quelli che ci sembrano più probabili».

Presi la lista e lessi:

«Monastero di Pedralbes».

«Poco probabile. Non me li immagino quei due a visitare monasteri» disse Garzón.

«D'accordo. Lo lasciamo per ultimo. Monumento a Colombo».

«Questo lo metta per primo. A tutti piace salire in alto per sentirsi superiori».

«Giusta osservazione, Yolanda. Ci andrete tu e Sonia, come prima cosa».

«Possiamo andare anche al Museo del Cioccolato? Muoio dalla curiosità» si inserì senza vergogna l'ineffabile Sonia.

«Va bene. Museo del Cioccolato al numero due. Torre di Collserola».

«Un altro belvedere sulla città? Doveva avere il complesso dell'uccello» fu il commento del viceispettore.

«Be', col mestiere che faceva» rise Yolanda.

«Numero tre. Museo di Scienze Naturali».

Ci fu un momento di esitazione. Nessuno riusciva a tirar fuori una scempiaggine adatta. Alla fine si lanciò il mio collega:

«A quello ci andiamo noi, se le va. Magari può trarre insegnamento dal Big Bang».

Le due ragazze risero, mentre io lo fulminavo.

«Museo Marès».

«E che cos'è, ispettore?».

«Una volta ci sono stata» risposi. «È la casa privata di un ricco borghese catalano. È pieno di antiche sculture in pietra. Probabilmente le comprava ai preti di campagna a colpi d'assegni. Deve aver razziato mezzo patrimonio nazionale».

«Che faccia tosta! E non si può fare niente contro di lui?» esclamò Sonia piena di sacrosanta indignazione.

«Lo lasciamo per le prossime indagini, d'accordo, Sonia?» risposi fra i denti, provocando i risolini degli altri due. «Lì, comunque, ci andremo noi. Voi andrete all'Orto Botanico».

«Sì, le puttane vanno matte per i fiori. E poi la nostra vittima non era un fiore nel fango?» ironizzò Garzón.

«Noi andremo al Museo del Modernismo catalano. Voi a quello di Storia della Città, che si trova in Plaza del Rey. Poi, cosa rimane? Ah, il Museo Picasso! Direi che è il più improbabile di tutti».

«Ma pure quello di Storia non scherza! Proprio non lo vedo tanto interesse per la storia da parte di una professionista del sesso o del suo cliente» disse Yolanda con sicumera.

«Eppure il possessore della tessera li ha visitati tutti».

«Eh, magari cercava ispirazione per una scopata artistica» rise Garzón, seguito dalle ragazze. Che avessero voglia ridere in modo così stupido significava una cosa sola: l'assoluta mancanza di fiducia nella linea strategica adottata. E devo ammettere che nemmeno io confidavo troppo nel mio piano, al punto che cominciai ad arrabbiarmi:

«E va bene, signori. Siete pronti per l'esplorazione culturale della nostra bella città? Ricordatevi che con i sorveglianti e il personale della biglietteria dovrete insistere sul fatto che forse la donna era in compagnia di un signore».

«Ah, certo, un vero signore!».

Fu un sollievo mettere fine a quella riunione, e quasi un riposo dirigerci verso il primo dei nostri musei. Era una bella giornata di sole, e mescolarci ai turisti mi parve un esercizio benefico, un bagno di normalità. I visitatori dei musei sono gente pacifica e benintenzionata, che va ordinatamente a vedere quello che molti hanno visto prima di loro. Non si aspettano sorprese, si dirigono verso la conoscenza con umiltà e senso del dovere. Il mio fine non era precisamente quello, ma non importava, mi lasciai prendere dall'atmosfera e fui addirittura tentata di entrare a vedere le meraviglie esposte. Ciò non significava che quella passeggiata stesse servendo a qualcosa, oltre che a far inorridire tutti i bravi lavoratori cui mostrammo la foto del cadavere. Non ne ricavammo che una collezione di no.

Quando, ormai verso le sei di sera, entrammo al Museo Picasso avevo voglia di mettermi a piangere. Mai fino ad allora quella strategia mi era apparsa in tutta la sua assurdità. Dio, il tempo perduto da un paio di poliziotti come noi bastava a fare una vita completa di qualsiasi persona normale! Pregai il viceispettore di chiamare Sonia e Yolanda per sapere come andava. Quando lo vidi scuotere la testa capii che nemmeno loro avevano avuto risposte degne di nota. Eppure, sparando l'ultima cartuccia, domandai:

«Niente?».

«Il loro miglior bottino è la scatola di praline a un prezzo eccezionale che ha comprato Sonia al Museo del Cioccolato».

«Santo cielo!» esclamai. «Sarà meglio che ce ne andiamo tutti a casa, viceispettore».

«E il Monastero di Pedralbes? Non l'ha assegnato a nessuna delle due squadre».

«È vero. Ecco cosa ci si guadagna a fare le riunioni. Se non le convochi ti sembra di non lavorare in modo serio e democratico. E se poi le convochi ognuno dice la sua e si perdono di vista le cose più importanti».

«Lei crede che il Monastero di Pedralbes sia la cosa più importante?».

«Sinceramente no, viceispettore. Ho una gran paura che sia un altro buco nell'acqua. Perfino io mi sento inutile in questa situazione».

«Non si butti giù, ispettore. Con l'umore sotto le scarpe non si prendono gli assassini. Glielo dico io cosa faremo. A quest'ora è tardi per andare fino a Pedralbes, troveremmo il monastero chiuso. Ma domattina, prima di venire in commissariato, facciamo una scappata fin lassù. Entriamo, chiediamo, e se non ci sono novità ci compriamo qualcuna di quelle squisitezze che fanno le monache: paste di mandorla, ossi di santo, dita della Madonna, mammelle di sant'Agata... Una buona colazione non mancherà».

Lo guardai con gratitudine perché nessuno come lui sa quando è indispensabile farmi ridere. Approvai:

«Benissimo, Fermín, pasticcini del paradiso e ostie ripiene, mi ha convinta».

Arrivai a casa stanca e depressa. Trovai i miei figliastri ad aspettarmi.

«Stasera ceniamo e dormiamo qui» ci tenne a informarmi Marina. «Papà ha telefonato e dice che arriva subito».

Sveglia come un aquilotto, si accorse subito che ero a pezzi:

«Ti è successo qualcosa, Petra?».

«Sono solo molto stanca, non preoccuparti».

«Se vuoi ti preparo un whiskino. È quello che fa papà quando sei giù di corda».

È terribile rendersi conto che i bambini si accorgono di tutto e sanno tutto. Non riesco ad abituarmi, ho l'impressione di essere perennemente sotto una lente d'ingrandimento quando sono con loro.

«Credo che mi farà meglio una tazza di tè. Dove sono i tuoi fratelli?».

«Giocano una partita di non so cosa al computer. E non hanno nemmeno finito i compiti!».

«Non fare la spia, Marina. Perfino i delinquenti odiano le spie».

Lei abbassò la testa e sparì senza rispondere. Me ne andai in cucina sperando di avere il tempo di bermi il goccetto di whisky di cui, in effetti, sentivo un gran bisogno. Me ne versai un dito e lo mandai giù d'un fiato. Un tepore tranquillizzante mi salì alle guance. Non è mia abitudine portare a casa i problemi del lavoro, ma quella storia della puttana assassinata non mi abbandonava. E mi sentivo in difficoltà, colta in fallo, rosa dai rimorsi. Noi ce ne andavamo per musei mentre un maledetto stronzo di un turista si era divertito ad accoltellare una disgraziata. Forse era già oltrefrontiera, era tornato al suo paese, a dimenticare tranquillamente l'accaduto. Ma era davvero un turista? Quella tessera dei trasporti poteva essere il frutto di un caso privo del minimo rapporto col delitto. Non avevamo un solo indizio significativo, ecco qual era lo stato attuale delle indagini, e il tempo passava, allontanandoci dalla soluzione.

«Petra! Credevo che non ci fossi!».

«Marcos, Dio santo, che spavento!».

«A che cosa stavi pensando? Sono arrivato da dieci minuti, e ne ho fatto di rumore, poi sono andato a dare un'occhiata ai ragazzi...».

«Ero immersa nei miei pensieri, non ti ho sentito».

«Sai per caso cos'è successo a Marina? È di là nella sua stanza che piange, e quando le ho chiesto che cos'avesse non ha voluto rispondere. Ripete solo che lei non è una spia. Ha litigato con i gemelli?».

«Ecco, ci mancava anche questa! Lascia che le parli io da sola, per favore».

Corsi in cerca della dolente, che trovai seduta sul letto, in un mare di lacrime.

«Marina! Si può sapere come mai questo piagnisteo?».

«Io non voglio essere una spia!» ululò.

«Fammi capire, Marina, chi dice che sei una spia?».

«Tu, tu me lo hai detto!».

Il suo sconforto era enorme, e io, nel modo più stupido, avevo creato quel guaio.

«Su, Marina, smetti di piangere e ascoltami».

Lei si limitò a ridurre l'intensità del pianto. Inchiodò gli occhi a terra e abbandonò le mani in grembo. Quell'atteggiamento faceva di lei lo spettacolo più triste del mondo.

«Sei sempre stata una bambina coraggiosa: non ti spaventi facilmente, ti piace andare a scuola da sola, non credi nei fantasmi, non hai neppure paura di Hugo e Teo, che è già tutto dire. Allora perché piangi come se crollasse il mondo quando qualcuno ti dà un consiglio?».

«Tu non mi hai dato un consiglio. Tu mi hai detto di non fare la spia».

«Be', è un modo di dire, forse sfortunato. Avrei dovuto dirti: ha senso accusare gli altri solo se ci hanno fatto qualcosa di molto grave. Altrimenti è meglio star zitti, così potremo avere il loro silenzio quando capiterà a noi di fare qualcosa che non va».

Scoprirmi capace di svelare alla mia figliastra i segreti dell'omertà mi diede un brivido. La bambina, però, cominciò a tirar su col naso come se si avviasse verso la conclusione del suo pianto rituale.

«Capisci che cosa intendo?».

«Sì» mormorò.

«Comunque, non è il caso di disperarsi. A volte le parole scottano...».

«E quello che scotta cura, lo so già».

«Allora, lavati la faccia e aiutami a preparare la cena. Faremo una tortilla di patate grande come il sole».

«Posso sbucciare le patate con quell'affare che hai comprato?».

«Ma certo, cara. Mettiamoci al lavoro».

Friggemmo la tortilla, preparammo l'insalata e tagliammo la frutta per una macedonia. Ma non dicemmo niente a nessuno sul perché avesse pianto, anche se aveva gli occhi rossi. Il miglior modo di predicare è con l'esempio. Durante la cena i litigi dei ragazzi, le arrabbiature di Marcos e un bicchiere rovesciato accidentalmente da Marina riempirono la serata di autentico calore familiare. Riuscii quasi a dimenticare che, in un cassetto all'obitorio, solo il freddo impediva di decomporsi a quella donna pateticamente truccata.

La mattina dopo un Garzón intabarrato fino agli occhi mi aspettava davanti al portone del Monastero di Pedralbes.

«Dannazione, ispettore, qui fa un freddo del diavolo!».

«Nemmeno la prossimità di un luogo sacro la induce a esprimersi in modo più misurato, Fermín».

Lui rise come un vecchio orco e ci avviammo rapidi verso la biglietteria.

«Vivere in un convento dev'essere spaventoso» rabbrividì il mio collega.

«Ho i miei dubbi, mi creda. Fare tutti i giorni le stesse cose può dare molta pace».

«Questo lo crede lei. Il freddo, le preghiere, il cibo frugale, e nemmeno una birretta ogni tanto!».

Una ragazza dietro il banco ci sorrise, e demmo inizio alla solita procedura: identificarci come agenti di polizia, chiedere quante persone lavoravano alla biglietteria e mostrare la foto della vittima. Lei reagì nel solito modo: si mostrò sorpresa, poi si spaventò e alla fine ci rispose con concentrazione e voglia di collaborare.

«Il turno del mattino lo faccio io, di pomeriggio c'è la mia collega. Ma in questa stagione non c'è molta gente, quindi se questa signora è venuta qui è probabile che ce ne ricordiamo».

Guardò bene la foto, la riguardò, la prese in mano, la girò, aggrottò la fronte e la scrutò di nuovo, e alla fine balbettò:

«Be', sì che mi ricordo di lei. Solo che non... non vorrei sbagliarmi. E poi in questa foto, poveretta, non ha nessuna espressione...».

«Si prenda tutto il tempo che vuole e ci pensi bene» la incoraggiò il viceispettore. Lei riprese a esaminare l'immagine, annuì e finalmente disse:

«Certo, certo che è lei, me ne ricordo molto bene. Erano una coppia di francesi, di una certa età, come si vede. La signora era simpatica, parlava spagnolo anche abbastanza bene. Si è messa a fare tante domande, se le monache abitavano qui, se non uscivano mai, se ce n'erano anche di giovani, mi ha detto perfino che aveva avuto una zia suora... Alla fine, quando hanno finito la visita, è tornata qui e mi ha chiesto come mi chiamavo. Voleva salutarmi. Sembrava che le dispiacesse andarsene».

«E dice che era accompagnata?».

«Sì, da un signore, però di lui mi ricordo poco perché non ha parlato».

Gli sguardi tra me e Garzón crescevano d'intensità. Poi, come se volesse spegnere il nostro incipiente senso di trionfo, la ragazza mise le mani avanti:

«Però, capite, non posso essere del tutto sicura. C'è una cosa che non mi convince. La signora di cui parlo non era conciata così».

«Come, che cosa intende?».

«Che non era tinta di quel biondo, e neppure truccata come nella foto. E non sembrava il tipo da portare una camicetta del genere. Capisce? Non so, era una signora normale, con i capelli castani, ben sistemati, un dolcevita chiaro, cappotto grigio, gli occhiali... Come potrebbe essere mia madre, per intenderci. Erano la tipica coppia di pensionati in vacanza, non ricchi né eleganti. Gente normale, di quelli che vengono in comitiva, solo che quei due erano per conto loro».

«Ma secondo lei potrebbe essere la stessa donna?» insistei.

«Per prudenza dovrei dirvi di no, che non sono sicura al cento per cento. Però sono molto fisionomista, e so riconoscere una faccia anche se l'ho vista una sola volta. Quindi posso dire che secondo me la donna della foto è quella signora francese, solo... con un aspetto diverso, come se fosse mascherata, non so, capite».

«E se dovesse dire da che cosa è mascherata?».

Lei arrossì, era in imbarazzo.

«Be', da poco di buono, se posso permettermi».

«A che ora finisce il suo turno?» le chiese il mio collega.

«Alle due».

«Passeremo a prenderla per andare all'obitorio. Se la sente di identificarla?».

Giunti a questo punto, molti testimoni che si sono mostrati ferrei sulle loro prime impressioni, cominciano ad accampare dubbi. La nostra bigliettaia no. Accettò stoicamente il dovere che le imponevamo.

Alle due in punto eravamo di nuovo davanti all'ingresso del monastero, e meno di mezz'ora dopo si apriva per noi il cassetto refrigerato dell'obitorio. La ragazza osservò il corpo della vittima senza battere ciglio.

«Sì, è lei» affermò con decisione. «La signora francese che è venuta al museo».

«Ne è sicura?».

«Nel modo più assoluto».

Uscimmo al freddo sole invernale.

«Ha già pranzato?» chiesi alla ragazza destando la sorpresa di Garzón.

«No, di solito mangio un panino a fine turno, ma sapendo che dovevo vedere una donna assassinata... insomma, ho preferito non rischiare. Eppure non sono rimasta per niente impressionata».

«È coraggiosa. Ma adesso abbiamo bisogno che collabori un po' con noi».

«Devo avvertire il mio ragazzo perché non si allarmi».

«Gli dica che farà tardi per questioni di lavoro, così non si preoccupa. Gli racconterà tutto questa sera».

La nostra candidata al titolo di Testimone Ideale fu svelta a capire e chiamò brevemente il ragazzo. Poco dopo, nel mio ufficio, avevamo organizzato un picnic in piena regola: bibite, panini al prosciutto, insalata russa e un termos di caffè, il tutto fornito dalla Jarra de Oro. Mentre mangiavamo di gusto, Garzón rifiniva l'interrogatorio della teste. Le chiese di parlarci dell'accompagnatore della vittima.

«Era un tipo normale, anziano, niente di speciale, forse timido. Sembrava gli desse fastidio che la moglie fosse così comunicativa con me».

«Cercava di impedirle di parlare?».

«No, però la prendeva per il gomito e la spingeva un po', come per chiudere il discorso. Ma questo è normale in una coppia, se uno è molto chiacchierone, l'altro è meno socievole, si imbarazza».

Perspicace, la ragazza. Davvero sveglia ed equilibrata. Mi venne voglia di chiederle se non le sarebbe piaciuto entrare in polizia. Quel che mi disse dopo rafforzò il mio impulso:

«Sinceramente, se non fosse che c'è di mezzo una signora assassinata, le direi che mi sto divertendo un mondo. Lei non immagina quant'è noioso lavorare nella biglietteria di un museo. Per questo osservo tanto i visitatori, è l'unico diversivo che ho».

«Quello che faremo adesso la divertirà ancora di più. Certamente lei sa come si fa un identikit».

«L'ho visto nei telefilm».

«Il sistema che useremo oggi è leggermente diverso. Abbiamo la fotografia della vittima, mascherata da "poco di buono", per usare la sua espressione. Il nostro specialista la elaborerà al computer apportando i cambiamenti che lei gli indicherà. Quello che vogliamo è restituire alla signora l'aspetto che aveva quando lei l'ha vista. È chiaro?».

«Chiarissimo».

«Vada a chiamare Velázquez, viceispettore».

Mentre Garzón eseguiva l'ordine, la ragazza mi chiese:

«Ma davvero l'esperto degli identikit si chiama Velázquez?».

«No, lo chiamiamo così per la sua abilità nei ritratti. Tra colleghi dello stesso commissariato è normale usare dei soprannomi».

«E lei ne ha uno?».

«Sì, mi chiamano l'Angelo» mentii.

«Perché è molto buona».

«Qualcosa del genere».

Stupita della mia stessa sfacciataggine, accolsi con sollievo il messaggio con cui Garzón ci convocava nella stanza di Velázquez. E lo stupore non venne meno quando vidi fino a che punto la testimone e il nostro esperto riuscivano a capirsi. Lei, con sicurezza, gli dava indicazioni precise, e lui, guidato con abilità, eseguiva i cambiamenti sull'immagine con mano felice.

«No, le onde dei capelli non scendevano così tanto sulla faccia. Sì, il rossetto lo aveva, ma chiaro e poco segnato».

Mezz'ora dopo, quella prostituta datata e stereotipata si era trasformata in una normale casalinga di mezz'età. L'ispettore Ercilla, detto Velázquez, mi chiese ancora:

«Le apro gli occhi, Petra, o la lasciamo dormire il sonno eterno?».

«Provaci, se la testimone si sente in grado».

La testimone fu perfettamente in grado, e descrisse al nostro artista uno sguardo un po' assente, come svanito, che fu stemperato dagli occhiali di tartaruga. Guardando il risultato finale, chiesi:

«È questa la donna francese che ha visto?».

Lei affermò categoricamente:

«Sì, è questa».

«Mandamelo e stampamene qualche copia, Velázquez. E adesso passiamo al ritratto di lui».

Ripresero a lavorare in tandem, anche se questa volta la ragazza era meno sicura. Eppure in meno di un'ora il nostro collega aveva costruito un identikit abbastanza caratterizzato: un uomo sulla settantina, robusto, con il collo largo e gli occhi spietati.

«Mi pare molto simile all'uomo che ho visto. Anche se al naturale non aveva quest'aria da assassino».

Velázquez si mise a ridere:

«Dev'essere per deformazione professionale. Dopo tanti anni che dipingo loschi figuri mi vengono tutti con la faccia patibolare».

Mi rivolsi ancora alla testimone:

«La domanda che le faccio ora forse non ha molto senso, ma, secondo lei, in che categoria di albergo potevano alloggiare quei due? Non le chiedo altro che la sua opinione».

«Non sono un'esperta in turismo, ispettore, ma mi pare che di solito queste coppie anziane prendono una stanza in qualche albergo modesto del centro storico».

«Che cosa le fa pensare che quei due fossero una coppia?».

«Non lo so, ispettore, ma sono cose che si sentono. Si vedeva che quel signore e quella signora avevano passato molti anni insieme. Lei non se ne accorge quando vede una coppia sposata da anni? È come se fossero un po' annoiati l'uno dell'altra».

«Può darsi. Un'ultima cosa: ha mai pensato di studiare per diventare poliziotto? Lei ha tutte le doti per far carriera nel Corpo».

Rimase leggermente sorpresa, arrossì e poi si mise a ridere:

«Mio padre fa il vigile urbano. E mi ha sempre detto che entrare nelle forze dell'ordine è una cosa da pazzi. Orari impossibili, bassi stipendi e troppa responsabilità. A parte i rischi che si corrono».

«Suo padre è un uomo saggio» confermò il viceispettore.

«Però se uno ha tutte le qualità... Certo che ci vuole anche la vocazione» specificai.

«Ma io studio, ispettore. Sono al secondo anno di Pubblicità e pubbliche relazioni, per questo faccio un part-time al museo».

Le sorrisi.

«Quando si è bravi in una cosa, si è bravi in tutto. Le auguro molta fortuna».

Quando fummo soli, non mi sfuggì il brillio beffardo negli occhi di Garzón.

«Certo che proprio lei, mettersi a fare del proselitismo! E con quella ragazza, poi, che muore dalla voglia di girare gli spot pubblicitari della Coca-Cola!».

«Pecco d'ingenuità».

«Ci può giurare! Ma pensi un po' se un giovane deve aver voglia di dare la caccia ai delinquenti armato di un pistolone. Adesso tutti vogliono fare qualcosa di creativo, di estetico, di elegante, o almeno qualcosa che renda un bel po' di quattrini. Ha ragione il padre di quella ragazza, la polizia è una cosa da pazzi».

«Da pazzi romantici?».

«Da pazzi e basta».

Sorrisi con una smorfia di rammarico. Era vero, presto a nessuno sarebbe venuto in mente di scegliere il nostro mestiere per vocazione. Le forze di polizia si sarebbero trasformate in masnade di gente che non ha trovato un lavoro migliore. Gli appassionati come noi, capaci di vivere la pratica investigativa come una specie di arte rivolta al bene comune, sarebbero diventati un ricordo.

«E adesso, ispettore, che si fa?».

«Si va a caccia. Chiami Sonia e Yolanda, voglio che setaccino tutti gli alberghetti e le pensioni del Raval con questi due ritratti. E lei andrà nelle agenzie di autonoleggio. Nel frattempo io contatterò i colleghi francesi. Chissà che questa donna non sia già nell'elenco degli scomparsi».

«Non sta bene, Petra?».

«Io? Benissimo. Ci vediamo, viceispettore».

Non sapevo neppure io se gli avessi mentito dicendo che stavo bene. La verità era che sentivo crescere in me un certo malessere via via che ci addentravamo nelle indagini. La prostituta dei bassifondi si tramutava in un'amabile signora francese piena di rispettabilità e il turista assassino diventava un marito in pensione. Chi era la donna che riposava nella cella frigorifera dell'obitorio? Esercitava la prostituzione nei ritagli di tempo? Aveva una doppia personalità?

Dopo aver preso i necessari contatti con la Gendarmerie Nationale, rimasi sola nel mio ufficio a stendere il verbale per il giudice. Quella storia non aveva senso. La morta era una prostituta o una cittadina francese di mezz'età in viaggio di piacere? Forse era il momento di fare marcia indietro verso l'unico punto fermo di cui disponevamo: il cadavere. Presi l'identikit della morta elaborato dal nostro esperto e partii alla volta dell'Istituto di medicina legale.

La responsabile della sala mi riaprì il cassetto frigorifero in cui riposava la «poco di buono». La pregai di andarmi a chiamare il dottor Segovia, e quando fui sola con la salma confrontai il suo volto immobile con il ritratto che avevo in mano. Il corpo era stato lavato, quindi il trucco che aveva in faccia al momento del ritrovamento era scomparso. Le unghie erano rimaste com'erano, rozzamente dipinte, e i capelli, pettinati senza alcuna forma, avevano quel terribile color pannocchia. Mai e poi mai la donna di cui mi aveva parlato la teste, discreta e anche modesta, avrebbe osato una tinta così spaventosa, né uno smalto rosso fuoco avrebbe imbrattato le sue unghie ben curate. Per non parlare dell'abbigliamento, quello descritto da chi l'aveva vista in vita non assomigliava affatto alla tenuta da leopardessa che aveva addosso da morta. La ragazza del museo aveva visto giusto: quella poveretta era mascherata da prostituta. Ma perché? Il medico, entrando nella sala, mi fece sussultare.

«Le sta parlando, questa donna, ispettore? Dicono che i corpi ci raccontino la storia della loro morte, ma devo ammettere che io non ne ho mai trovato uno troppo eloquente. Bisogna cavargli fuori tutto con le pinze».

«Dottore, proprio a questo pensavo! Questo corpo ci dice delle cose che non abbiamo saputo ascoltare con la debita attenzione».

Gli mostrai l'identikit.

«Ecco come una testimone ricorda questa donna».

Dopo un'occhiata lui si strinse nelle spalle, come per dire che poco poteva aggiungere alle risposte che era in grado di darmi.

«Vorrei farle una domanda, dottore. Che cosa c'è di vero nella credenza che le unghie e i capelli continuano a crescere anche dopo la morte?».

Il medico si schiarì la gola. Ci mise meno di un secondo a rispondere.

«È una credenza fondata, ma esagerata. È vero che i capelli e le unghie crescono ancora per un po', dopo il decesso, ma non pensi alla comparsa di chiome fluenti quando si apre una bara. Questo appartiene all'immaginazione, ai film dell'orrore. Si può parlare di un minimo incremento nella barba dell'uomo, per esempio. Il resto è leggenda».

«Glielo chiedo perché questa donna era truccata e vestita senza grande cura. Eppure, alla radice dei capelli non si vede la minima traccia del colore originale».

«Probabilmente si era tinta poco prima di morire».

«Ci sarebbe un modo per capire se il colore è stato applicato prima o dopo il decesso?».

«No. Le tinture per capelli agiscono sullo strato corneo esterno. Perciò non cambia nulla se la persona è morta oppure è viva».

«Quindi qualcuno potrebbe aver cambiato il colore dei capelli di questa donna quando era già cadavere?».

«Sì, ma non ci sarebbe modo di stabilirlo».

«È un peccato che non ci sia certezza».

«La medicina legale non può tutto, ispettore. La scienza ha i suoi limiti. Immagino che per questo abbiano tanto successo le religioni».

«Comunque lei mi è stato di grande aiuto, dottore».

Garzón accolse senza entusiasmo l'ipotesi che quella donna fosse stata vestita da prostituta dopo la morte.

«A che scopo?» domandò.

«Per depistare le indagini. Non si cerca allo stesso modo l'assassino di una puttana e quello di una turista».

«Già. Non servirà a niente ma è un'ipotesi. La prima, da quando ci stiamo dannando l'anima con questo fottutissimo caso».

«Mi tirano su il morale le sue imprecazioni, viceispettore. Mi danno l'idea che siamo sulla buona strada».

Ci tirò su il morale ancora di più la risposta della gendarmeria francese. Jeanne Girault, cittadina francese abitante nei pressi di Nîmes, era scomparsa proprio nelle date che corrispondevano al nostro delitto. La denuncia era stata presentata dal marito. Trattandosi di persona affetta da Alzheimer, si riteneva che avesse avuto un incidente durante una delle fughe da casa che ultimamente intraprendeva. La figlia, funzionaria al Parlamento Europeo, era stata avvertita e aveva fatto sapere che sarebbe partita immediatamente da Strasburgo per identificare il corpo.

Garzón, quando glielo comunicai, riuscì solo a dire: «Bingo!». Decisi di ignorare quell'esclamazione fuori luogo. Non era stata la fortuna ad aiutarci, ma la concatenazione di indizi che, spremuti a fondo come limoni, avevano liberato a poco a poco il loro acre succo. In ogni caso l'identificazione della vittima non bastava a rivelarci l'identità dell'assassino.

Il giorno dopo una scialba quarantenne dall'aspetto simile a quello del nostro identikit, si presentò davanti a noi in uno stato di nervosismo spaventoso. La accompagnava una segretaria del consolato francese che era andata a prenderla all'aeroporto. La procedura era semplice: prima di tutto, l'identificazione del corpo. Se si fosse trattato effettivamente di Jeanne Girault, avremmo proceduto a un interrogatorio formale.

Che ebbe luogo, dato che Martine Girault, figlia della scomparsa, riconobbe sua madre tra singhiozzi di dolore. Non solo era affranta, era assolutamente sconcertata. Che cosa ci faceva sua madre a Barcellona? Come diavolo ci era arrivata? Chiesi all'impiegata del consolato di fare da interprete per Garzón.

«Lei non sapeva che era venuta in Spagna?».

«Assolutamente no. Mio padre mi aveva detto solo che era scomparsa, che aveva fatto denuncia alla polizia e che la stavano cercando. Ci sentivamo tutti i giorni per telefono. Ma che sia rispuntata fuori a Barcellona... Ci domandiamo tutti e due come sia possibile».

«La polizia francese non aveva formulato ipotesi?».
«Questo non lo so. Immagino di no, altrimenti mio padre me ne avrebbe parlato».
«Sua madre era malata, vero?».
«Sì, soffriva di Alzheimer».
«In questo caso sembra poco probabile che potesse prendere un treno o un aereo da sola».
«Sì, non è facile spiegare...».
Presi l'identikit dell'accompagnatore della vittima e glielo porsi.
«Ha mai visto quest'uomo?».
Non solo la sua faccia cambiò espressione, anche il colore della pelle mutò. Le era persino difficile respirare in modo normale. Ci mise un momento a rispondere. Rise nervosamente.
«Ma insomma, è assurdo! Adesso dovete spiegarmi che cosa sta capitando qui!».
«Non la capisco».
«Questa immagine... be', ricorda moltissimo mio padre. Con qualche differenza, ovviamente».
«Questo è l'identikit dell'uomo che era in compagnia di sua madre durante il suo soggiorno in città. Hanno usato i mezzi pubblici e hanno visitato diversi musei e luoghi di interesse turistico. Erano insieme, qualcuno li ha definiti come una coppia di turisti francesi».
«Chi?».
«Questo non importa. Non l'ha sorpresa che sua madre fosse tinta di biondo, quando l'ha vista poco fa?».
«Ma andiamo, ispettore, sono sconvolta, traumatizzata, cerchi di capire! Certo che ho notato i capelli di

un altro colore, ma non riuscivo quasi a parlare quando l'ho vista. Pensavo che il motivo glielo avrei chiesto dopo».

«Capisco» mormorai.

Presi la fotografia della vittima al momento del ritrovamento. Gliela mostrai. Lei la osservò per un pezzo, con la bocca aperta dallo stupore.

«Ma com'è vestita?».

«Da prostituta da quattro soldi» dissi con perfetta calma.

Non sapeva come reagire, che cosa dire. Si mosse un po' sulla sedia, a disagio. Mi guardò:

«Continuo a non capire».

«Dov'era suo padre quando sua madre è scomparsa?».

«Nella casa di campagna, come sempre».

«E lei?».

«A Strasburgo, a lavorare».

«Quindi non può avere la certezza che i suoi genitori fossero a casa».

«Ispettore, io... non so dove lei voglia arrivare con queste domande».

«Chi si occupava di sua madre?».

«Mio padre».

«Doveva essere molto penoso per lui».

«L'Alzheimer è una malattia terribile, ma mio padre adorava mia madre, amava starle vicino».

«Non ne ho dubbi, anche se con tutto l'affetto ci sono momenti in cui accudire una persona in quelle condizioni diventa molto pesante, specialmente per chi è in età avanzata».

«Sta cercando di suggerire che mio padre, stanco di badare a mia madre, l'abbia mandata a fare la puttana a Barcellona?».

«Non sto suggerendo affatto una cosa simile. In realtà non sto suggerendo niente. Può andare. Ha già un albergo?».

«Pensavo di rientrare a Strasburgo in serata».

«Mi spiace davvero, ma dovrà trattenersi un paio di giorni. Ci sono diverse formalità da sbrigare, e inoltre dovrà essere sentita dal giudice».

«Un paio di giorni? Ma io ho un lavoro importante che non posso abbandonare».

«Credevo che sarebbe volata a Nîmes per raggiungere suo padre. Sarà disperato per la tragica fine di sua moglie».

«Contavo di passare con mio padre il fine settimana, ispettore. E ora, se non ha altri doveri filiali da ricordarmi, andrò a cercarmi un albergo».

Uscì visibilmente alterata, anche se la rappresentante del consolato sembrava esserlo ancora di più. La seguì, salutandoci con imbarazzo. Garzón ed io ci scambiammo un sorriso.

«Parlerò subito col mio omologo francese» annunciai. «Bisogna che vada a fare una visitina al signor Girault».

«Crollerà subito, e canterà. Ora il punto chiave sta nel...».

«Sì, lo so. Meglio che l'ispettore francese gli parli per telefono, e non proceda subito all'arresto. Che lo lasci tranquillo in casa sua per un po'».

«Non ci sarà pericolo di fuga?».

«Possono sorvegliare la casa, semmai, ma ne dubito».

Le informazioni che ci arrivarono dalla Francia il giorno dopo furono decisive: il signor Girault aveva parlato, era bastata una minima pressione. Il movente era chiaro: non reggeva più il deterioramento fisico e mentale di sua moglie. Il piano per toglierla di mezzo si era rivelato più complesso. Aveva fatto il viaggio con lei fino a Barcellona con la propria auto, aveva preso un appartamento in affitto per una settimana e aveva fatto un po' di turismo con la moglie come per una concessione finale, una specie di esaudimento in vita delle sue «ultime volontà», perché quando era sana amava molto viaggiare. Dopo qualche giorno l'aveva uccisa nel bagno dell'appartamento, l'aveva lavata, le aveva tinto i capelli, dipinto le unghie, le labbra e gli occhi, l'aveva rivestita con quegli abiti sguaiati, e aveva caricato il corpo in macchina, sorreggendolo come se fosse stata semisvenuta. Poi, approfittando del buio, l'aveva abbandonato lungo la strada della Rabassada. Infine era tornato all'appartamento e aveva pulito tutto per bene. Fine dell'operazione, poteva tornare a casa e denunciare la scomparsa. Il piano era buono: abitavano in campagna e difficilmente qualcuno avrebbe notato un'assenza di pochi giorni. Quanto al corpo, chi mai avrebbe collegato l'uccisione di una vecchia prostituta di Barcellona con una signora francese scomparsa nei pressi di Nîmes?

«Un delitto comunitario, Garzón. Il vecchio ha approfittato dei vantaggi dell'abolizione delle frontiere.

Gli è andata male solo per quella tessera rimasta appiccicata sotto il piede della morta».

«Non può essere, ispettore. Un uomo di settant'anni non può aver fatto tutto questo da solo».

«Esatto. Anzi, secondo me un uomo che crolla tanto facilmente in un interrogatorio, non può aver messo a termine un piano così freddo e spietato».

«Ci toccherà rivedere Martine Girault. Che cos'ha fatto da ieri?».

«Secondo Yolanda e Sonia, non è uscita dall'albergo. E non ha nemmeno fatto telefonate».

«È furba. Quando i nostri colleghi francesi hanno lasciato solo il suo papà, lui l'avrà chiamata al cellulare una cinquantina di volte. Non ha mai risposto. Sa che il telefono è sotto controllo, e che suo padre non usa internet».

«Quindi non sa che ha parlato. Approfittiamone, Garzón».

«Sì, ma nel frattempo sarà meglio che arrestino il vecchio, che insistano, così magari finirà per confessare che la mente di tutto è stata sua figlia. Ci manca solo che a questo punto se ne scappi a fare il turista da un'altra parte».

«Non credo che si muova senza il consenso della figlia. Potessi interrogarlo io, quell'uomo!».

«Be', lei ha un omologo francese, gli spieghi che cosa vuole che faccia».

«E io che ne so di com'è fatto il mio omologo francese! Potrebbe essere un legalista, uno che si fa scrupolo di seguire le procedure alla lettera».

«Sì, ha ragione. Magari non è capace di fare le porcate che facciamo noi».

«Insomma, viceispettore, non è il caso di metterla così!».

«E allora non so come metterla».

«Dica piuttosto che il mio omologo potrebbe mancare della creatività necessaria per portare a buon fine l'interrogatorio».

«E va bene, ispettore, come vuole lei!».

Chiamai di nuovo il mio benedetto omologo, l'ispettore Bondieu. Quando riuscii ad averlo al telefono mi disse che aveva già fermato Girault perché c'era rischio di fuga. Mi confermò il traffico telefonico del suo cellulare: non aveva ricevuto chiamate dal giorno dell'arrivo della figlia a Barcellona, ma ne aveva fatte lui un gran numero, senza ricevere risposta. Quando gli chiesi di poter parlare per telefono con quell'uomo, Bondieu si mise a ridere:

«Ispettore Delicado, Girault è suo o mio?».

«Questo dipenderà da dove si istruirà il processo, ma in questo momento abbiamo bisogno di sapere se sua figlia è l'istigatrice del delitto. Lei che ne pensa?».

«È difficile dirlo, nella sua confessione il padre non l'ha nemmeno nominata».

«Ha chiesto di essere messo in contatto con lei?».

«No, mai. Però sa che si trova a Barcellona».

«Piuttosto strano, no? Non chiede un contatto con la figlia quando viene interrogato, ma la chiama cento volte al cellulare. Mi lasci parlare con lui, Bondieu, la prego. Le manderò un messaggio perché abbia il tempo di prepararlo. E gli restituisca il telefono che gli ha sequestrato, almeno per la conversazione che le chiedo».

«Mia cara collega, lei sa perfettamente che fare pressione sull'interrogato fornendo dati che falsificano la realtà...».

«Mio caro amico, certo che lo so, ma so anche che di tanto in tanto è necessario dare una spintarella alla realtà perché si manifesti in tutto il suo splendore».

Udii dall'altra parte una risata complice:

«Ah, adoro questo *petit côté sauvage* che avete voi donne spagnole! Peccato non poterla conoscere di persona, ispettore».

«Forse in futuro, *mon ami*, forse in futuro».

Era venuto il momento di agire. Chiamai al cellulare Martine Girault, con una scusa in parte fasulla e in parte veritiera. Doveva venire in commissariato quel pomeriggio stesso. La parte veritiera era che doveva firmare la sua deposizione, la parte fasulla era che in Spagna, prima della firma, la deposizione doveva essere letta davanti al teste, che aveva la facoltà di introdurre, sempre oralmente, le rettifiche o le precisazioni che riteneva opportune, delle quali veniva presa nota. Questo la stupì, immagino, ma non meno delle processioni della Settimana Santa o della corsa dei tori per San Fermín. In fin dei conti si trovava in Spagna, paese geograficamente vicino, ma diversissimo per usi e mentalità. Le diedi appuntamento per le quattro, assicurandole che una volta concluse queste formalità sarebbe potuta partire. Subito dopo mandai un messaggio a Bondieu pregandolo di lasciare solo il vecchio Girault dalle quattro in poi, dopo avergli restituito il suo cellulare, avvisandolo che lo avrebbe chiamato la polizia spagnola.

La francese arrivò perfettamente puntuale e con un muso da non dirsi. Il piantone sulla porta le disse che doveva lasciare la borsa, il cappotto e tutti gli effetti personali nel suo gabbiotto.

A leggere la deposizione sarebbero state Yolanda e Sonia. Entrambe avevano ricevuto istruzioni di rallentare al massimo la lettura perché non durasse meno di mezz'ora. Non appena le vidi entrare tutte e tre nella sala degli interrogatori, corsi al gabbiotto all'ingresso, presi il cellulare di Martine dalla sua borsa e volai nel mio ufficio, dove mi aspettava Garzón. Il cuore mi saltava nel petto fino a farmi male. Ci giocavamo tutto su una sola carta, che per di più era una carta truccata.

Feci il numero del signor Girault e udii quasi subito la sua voce triste e stanca.

«Signor Girault, sono l'ispettore Petra Delicado della Policía Nacional, chiamo da Barcellona. Sua figlia Martine ha confessato il suo ruolo di complice e istigatrice nell'uccisione di sua moglie». Non ci fu risposta, solo un'accelerazione del respiro. Proseguii: «Ora sua figlia è qui con me e desidera parlarle. È molto scioccata. Perciò la prego di essere breve e sintetico nella sua comunicazione. Gliela passo».

Allontanai il telefono, mi assicurai che il registratore funzionasse a dovere, e premendomi un fazzoletto di carta sulla bocca, singhiozzai, col mio miglior accento francese:

«Papà...».

«Piccola mia, tesoro, non piangere, per favore».

Azzardai un nuovo, balbettante:

«Papà...».

«Non ti preoccupare, piccola. Hai fatto bene a dire la verità».

«Papà». L'intensità del mio singhiozzo salì.

«Non piangere, non piangere. È meglio così. Di che cosa possono accusarci, dopotutto? Al processo capiranno che lo abbiamo fatto per il suo bene, che la sola cosa che volevamo era che non soffrisse più. Tutto si sistemerà, piccola, è meglio così».

Mi schiarii la gola, tornai alla mia voce normale:

«Mi dispiace, signor Girault, il tempo concesso è terminato. La richiameremo».

Girai la testa verso Garzón, mormorando con euforia: «Bene, bene, va tutto benissimo!». E allora mi accorsi che mi guardava esterrefatto, a bocca spalancata.

«Per tutti i diavoli dell'inferno, ispettore, lei è una Sarah Bernhardt rediviva!».

«La pianti con le sciocchezze, Fermín! Cancelli da questo cellulare ogni traccia di questa conversazione e corra a rimetterlo dov'era».

Uscì come un razzo. Presi il telefono e chiamai Bondieu.

«Interroghi immediatamente il detenuto riguardo alla complicità di sua figlia, si faccia raccontare esattamente com'è andata. Ma lo faccia subito, Bondieu, subito o perderemo un'opportunità».

«La donna ha confessato?».

«Qualcosa del genere».

Un prolungato silenzio mi fece capire che Bondieu sapeva di trovarsi di fronte al peggio del mio *côté sauvage*. E che preferiva non indagare.

«D'accordo, Madame Delicado. La richiamerò quando avrò finito».

Mi diressi verso la sala degli interrogatori. Aprii la porta e vidi Yolanda impegnata in una lettura talmente lenta che sembrava analfabeta.

«Potete andare, ragazze».

Le due agenti uscirono, mentre una furibonda Martine Girault mi guardava con odio.

«E adesso cosa succede, ispettore? Ho dovuto sopportare l'inettitudine di queste due poliziotte decerebrate e adesso lei interrompe tutto proprio quando sembrava che avessimo finito?».

«Ho pensato che non valesse la pena continuare».

«E perché? Si può sapere?».

«Perché è molto probabile che lei voglia modificare la sua dichiarazione. Suo padre ha confessato, non solo il crimine, ma anche l'aiuto ricevuto da sua figlia. E non ha altre figlie che lei, o mi sbaglio?».

Un impeto di rabbia la paralizzò per un secondo, poi esplose:

«Non ci credo! Non credo a una parola!».

«Potrà chiederglielo lei stessa».

Aprii il computer che si trovava nella stanza. Finsi di mettermi al lavoro. Lei tollerò il silenzio e l'incertezza con sempre maggior fatica. Dopo una lunghissima mezz'ora suonò il mio cellulare. Udii la voce di Bondieu:

«Congratulazioni, cara collega. Non voglio sapere come ha fatto, ma Girault ha confermato la complicità di sua figlia nell'omicidio, e perfino che l'idea di uccidere sua moglie era venuta da lei».

«Ce l'ha ancora davanti?».

«È uscito adesso».

«Se lo faccia riportare e me lo passi, per favore».

Dopo un attimo riconobbi il tono stanco del vecchio.

«Sua figlia vuole farle una domanda, signor Girault».

Passai il telefono alla figlia, che me lo strappò di mano:

«Papà».

«Sì, tesoro, sono il tuo papà. Sei più tranquilla?».

«È vero quello che mi dicono, che hai raccontato qualcosa?».

«Ho spiegato tutto, cara, la mia parte e la tua. Adesso puoi riposare. Ma non ti faranno niente, stai calma, tutto andrà bene».

La vidi aggrapparsi al cellulare:

«Chiedi un avvocato, papà. Chiedi un avvocato e non dire nient'altro».

Chiuse lei stessa la comunicazione senza ripassarmi il telefono.

«Anch'io voglio un avvocato» protestò.

«Francese o spagnolo?» le chiesi con sarcasmo.

Due giorni dopo potemmo ascoltare la confessione completa del signor Girault. Le linee generali erano chiare da tempo: la signora Girault soffriva di una forma di demenza senile che si andava rapidamente aggravando. Suo marito non si sentiva più in grado di occuparsene. La situazione economica della famiglia non permetteva di farla ricoverare in una struttura dove fosse ben seguita e, naturalmente, la figlia Martine non era disposta a sacrificare la sua carriera professionale e la sua vita al servizio della madre malata. Aveva convinto il padre che la cosa migliore sarebbe stata evitare ulteriori sofferenze alla povera donna. Aveva ideato un piano perfetto. Quasi perfetto. I suoi genitori si sarebbero recati a Barcellona in automobile come normali turisti, e lì lei li avrebbe raggiunti per aiutare suo padre a far sparire la donna. Un appartamento in affitto per pochi giorni era l'ideale per non lasciare tracce. Venuto il giorno stabilito, una domenica, per non dover chiedere un permesso al lavoro, Martine aveva preso un aereo da Strasburgo. Uccisa la vittima, l'avevano rivestita come una puttana da quattro soldi e l'avevano lasciata in un fosso fuori città. Poi erano tornati all'appartamento per cancellare ogni traccia di sangue. La polizia di Barcellona avrebbe trovato solo il corpo di una vecchia prostituta che nessuno reclamava. Dov'era l'errore? Mi commossi a sentire questo frammento della registrazione: «Mia figlia si è molto arrabbiata quando ha saputo che ero partito prima del previsto. A mia moglie piaceva tanto viaggiare e non riuscivamo quasi mai a farlo. Visto che doveva morire, avevo deciso di farle almeno visitare delle cose belle, poverina».

«E così si è rovinato» disse Garzón, senza nessuna pietà. «Gli è finita la tessera dentro la calza della donna. Grazie a questo lo abbiamo preso, se no... A ben pensarci, ammazzare qualcuno non è difficile, ma per riuscire a farlo bene bisogna mettere da parte i sentimenti».

«Chissà! Magari, inconsciamente, quell'uomo ha lasciato lì la tessera perché potessimo arrivare a lui. A volte gli assassini che non sono molto convinti di quello che fanno seminano indizi senza volerlo».

«Tutte balle, ispettore. Quella tessera è finita lì perché nessuno se ne è accorto. Punto».

«Lei sarebbe un eccellente assassino, Fermín».

«Ah, sì? E perché?».

«Perché quanto a sentimenti è un disastro».

«Un tizio che pianta un coltello in pancia alla moglie e poi la veste da puttanone, a me non fa molta pena, dico la verità. Per non parlare della figlia, quella sì che non ha perdono».

«Dicono che il Signore tutto perdona».

«Sì, ma il Signore è lui, non io».

Andammo a berci un bicchiere alla Jarra de Oro. Il commissario Coronas ci aveva fatto i complimenti per quella miracolosa metamorfosi: tirar fuori una turista indifesa da «una poco di buono» gli era parso un gioco di prestigio sbalorditivo. Tutto era andato talmente bene che avrei dovuto sentirmi felice, eppure no, incombeva sul mio animo una nube di preoccupazione.

Quando arrivai a casa chiesi a Marcos:

«Che cosa ne faresti di me se un giorno mi ammalassi di Alzheimer?».

Lui, che ormai sapeva come si era risolto il caso, fece una faccia serafica:

«Be', ti inviterei a fare un viaggetto alle cascate del Niagara».

«Ah, ecco».

«Dicono che è uno spettacolo che merita di essere visto almeno una volta nella vita».

«Giusto prima di morire».

Scoppiammo a ridere. Poi, molto seria, aggiunsi:

«Stasera stessa firmo un documento in cui dico che se mai mi trovano morta in giro per il mondo, la colpa è tua».

Lui, che stava già pensando ad altro, si alzò da tavola e mi chiese:

«Prendi il caffè?».

Vinarós, maggio 2015

Gaetano Savatteri

La regola dello svantaggio

«Non capisco».

«È semplice, signor Lamanna. Millenovecentocinquanta euro, più sei uomini, più piano cottura, più forno. Fanno duemilaseicentocinquanta. Arrotondiamo a duemilaseicento e non ne parliamo più».

«Sei uomini? Ma se eravate in due».

«Due uomini, tre giorni. Uguale sei uomini».

«Saverio, è semplice. Due uomini per tre giorni di lavoro, significa sei uomini a cinquanta euro al giorno. Più il forno e il piano cottura» interviene Peppe Piccionello.

«Sono molto felice del tuo Nobel per l'economia, ma non mi trattare come un minus habens».

«Ti offendi?» fa Piccionello.

«Non mi offendo. Ma non capisco. Mastro Pietro, ricominciamo da capo».

Mastro Pietro guarda Peppe Piccionello. I due premi Nobel dell'economia si scambiano un'occhiata di compatimento, quasi fossi l'alunno ripetente di terzo liceo.

«Mattoni, cemento, sabbia, massetto in calcestruzzo, quattrocentocinquanta. Ci siamo?».

Mastro Pietro sottolinea col dito sul foglio fitto di numeri scritti a mano.

«Ci siamo» annuisco con la faccia di chi non ha ancora afferrato i misteri dell'algebra.

«Scasso, incasso, tubi, posa dei tubi, raccordi idraulici, valvola generale, rubinetteria, doppio lavello in acciaio, impianto elettrico, scasso, incasso, tre deviatori, tre cassette, due prese, un interruttore, un relais: cinquecentocinquanta euri. Ci siamo?» dice mastro Pietro, con la stessa pignoleria della mia vecchia professoressa di fisica e matematica.

Annuisco.

«E siamo a mille. Ci siamo?» puntualizza Piccionello.

«Grazie Euclide, preciso come un teorema».

Adesso mi sto incazzando.

Piccionello allarga le braccia: santa pazienza.

«E non fare sceneggiate alle mie spalle» lo avverto. «Andiamo avanti, mastro Pietro».

«Mattonelle, dieci per dieci, di Caltagirone, per metri quadrati due, uguale seicento euro. Ci siamo?».

«Seicento euro?».

«Sono di Caltagirone».

«Di Caltagirone sono» conferma Piccionello.

«E che sono venute in taxi da Caltagirone?» domando a mastro Pietro.

«Signor Lamanna, la roba buona si paga. Più due metri lineari di mattonelle col bordo, sempre di Caltagirone, duecento euro. Dieci euro a piastrella. Decorate. Ci siamo?».

«Dieci euro a mattonella?» mi rivolgo a Piccionello.

«Decorate. E col bordo. Capisci, no?».

Peppe mi poggia una mano sulla spalla. Voglio credere sia un gesto di solidarietà.

«No, non avevo capito. Adesso però ho capito. Andiamo avanti, mastro Pietro».

«E questo è tutto. Mille euro, più ottocento di mattonelle fanno milleotto, più intonacatura, gessatura, trattamento impermeabile per la ceramica fanno millenovecentocinquanta. Più il resto: sei uomini, forno a incasso e piano cottura Electrolux. Duemilaseicento euro e non ne parliamo più».

«Mastro Pietro, veramente lei mi aveva detto che con millecinquecento euro, al massimo, facevamo tutto».

«Potevo saperlo io che bisognava rifare i tubi che erano tutti marciti? E pure l'impianto elettrico. Potevo saperlo io che i fili erano tutti marciti?».

«Saverio, li volevi lasciare tutti marciti?» fa Piccionello.

«Per carità, non mi permetterei mai» rispondo con mezzo sorriso, ma sento che vorrei ammazzare Piccionello e mastro Pietro.

«Un tempo si poteva fare, signor Lamanna, ma ora con tutte queste regole dell'Europa c'è rischio che uno passa i guai» dice sconsolato mastro Pietro.

«E certo. Infatti sto andando a Bruxelles a protestare, perché mi ero un po' affezionato ai miei tubi e ai miei fili tutti marciti».

«C'è poco da babbiare, signor Lamanna. Il mondo è cambiato. Lei paga in contanti, vero?».

«E certo, mastro Pietro. A Bruxelles sempre raccomandano di pagare in contanti e senza fattura».

«Signor Lamanna, se vuole la fattura io la faccio. Allora dobbiamo calcolare duemilaseicento euro più Iva che fanno tremila e coccia. Ma lei poi che ci fa con questa fattura?».

«Me la incornicio. Sa, di questi tempi, è una rarità».

«Le vengo incontro. Metà in contanti e il resto a fattura, col comodo suo».

«Mastro Pietro, lei è troppo buono».

«Però, guardi che opera d'arte».

Mastro Pietro indica la mia nuova cucina in muratura, piastrelle di Caltagirone, forno ad incasso e piano cottura a cinque fuochi: duemilaseicento euro, rubati rubati.

Ma come mi sono fatto persuadere?

Mastro Pietro raccoglie i consuntivi, li ficca tra le pagine dell'agenda Sara Assicurazioni, fa un mezzo inchino e si prepara ad uscire di scena.

«Signor Lamanna, le lascio il numero di mio nipote Andrea, così vi mettete d'accordo per il pagamento».

Segno il numero del nipote Andrea, stringo calorosamente la mano al premio Nobel dell'economia muratoria e cementizia – tutti a medicinali, gli auguro in mente mia, se li deve spendere questi duemilaseicento euro –, lo accompagno alla porta, giusto il tempo di scorgere e invidiare il suo Suv Nissan X-Trail Diesel, ventisettemila euro prezzo base di listino, parcheggiato qui davanti con i finestrini aperti.

Quando rientro punto l'indice in faccia a Piccionello che fa finta di studiare i volumi della mia libreria.

«Questo mastro Pietro me lo hai consigliato tu, è vero?».

«Non è colpa mia se hai voluto le piastrelle di Caltagirone».

Peppe Piccionello si difende, ma si vede che è mortificato.

Infierisco, infatti.

«Tu dici che era meglio se sceglievo quelle di Santo Stefano di Camastra? In effetti è più vicino, il taxi costa meno. Hai ragione, la geografia è troppo importante, bisogna studiarla bene».

«Saverio, la roba buona si paga».

«Peppe, ma da dove ti vengono queste illuminazioni? Io questa cosa qui non l'avevo mai sentita dire a nessuno».

«Saverio, non essere tirchio», Piccionello si sta riprendendo, «con tutti i libri che hai scritto, cosa vuoi che sono duemilaseicento euro?».

Ora lo ammazzo. Che ci vuole? Gli spacco sulla tempia un volume della piccola enciclopedia Treccani, con rilegatura a mano, e lo faccio secco.

«Peppe, secondo me è meglio se te ne vai a casa. Poi, quando ritorni, ti spiego con molta calma come funziona l'editoria in Italia».

Piccionello segue il mio consiglio, se la svigna muto muto. È vero: la fuga non è vergogna, ma salvamento di vita.

Esamino la cucina in muratura, piastrelle di Caltagirone, forno Electrolux e piano cottura a cinque fuochi. Di bella è bella. Duemilaseicento euro per cuocere la frittata di ricotta. Ma dov'era Dio quando mi sono fatto convinto?

Provo a scrivere. Niente da fare. Non è lo schermo bianco del computer a paralizzarmi, ma il rosso antico del mio conto corrente. Il blocco dello scrittore sono duemilaseicento euro in libera uscita.

L'editore vuole un nuovo libro, gli altri sono andati benino.

«Adesso scrivine uno veramente buono» mi ha detto.

«Perché gli altri non erano buoni?».

«Più buono».

Ho capito.

Se non scrivo non pago la cucina, ma le mattonelle di Caltagirone mi hanno prosciugato conto e fantasia.

Il telefono. Suleima.

«Ehi, che stai facendo?».

«Scrivo».

«A che punto sei?».

«Vado come un treno».

Penso alla littorina da Palermo ad Agrigento, centoventi chilometri in due ore, se tutto va bene.

«È venuto mastro Pietro?».

«Sì, ha lasciato ricordi indelebili».

«Caro?».

«Non so quando riuscirò a elaborare il lutto».

«Tirchio. Appena torno te lo faccio elaborare io, a modo mio».

«Se mi trovi suicida, ricordati che vi ho amate tutte».

«Tutte?».

«Specialmente a te».
«Sei specialmente stronzo».
«Non fiori, ma regali in busta».
Mette giù. Bip, un messaggio. Sempre Suleima.
«Te l'ho detto che sei stronzo?».
«Mi pare di sì».
Niente, non è giornata per scrivere.
La radio mi spiega che è l'agosto più caldo da ventidue anni. E vai con uno dei grandi successi di quell'estate.

Sono cose della vita
Vanno prese un po' così
È già stata una fatica
Arrivare fino a qui.

Mi risparmio Eros Ramazzotti, cambio sintonia, finisco su Radio 24. Un ascoltatore al telefono vuole convincermi che in Italia potremmo vivere di turismo perché abbiamo il più grande patrimonio artistico del mondo, ma che la Sicilia ha un numero di turisti dieci volte inferiore a quelli che visitano le Baleari.
Baleari?
Mi attacco al computer. Googlo Baleari and granita. Chiudo gli occhi, tiro il fiato, sollevo una palpebra sullo schermo acceso.
Niente.
Verifico meglio, scorro su e giù: nessuno vende granita alle Baleari. Formentera sta nelle Baleari, ergo: alleluia alleluia.

Non ci ha ancora pensato nessuno di andare a vendere granita a Formentera. Solo io, solo io. Combatterò, procomberò sol io. Procomberò? Meglio controllare. Il sito della Treccani dice: procombere, decedere, tirare le cuoia. Va bene, combatterò, non procomberò. Granita di fichi, granita di mandorle, granita di gelsi a Formentera, col caldo che fa: brand, startup, know how. Domanda, offerta. Ho tutto, mi serve solo studiare bene lo spagnolo. E devo fare in fretta, c'è troppo controspionaggio industriale nel neocapitalismo liberista.

Attacco Teresita sul tablet.

¿Qué estás haciendo?

«Scrivo».

¿Qué estás haciendo?

«Qué estás haciendo? Non si vede? Lavoro».

Teresita resta in silenzio.

Mai fidarsi di un corso di lingua spagnola, con la voce di una qualsiasi Teresita andalusa, scaricato da un'app gratuita.

No creo.

«No creo?».

No creo.

Teresita, basta. Adios.

Ho fame, mi preparo due uova affogate nella salsa di pomodoro. Quando una goccia di sugo schizza sulla mattonella di Caltagirone sento una fitta al costato.

La radio mi informa che le vacanze degli italiani si accorciano, buona l'affluenza degli stranieri, lunghe code in uscita al casello di Melegnano, polemiche in Versilia sul caro ombrelloni, permane l'alta pressione su tutta Italia, precipitazioni sparse sulle Alpi orientali, è l'agosto più caldo degli ultimi trent'anni.

Trent'anni. Poco fa non erano solo ventidue? Come passa il tempo.

Nella controra scendo ciabattando verso il mare. Nella borsa della Festa del Cinema di Roma del 2010 ho ficcato asciugamano, telefonino e una copia della *Montagna incantata* di Thomas Mann che riprendo ogni estate, da circa dodici anni, ripromettendomi di arrivare alla fine, ma resto sempre incagliato in qualche passeggiata sulle Alpi svizzere. Farà caldo anche a Davos?

Il telefono.

«Ciao papà».

«Dove sei, Saverio?».

«A Màkari. Sto scendendo al mare».

«A mare? Ad agosto?».

«Hai ragione, papà, ma per novembre ho già preso degli impegni».

«Se ti piace così».

«Guarda che stanno partendo pure da Melegnano per venire qui».

«Appunto, troppa confusione».

«Tu dove sei, papà?».

«A Ganci, a casa di Mimì e sua moglie. Qui si sta freschi».

«Sicuro, come a Davos».

«Mimì ha letto il tuo libro, dice che gli è piaciuto».

«E tu?».

«Lo sto leggendo. Vado come un treno».

Penso al regionale da Canicattì a Catania, due ore e trentasette minuti per coprire centoquaranta chilometri, con cambio a Caltanissetta Xirbi.

«Ti piace?» chiedo.

«Sì, mi piace. Adesso ti tocca scriverne uno veramente buono».

«Allora questo non è buono?».

«Più buono».

«Ho capito. Quando torni a Palermo?».

«Dopo Ferragosto. Da te come vanno le cose?».

«Ho rifatto la cucina, quella era troppo vecchia. Tutta in muratura».

«Soldi buttati. Tanto lì va tutto in rovina».

«Con le mattonelle di Caltagirone».

«Soldi buttati. Quanto ti è costata?».

«Quattro spiccioli, lavori in economia».

Mio padre resta in silenzio al telefono. Sento un fruscio.

«Stai fumando?».

«Saverio, non ho mai fumato e comincio adesso? Sto assaggiando una pasta di mandorle. Ma con i soldi come stai messo?».

«Nessun problema, papà. Ho scritto due libri, l'editoria in Italia paga bene. Non devi mangiare dolci, lo sai che ti fanno male».

«Ti faccio un bonifico?».

«Allora non mi ascolti. Nessun problema».

«Vabbè, quando torno a Palermo ti faccio un bonifico. Ma non li buttare dentro quella casa, lì va tutto in rovina. Ti saluto, mi chiamano per un giro di burraco».

Da quando è morta mamma, proprio nella casa di Màkari, mio padre non vuole più metterci piede. Fa una smorfia e dice che lì va tutto in rovina.

Forse ha ragione lui: duemilaseicento euro buttati.

Arrivo a mare. Non c'è una punta di scoglio libera, nell'aria odore di crema abbronzante e di melone d'acqua.

Mi sposto più in là, camminando lungo la battigia per raggiungere lo spiaggione.

Checché ne dica papà, senza la casa di Màkari sarei rimasto tutta l'estate a Roma, serrato nei quaranta metri quadrati del mio appartamentino a rodermi su internet dietro le gesta del sottosegretario stronzo che mi ha licenziato dalla sera alla mattina, dopo cinque anni spesi a farlo diventare un mezzo cristiano.

Una pallonata mi colpisce alle spalle, riesco a vedere solo due ragazzini in fuga inseguiti da una madre tappezzata da qualche metro quadrato di cellulite.

«Sdisonorati, appena vi piglio vi scanno».

Apprezzo sempre la raffinata pedagogia delle mamme meridionali. Un giorno devo scrivere un manuale per puerpere: *Donne che scannano i figli. La minaccia è il più grande gesto d'amore*. Secondo me, Feltrinelli lo pubblica.

Individuo uno spicchio di sabbia libero.

Ma l'onda mi sommerge prima.

Due coatti tatuati, con la creanza dei lagunari di Venezia in esercitazione tattica, spostano la stessa massa d'acqua imbarcata dall'*Andrea Doria* nella collisione con la *Stockholm*.

Ecco, a questi è mancata una madre che li scannava. Ormai sono troppo grandi per essere rieducati, solo il carcere duro può aiutarli.

Mentre *La montagna incantata* è irrimediabilmente perduta, dopo dodici estati di onorata carriera nell'agevolare repentini sonni pomeridiani, cerco almeno di mettere in salvo il telefono.

Squilla. È vivo.

«Signor Lamanna? Si ricorda di me?».

Il solito presuntuoso.

«Come no. L'ho vista poco fa in televisione. Lei è quello che fa l'amico di Kevin Costner».

«Sempre con la battuta pronta il signor Lamanna. Sono Armando Tuzzolino. Si ricorda?».

«Deve dire al regista di inquadrarla più spesso, la prossima volta».

«Signor Lamanna, lei mi fa scassare dal ridere. Sono Tuzzolino, quello dell'autolavaggio».

«Stavo pensando proprio a lei, mi hanno appena fatto la doccia».

«Ma da dove ci spuntano queste battute? Lei il cinema deve fare, a Zelig deve andare. Signor Lamanna, casa sua è libera la prossima settimana?».

«Casa mia?».

«La sua casa di Màkari. La prossima settimana è libera? Perché ho dei tedeschi in arrivo, tre persone, una famiglia».

«Tuzzolino, ma di che stiamo parlando?».

«Se ha già preso degli impegni con qualcuno me lo può dire, non mi offendo».

I due energumeni anfibi escono dall'acqua, i muscoli tesi sotto i tatuaggi, tra gli entusiasmi di quattro ragazzine da spiaggia che scattano foto con la medesima ammirazione estetica che la mia professoressa di greco e latino nutriva per i bronzi di Riace.

«Tuzzolino. Andiamo per ordine. Che c'entra il suo autolavaggio con casa mia?».

«L'autolavaggio non c'entra. Laviamo macchine, ma d'estate affittiamo anche case per turisti».

«Bene, che c'entrano i turisti con casa mia?».

«Signor Lamanna, a mezza parola. Ci siamo capiti. Mi pareva che lei affittava la sua casa d'estate».

«Ma da dove le è venuta in mente questa cosa?».

«Signor Lamanna, si vede che ho compreso male. Mi deve scusare per questa mia iniziativa. Avevo pensato che poteva essere conveniente per tutti e due. Ma se lei ha già dato la parola a qualcun altro, non ne parliamo più».

«Ma quale parola, Tuzzolino?».

«A me non interessa, signor Lamanna. Fatti suoi sono. La casa è sua e lei ci fa quello che vuole».

«E infatti ci abito».

«Ha ragione. Senza offesa, signor Lamanna. Quando passa dall'autolavaggio ci regalo una pelle di daino».

«Povero daino, lasciamolo campare».

«Signor Lamanna, lei mi fa scassare. Ci regalo un deodorante per auto».

«A che gusto?».

«Come piace a lei: limone, fragola, arancia».

«Cioccolato, nocciola, pistacchio. E che è, gelateria?».

«Troppo spiscioso, signor Lamanna. Lei cinema deve fare, a Striscia la Notizia deve andare. A presto. Troppo forte, troppo forte».

Il caldo fa scoppiare il cervello alle persone. La prossima estate quasi quasi me ne vado a Davos. O a Ganci.

Passo o non passo?

Se passo le fa piacere. Ma se pensa che sono uno appiccicoso? Magari passo con una scusa, dico che ho dimenticato le chiavi di casa. Penoso.

Passo o non passo?

Se passo le fa piacere, di sicuro. Ma se si vergogna di me davanti ai suoi colleghi? Mettiamo nel conto le battute di Marilù, mettiamo nel conto i sorrisini, mettiamo nel conto le gomitate. Che figura ci faccio? Vabbè, non c'è niente di male: stavo tornando dal mare, giusto il tempo di fare un saluto, ciao ciao, ci vediamo stasera.

Passo o non passo? Ma chissenefrega. Passo, le stampo un bacio in bocca davanti a tutti e segno il territorio. A scanso di equivoci. Così quell'aiuto cuoco che si sente il Carlo Cracco dei poveri smette di fare il lumacone.

Passo o non passo?

Sono già davanti al ristorante di Marilù. C'è un tempo per vivere e uno per morire, c'è un tempo per pensare e uno per entrare. Adesso entro: tanto a quest'ora non ci sono ancora clienti. In costume, infradito e con la maglietta del festival Trame di Lamezia Terme faccio ancora la mia porca figura, a quaranta e passa anni.

Progetto le mie mosse, tutto calcolato. Entro, saluto con la manina Marilù, sorrido sardonico al master chef degli aiuto cuochi, profilo destro e profilo sinistro alle cameriere di sala e mi strapazzo Suleima con un abbraccio alla Clark Gable, tanto per far capire a lei e al pubblico presente che mi manca troppo in questa settimana d'agosto, da quando Marilù l'ha sequestrata quindici ore al giorno e consacrata ai bisogni primari dei turisti mordi e fuggi, richiedenti asilo di premure e cortesie, ostinati a sentirsi raja indiani per sette giorni – scusi, signorina, mi dica con certezza se quest'orata è di mare o di allevamento, perché la nostra famiglia è ideologicamente ostile alla fauna ittica pasciuta in cattività – per passare poi il resto dell'anno a pagare in silenzio le tasse e ad annunciare la rivoluzione su Facebook.

Decido. È il mio momento. Il sipario si apre, the show must go on.

«Ma che fai fermo qui davanti? Conti i giorni che ti mancano alla pensione?» mi viene incontro Piccionello.

«A parte che la parola pensione non va mai pronunciata davanti a uno della mia generazione, può avere effetti indesiderati anche gravi. Tu che ci fai qui?».

Questo guastafeste mi ha rovinato la sceneggiatura. Un ciak sprecato.

«Ti cerchiamo da un'ora. Il tuo telefono è spento» dice Piccionello.

«Ho una vita privata anch'io».

«Incredibile. Marilù deve parlarti. Dai, sbrigati».

Sulla terrazza a mare con i tavoli già allestiti per la cena, Marilù prende fiato con una Nastro Azzurro.

«Finalmente. Ti fai desiderare».
«È il mio destino».
«Vabbè, siediti, che dobbiamo parlare di lavoro. Piccionello sa già tutto. Vuoi bere qualcosa?».
«Un'acqua tonica».
«Che tristezza. Ti faccio preparare uno spritz».
«Preferisco una tonica».
«Non ce l'ho, è finita. Il distributore oggi non è passato. Infatti ho mandato Suleima a fare rifornimento al centro commerciale di Valderice».
«Da sola?».
«No, con l'aiuto cuoco».
«Chi? Il Carlo Cracco de' noantri?».
«Quel ragazzo è bravissimo».
«Come no. Due stelle, tre forchette e quattro pedate in culo gliele do io».
«È geloso» sussurra Piccionello a Marilù.
«Saverio, sei geloso?» chiede Marilù.
«Io? Di quello lì? Non diciamo minchiate. Fammi un negroni, va».
Guardo il golfo, il mare, il profilo di Monte Cofano al tramonto. Da qui a Valderice sono almeno diciassette chilometri per andare e altrettanti per tornare. Metti il tempo di fare la spesa, passare alla cassa, caricare tutto in macchina; un caffè non te lo vuoi prendere? Perdi almeno un'ora e mezza. C'è tutto il tempo per costruire le basi di una relazione stabile e duratura. Marilù mi distoglie dai tetri pensieri.
«Saverio, Piccionello è d'accordo».
«Allora non avete bisogno di me».

«Te lo avevo detto. È geloso» spiega Piccionello nell'orecchio di Marilù.

«Vuoi continuare a far finta che sono la salma di me stesso?».

«Guarda che Suleima è una ragazza a posto» puntualizza Piccionello.

«C'era uno, fesso proprio come te, che diceva a Menelao le stesse cose parlando di Elena».

Annego la disperazione nella prima sorsata del negroni.

«Ora se ne esce cu 'stu Menelao. Ma che fai, straparli?».

«Ma insomma, la smettete? Saverio, non fare il cretino alla tua età, se no ti mando a pulire la piscina» si incazza Marilù.

Scoppio a ridere, il negroni mi va di traverso.

Quand'ero ragazzino Marilù aveva appena aperto il suo albergo, tutti a dire che non avrebbe avuto vita lunga, a scommettere che falliva tempo una stagione, ma proprio allora San Vito Lo Capo diventò di moda: l'albergo è ancora aperto con il suo ristorante dove si mangia uno dei cous cous di pesce migliori della provincia e ora tutti a dire che i soldi vanno con i soldi, a spiegare che non ci voleva fantasia a capire che San Vito Lo Capo e Màkari avrebbero avuto fortuna, con questo mare, con questa luna. Adolescente, mi aggiravo dietro le siepi dell'hotel per guardare le turiste tedesche con le minne al sole a bordo vasca. Marilù mi scoprì e fui costretto a pulire ogni sera la piscina per sette giorni, sotto la minaccia della rivelazione a mio padre, ma soprattutto a mia madre, dell'infame vizietto. Il mio voyeurismo si spense sul nascere.

«Ho fatto la scenata, non l'avevate capito? Vi prendo in giro».

«Bravo, tu devi fare cinema» dice Piccionello, firmando tregua.

Marilù finisce la sua birra.

«Saverio, tu non hai problemi con i turisti, vero?».

«No. Penso che in fondo sono persone come noi».

«Non scherzare, Saverio».

«Te lo giuro, Marilù. Sono equo e solidale».

«Allora ti andrebbe di accompagnare un gruppo di turisti per qualche giorno in giro per la Sicilia?».

Guardo il fondo del bicchiere di negroni dove sbatacchiano tre cubetti di ghiaccio squagliati.

«Tu uccidi un uomo morto» sussurro.

«È un lavoro, Saverio. Ti pago».

«È un lavoro. Pagato. Sai, di questi tempi» aggiunge Piccionello.

Subodoro la trappola, l'agguato mortale. Furbo come una volpe intuisco la congiura: Marilù e Piccionello, complici del Carlo Cracco del meridione, alleati per allontanarmi da Suleima. Mi vedo in veste senatoria, mentre tracanno la pozione velenosa offerta da Messalina e Tigellino.

«Quoque tu» dico a Piccionello.

«Questo secondo me ha preso un colpo di sole. Ma forte».

«Saverio, sono solo pochi giorni» insiste Marilù. «Devono fare un giro per cantine e ristoranti, è gente graziosa».

«Perché proprio io?».

E vedo la mia fine sul suo viso.

«Perché i due che mi aveva mandato il tour operator, autista e accompagnatore, si sono presi il virus intestinale dopo una mangiata di cozze e fasolari. E domani il gruppo si mette in marcia. C'è già tutto prenotato: visite, cene, pranzi».

«Voi due siete d'accordo».

«Sì, te l'ho già detto. Piccionello è pronto a fare d'autista».

«Ho pure la patente C, l'ho presa quando ero militare» fa Piccionello. E l'infame sorride.

«Tu sei perfetto, Saverio. Li accompagni, gli spieghi un po' di cose, sai parlare, ti presenti bene».

«Anche io mi presento bene» precisa Peppe Piccionello.

«Sì, però mettiti un paio di pantaloni, invece di andare sempre in giro in mutande» gli dice Marilù.

«Non è vero».

«È vero. C'è scritto pure nel libro di Saverio».

«Marilù, non posso fare questo lavoro. Devo scrivere il prossimo romanzo» mi difendo.

«Ti prego, Saverio. Sono soltanto cinque giorni. Non mi lasciare nei guai».

«Non posso. Devo collaudare la cucina. Devo controllare le mattonelle di Caltagirone. Devo incorniciare la fattura di mastro Pietro».

«Saverio, sono settecento euro a testa. Ci paghi le piastrelle» dice Piccionello.

«Suleima può dormire qui, se vuole. Tanto in questo periodo lavoriamo giorno e notte» fa Marilù.

«Raccomando le pecore al lupo».

«Saverio, sei veramente un cretino» sbotta Marilù. «L'aiuto cuoco è gay, ancora non l'hai capito?».

«Gay? Non ci credo».

«Lo sanno tutti. Non ne fa mistero. A giugno mi ha chiesto un giorno di permesso per andare al Gay Pride».

«Non vedi come va vestito?» fa Piccionello. Parla lui, in mutande, camicia hawaiana e infradito rosanero.

«Il bue che dice cornuto all'asino».

Ormai sentenzio come Luca Brasi.

«Dai, Saverio. Settecento euro a te e altri settecento a Peppe. Per cinque giorni di lavoro. Ti fanno schifo?».

«Schifo no. Ma è proprio gay o lo dice solo perché va di moda?».

Marilù si alza dal tavolo.

«Vabbè, Saverio, ormai è palese: sei cretino. Domani pomeriggio partite da qui, col mio pulmino a dodici posti, alle cinque in punto. Non fate tardi».

«Potrebbe essere bisex» insisto.

«Saverio, perché non ti curi?» dice Piccionello.

Sorrido. Intravedo una luce in fondo al tunnel.

«Ci avete creduto? La mia è tutta scena. Siete veramente siciliani: non avete senso dell'umorismo. Per voi le corna sono un'ossessione».

Mangia, prega, ama. Non so se pregano o amano, ma di sicuro mangiano. E bevono. Minchia quanto bevono.

Rileggo la mail spedita da Marilù con la tabella di marcia. Già il titolo del tour consiglia di mettere mano alla fondina per estrarre un buon gastroprotettore: «Sicily taste, wine & food. The Island flavors».

Ristoranti, cantine, trattorie. Colazione, pranzo, merenda, cena. Gusta, degusta, digerisci, riparti. Tra un inzolia in purezza invecchiato in barrique, una spremitura a freddo di olive Biancolella, una vendemmia notturna, uno gnocco di seppia con crema di finocchio e svariati Alka Seltzer, dovrebbero restare circa ventidue minuti per odorare Motya, sette minuti per visitare il parco di Selinunte, trentasette minuti per assaporare la Valle dei Templi di Agrigento e quasi dodici minuti e trenta secondi per ammirare i mosaici di Piazza Armerina.

Siamo nati per soffriggere, questa è la verità.

Scrivo su Google: enogastronomia siciliana. Vengono fuori più pagine di quelle dedicate a Giovanni Verga. Cannoli battono Malavoglia, 740.000 a 490.000. Quaranta secoli di odissee, dominazioni, rivolte, colonne doriche, guerre puniche, cupole arabo-normanne, chiese barocche, inquisizioni, terremoti, viceré, camicie rosse, Cose Nostre, maxiprocessi e politici corrotti finiscono sommersi dalla crema di ricotta.

Siamo un popolo di aiuto cuochi.

Controllo il telefonino. Muto. Sono quasi le due e un quarto. La luna è tramontata.

Suleima a quest'ora avrà finito. Provo a immaginarla appoggiata alla giara, quella con la cycas all'ingresso del ristorante, mentre cincischia con l'aiuto cuoco.

«Domani sono sola. Saverio parte. Mi accompagni al mare?».

«Mi spiace Suleima, ma vado in barca con i Village People».

Ho voglia di fumare. Trovo nel posacenere un mozzicone di toscano. Lo accendo, gli occhi persi nelle mattonelle di Caltagirone.

Di cosa mi preoccupo?

Sentiamo la saggia Teresita.

¿Tu estas solo?

«Macché, sono qui con la mia cara cucina economica. Non si vede?».

Tu estas solo.

«Tu estas solo, va bene».

¿Dónde está tu mujer?

«¿Dónde está? Trabajar».

Claro que sí.

«Stiamo diventando sarcastici?».

Claro que sí.

«Teresita, perché non torni in Spagna? C'è un comodissimo Ryanair da Punta Raisi».

«Con chi parli?».

Suleima, appena entrata, mi abbraccia da dietro, i suoi capelli mi solleticano il collo. Chi se ne frega dell'aiuto cuoco.

«Con la spagnola».

«Ancora? Ma sei malato».

«Lo sai che hai ragione tu? Si sta facendo un po' supponente. La spengo».

Suleima scalcia le scarpe di lato. Si sfila la gonna.

«Ho fame» dice aprendo il frigorifero.

«Piccionello ha portato patate assassonate con la cipolla».

«Mi fai compagnia?».

Porta in tavola la zuppiera e la bottiglia di bianco dell'Etna rimasta a metà.

Più che il dolor poté il digiuno. Preparo piatti e bicchieri.

«Non c'è pane» dico.

«L'ho portato io dal ristorante. L'ha appena fatto Carlo».

«Carlo chi?».

«L'aiuto cuoco».

«Si chiama Carlo? Come Cracco».

«È un nome abbastanza comune. Mica si chiama Astolfo. Marilù mi ha detto che vi siete messi d'accordo. Domani parti, allora?».

«Sì, ma solo per qualche giorno. Mi dai un po' di vino?».

«Sei passato dal ristorante, ma ero a Valderice con Carlo. Quando sono rientrata eri andato via da poco, c'era ancora il tuo odore in giro».

«Com'è?».

«Il tuo odore?».

«No, questo Carlo».

«Simpatico. Ha girato mezzo mondo: Londra, Berlino, Madrid. Buone le patate, le ha preparate Piccionello?».

«Credo sua cugina. Da dove viene questo Carlo?» chiedo a occhi bassi nel piatto.

«Non lo so, mi pare dalle Marche. Prima lavorava nella moda, a Milano».

«Normale, la moda è piena di gente così».

«Così come?».

«Come lui».

«E lui com'è?».

«Gay, no?».

«Ma chi te l'ha detto?» ride Suleima, gli occhi che le brillano, per la stanchezza o per il vino, chissà.

«Lo sanno tutti. È andato pure al Gay Pride».

«Anche io sono andata al Gay Pride, che c'entra. Secondo te sono lesbica?».

«Ci sono andato anch'io. Ma per lavoro».

«Saverio, sei omofobo? Dimmelo subito così ti lascio e scappo con George Clooney».

«Guarda che io ho tanti amici gay».

«Questo lo dicono tutti gli omofobi».

«Ma dove siamo, nello studio di Michele Santoro? Non stiamo parlando di me, stiamo parlando di Carlo».

«Se è così, ti rassicuro. Non è gay».

«Ci ha provato con te?».

«Macché. Quello ha una fidanzata strafica, con uno stacco di coscia di due metri e passa».

«Chi? Il Carlo Cracco alla vaccinara?».

«Sì, proprio lui». E si versa quel che resta del bianco dell'Etna.

«Allora lo dica. Faccia outing. Non sopporto gli eterosessuali che si nascondono».

Suleima si alza. Si toglie la maglietta. Resta in slip e reggiseno. Neri.

«Saverio, io vado a farmi una doccia e poi vado a letto. Sono stanca, ma puoi farmi cambiare idea. Hai sette minuti di tempo per sparecchiare e scegliere: me o YouPorn. Oppure ti dichiari gay una volta per sempre».

Nuoto sott'acqua piano. Una bracciata dietro l'altra,

in un mare limpido di luce. Mi sento bene, una cernia si affaccia da sotto uno scoglio. Mi sorride. Un totano ripieno di pan grattato, passolina e pinoli, mi sfiora una spalla. Gli sorrido. L'acqua è fresca, il fondo sabbioso. Un polpo con un limone in bocca si avviluppa al mio braccio. Riesco a divincolarmi. Vedo il polpo allontanarsi fluttuante, ha perso la presa sul limone che risale leggero a galla. La luce si oscura, passa un branco di sarde allinguate. Me ne libero, con il piede tocco il fondo, la sabbia è smossa da ruote di pesce spatola alla messinese. L'acqua si intorbidisce di aguglie arrostite, paolotti alla griglia, calamari alla piastra. Un odore forte di cucina, di triglie alla brace e di spada panato alla palermitana mi soffoca. E il naufragar m'è dolce in questo mare.

Mi sveglio.

«Suleima» chiamo.

Non risponde nessuno.

Il letto è vuoto. Guardo il cellulare: le dieci. D'agosto il mio telefono è capace di restare muto per giorni.

Scalzo vado ad aprire la finestra. Respiro aria calda e odore di triglie alla brace. Chi arrostisce pesce alle dieci del mattino?

Preparo un caffè.

Ho deciso. Adesso mi vesto, vado da Marilù e disdico tutto. Non abbandono certo il territorio con il nemico in casa. Il gatto e la volpe volevano infinocchiarmi con settecento euro: timeo Danaos et dona ferentes. Gli antichi non sbagliavano, sennò a che serve il liceo classico?

Caffè, biscotti di sesamo e triglie arrostite. La colazione dei campioni.

Sento bussare.

«Chi è?».

«Bien, il est ici» dice qualcuno là fuori.

«Arrivo. Eccomi» grido.

Spalanco la porta al caldo, alla zaffata di triglie arrostite e alla famiglia Malaussène.

«Bonjour» mi sorride una specie di Jean Dujardin.

«Bonjour» fa eco la controfigura di Juliette Binoche.

In mutande, la tazzina di caffè in mano e i capelli spettinati dall'incubo sottomarino, non so che dire.

«Bonjour» ripeto con espressione da ebete lombrosiano.

Mi sgusciano ai lati due esseri viventi formato mignon, presumo bambini. Si infilano in casa.

«Enfants, arrêtez» gorgheggia Juliette Binoche, in braccio il figlio più piccolo, biondo come i suoi avi normanni e avido, esattamente come loro, di riconquistare la Sicilia partendo da casa mia.

«Excusez-moi, ils sont excités pour le voyage» mi spiega Jean Dujardin nella sua camicia bianca di lino.

Presumo che se richiudo la porta scompariranno così come sono apparsi.

«Monsieur Lamannà?» chiede camicia di lino.

«Sì, yes, sono moi» balbetto, stile Totò e Peppino: noio volevan savuar.

«Siamo per la casà» spiega il bellone francese.

«Quale casà?».

«La casà. Homeholiday. Pour les vacances».

«Vi manda Tuzzolino? Quello dell'autolavaggio?».
«Tuzzolinò? Je ne sais pas».
«Maman, regardez! C'est bizarre» si affaccia tra le mie gambe una bambina bionda.
«Charline, ne touchez à rien» le risponde Juliette Binoche, senza smuovere un capello, col tono dello spot di un profumo.
Sento rumori sospetti dal bagno. Capisco: i discendenti di Ruggero d'Altavilla hanno scoperto il mio bidet. Corro a chiudere l'acqua, ma uno dei figli di Asterix si è già inzuppato dalla testa ai piedi. Lo ripesco prima che affoghi in questo medievale strumento di tortura e lo riporto fuori.
Dujardin e Binoche si mettono a ridere.
«Julien, vous êtes spécial».
Asterix junior si strizza la maglietta mettendo il broncio.
Il libro sul metodo di scannare i figli per farli crescere educati dovrei scriverlo in francese e pubblicarlo con Gallimard. Successo assicurato.
«Et alors?» chiede il francese.
Fa caldo qui fuori. Charline mi guarda da dietro le gonne di sua madre paragonandomi a Henri Landru, Asterix junior già immagina il mio collo sotto la lama della ghigliottina, il lattante comincia a boccheggiare progettando la prossima crociata contro gli infedeli e la camicia bianca di Dujardin prende qualche macchia di sudore. Solo la Binoche è fresca quanto una commessa di Lancôme alle Galeries Lafayette in un lunedì mattina di gennaio.

Se li faccio entrare sarà la mia rovina, lo so. La storia lo insegna, a questo serve il liceo classico: un gran pezzo di idiota di emiro di Siracusa, per fottere i suoi compari, fece la genialata di chiamare i normanni, ma quelli, pure che non avevano mai visto in vita loro un'arancia o un gelsomino, la misero in quel posto all'emiro e ai suoi compari, pappandosi la Sicilia. Così impari ad aprire la porta agli sconosciuti.

«Je veux rentrer en France» piagnucola Asterix junior.

Qui si comincia a offendere. Ecco, fregato dall'orgoglio e dai soliti luoghi comuni, mi calo nel ruolo di rappresentante istituzionale della proverbiale ospitalità siciliana.

«Ma prego, entrate. Non state fuori, fa troppo caldo».

Bisogna essere equi e solidali. Anche con i francesi e con i loro figli biondi.

«E come finì?».

«Peppe, come vuoi che finì? Ho i barbari in casa che si abbeverano al mio bidet».

«Esagerato. Sono turisti» dice Piccionello.

«Hai mai sentito parlare dei celti, dei galli, di Vercingetorige?».

Piccionello mostra una maglietta fosforescente con la scritta: «Ku mangia fa muddiki? Sicilian food: non lasci una briciola».

«Ti piace? La metto in borsa» dice.

«Un'idea della figlia di tua cugina?».

«Quella è un cervellone, fa lo stage a Milano da Dolce&Gabbana».

«Per questo la moda italiana è in crisi».

«Scimunito. Fino a quando restano i turisti?».

«Fino a venerdì prossimo».

«Hai fatto un affare, Saverio. Quanto ti danno?».

«Dicono che avevano concordato milleseicento euro, ma quattrocento euro li hanno già dati per caparra».

«Poco è. Perché non ti sei fatto dare di più?».

«Piccionello, ma sei un cretino patentato o mando anche te a fare uno stage di perfezionamento a Milano?».

«Saverio, ma perché ti incazzi? E smettila di mangiare i miei biscotti con la giuggiulena».

«I miei se li sono mangiati i figli di Bernard-Henry Lévy. La questione è che io non ho mai affittato la mia casa».

Peppe Piccionello ficca tre paia di Havaianas nella borsa. Appena abbassa gli occhi ne approfitto per rubare un altro biscotto reginella. Da quando ho smesso di fumare, il nervosismo mi apre la fame.

«Allora i francesi come sono arrivati da te?» chiede.

«Qualcuno ha messo un'inserzione su un sito, con tanto di foto, prezzi, il mio nome e un numero di telefono. Ecco perché ieri Armando Tuzzolino mi ha chiamato, gli pareva che ero stato io a mettere l'annuncio».

«Stai tutto il giorno e la notte a guardare internet e non ti sei accorto che stavano affittando casa tua» dice Piccionello, mentre torna dal bagno con spazzolino e dentifricio.

«Non c'è bisogno che fai lo stage. Sei già scemo col massimo dei voti. Ma secondo te io vado su Google per vedere se qualcuno affitta la mia casa? Ma una cosa così non può venire in mente a nessuno, né ora né mai».

«Chiama al numero che c'è sull'annuncio e vedi chi ti risponde».

«Sei un genio. Tu hai fatto le scuole elementari nel Kgb. Il cretino non sei tu, è James Bond, eppure lo hanno fatto agente segreto. Pensi che non l'ho già fatto? Appena Vincent Cassel mi ha spiegato l'intrallazzo, ho chiamato subito: numero staccato. Eppure fino al giorno prima il francese aveva parlato con me, cioè con quello che diceva di essere monsieur Lamannà. Gli ha versato pure l'anticipo».

«Quindi a te quanto resta?».

«Ma che me ne fotte dei soldi, Peppe? È agosto, non c'è un buco libero in tutta la costa occidentale sicula. Cosa faccio? Lascio per strada Jean-Paul Belmondo e tutta la sua famiglia? Creo un incidente diplomatico internazionale? Risultato: sono fuori di casa».

«Vabbè, ma tanto Suleima può dormire da Marilù, noi oggi pomeriggio partiamo e ritorniamo fra cinque giorni. Saverio, ti è finita bene. Che ne dici di questa?».

Mostra una camicia con i pappagalli, faccio una smorfia disgustata.

«No, io non posso venire. Stanotte mi ha chiamato l'editore. Quando gli ho spiegato che devo ancora finire il libro, mi ha detto: non ti preoccupare, aspetto in linea. Ha molta fretta, punta tutto su di me per il Salone del Libro di Francoforte».

«Non puoi farlo. Hai preso l'impegno con Marilù. E poi non hai nemmeno una casa».

«Vabbè, resto qui da te».

Mi guarda manco avessi in testa un fungo atomico.

«Non è possibile» dice.

«Neghi un favore a un amico in difficoltà?».

«No. Ma domani arrivano quattro milanesi e stanno qui una settimana. Sono amici della figlia di mia cugina. Duemila euro per sei notti, se permetti».

«Ti sei messo a fare l'affittacamere».

«Si dice casa vacanze».

«Ma in questo posto siete tutti malati. Avete un'epidemia immobiliare».

«È il turismo, non lo sai? Un mio amico ad agosto dorme con tutta la famiglia in macchina per affittare casa sua. È un sacrificio, ma col guadagno ci campa otto mesi».

«Peppe, eravate pescatori, contadini, pecorai. Lavori antichi e nobili, dai tempi di Ulisse. E ora?».

«Quando c'era il pesce pescavamo pesci, adesso ci sono i turisti e peschiamo turisti».

«Così se ripassa Ulisse gli affittate una villa con piscina a lui e a tutti i Proci. Che tristezza. Il declino della civiltà occidentale».

Peppe Piccionello mi solleva dalla sedia per un braccio.

«Sarà come dici tu, ma i biscotti reginella te li sei mangiati tutti. Adesso, vai a preparare la borsa che fra due ore partiamo».

«E all'editore che dico?».

«Gli dici che Suleima, per il momento, non te le mette le corna. Non capisco il motivo, ma quella guarda solo a te».

L'aria condizionata smorza l'afa del pomeriggio. Dietro i finestrini oscurati corre la linea della costa trapanese: mulini a vento, piramidi bianche di sale alte nel sole. Non ricordo chi sosteneva che isola viene dalla parola sale, terra circondata dal sale. In greco antico, infatti, mare significa anche sale, e poi dicono che il liceo classico non serve.

Peppe Piccionello cambia marcia con la foga di un concorrente della Paris-Dakar sulla pista di sabbia sahariana.

Gli faccio cenno con la mano di darsi una calmata. Peppe si è messo la camicia con i pappagalli sconsigliata, ma almeno indossa pantaloni lunghi e un paio di scarpe da tennis sfondate e senza lacci.

«È vietato guidare con le infradito. E io sono un professionista» si è giustificato. Ha rispolverato un paio di Superga, credo lo stesso calzato da Adriano Panatta per la Coppa Davis in Cile del 1976.

Il mio carico di carne umana sonnecchia, qualcuno ha le cuffiette dell'iPhone nelle orecchie. Mi sembra di essere uno scafista libico incaricato di traghettare questi poveri disgraziati verso la terra promessa del menù a degustazione. Se fossi inumano dovrei scaricarli davanti alla prima Motoape che soffrigge panelle nell'olio per freni.

«Hai chiamato il numero dell'inserzione abusiva?» chiede Piccionello, giocando di frizione.

«Chiamo ogni due ore. Sempre spento. L'ho pure memorizzato».

«Con quale nome?».

«Becco Con Le Corna. Corretto, no?».

Il sole incendia le Egadi. Ripasso la lingua sulle labbra, ma non è vero che i baci resistono a lungo. Suleima mi ha salutato distratta, alle prese con un guasto alla lavastoviglie del ristorante.

«Quello è proprio un mulino?».

Chi è questa che si abbassa per indicare fuori dal finestrino?

«Sì, un mulino a vento. Per azionare le chiuse delle vasche della salina» rispondo, ma non so se è veramente così.

«Come in Olanda».

Si siede accanto. Carina, un po' anoressica.

«Come in Spagna» faccio.

«Hai ragione, don Chisciotte e i mulini a vento». Ahi ahi, intellettuale. «Come hai detto che ti chiami?».

«Saverio. Saverio Lamanna».

«Io Anita. Non avevo capito il tuo nome. Quando Marilù ti ha presentato ero al telefono con mia madre».

«Problemi?».

«Nessuno, tranne l'abitudine di rovinarmi ogni vacanza con qualche senso di colpa: sto male, sono sola, fa caldo, sto morendo e così via».

«Anche mia madre era così, però alla fine ce l'ha fatta veramente a morire».

«Mi dispiace, non volevo».

«Non è colpa tua. Prima volta in Sicilia?».

Domandona. Buona per ogni situazione di imbarazzo.

«No, veniamo spesso in Sicilia. Mio marito è quello lì seduto in fondo che dorme con la bocca aperta, lo vedi?».

«In Sicilia dove?».

«A Pantelleria, da sei anni, ogni estate».

«Pantelleria non è Sicilia» fa Piccionello, gli occhi alla strada.

«Come non è Sicilia?» dice Anita.

«Tecnicamente sì, praticamente no» puntualizzo.

«Pantelleria è Sicilia».

«No, perché è un'isola e quindi non può stare dentro un'altra isola».

Anita ci riflette, lo sguardo obliquo.

«Voi due mi prendete in giro. Pantelleria è Sicilia. La luce, i sapori, il paesaggio sono Sicilia. Io e mio marito siamo architetti, abbiamo uno studio a Firenze. Abbiamo restaurato i dammusi di alcuni nostri amici. I dammusi sono Sicilia».

«È vero. Infatti il principe di Salina abitava in un dammuso. Molto grande, ma dammuso. Però con i tetti affrescati».

«Mi prendi per il culo?».

Anita non può sapere quanto detesto quelli che dopo mezza giornata a Filicudi o a Levanzo dicono di essere stati in Sicilia. È come entrare nella base Nato di Sigonella e sentirsi in America. Ma posso cominciare a litigare dopo meno di quaranta minuti dalla partenza?

«Scherzavo. Hai ragione, Anita: Pantelleria è Sicilia. Un po' più piccola, ma Sicilia. Sicilia bonsai, diciamo così».

«Fica: Sicilia bonsai. Vado a svegliare mio marito, questa me la rivendo».

Si alza, va là dietro a scuotere per le spalle il poveraccio che dormiva beato sognando i dammusi di Pantelleria, in provincia di Sicilia.

Con Piccionello scambio un'occhiata di compatimento. Abbiamo pena di noi stessi, in realtà. Cinque giorni così non passeranno mai.

«Se questa è la più simpatica, siamo consumati» sussurra Piccionello.

«Io non ci volevo venire. Cerca un notiziario alla radio, che almeno ci consoliamo con le disgrazie degli altri».

Due ore dopo la mezzanotte io e Anita siamo i migliori amici da una vita. Mi ha raccontato che voleva un figlio, però; che suo marito non vuole adottarne uno, però; che lei lo ama ancora, però.

Sarà l'inzolia o il catarratto o il sirah o forse il combinato disposto dei tre vitigni, ma per i miei Sette Cavalieri del Magna&Bevi Tour ormai provo amore incondizionato, profondissima stima e sincera amicizia.

Contribuiscono tre bicchieri di bianco d'Alcamo al tramonto nel baretto davanti al pontile per Motya (dove non siamo andati, tanto sta lì dai tempi dei fenici, ci passeremo un'altra volta), due bicchieri di Merlot dalle parti del museo del Satiro Danzante di Marsala (che non abbiamo visto perché era chiuso e comunque è più bello immaginare la statua di bronzo ancora sotto il mare dove stava tranquilla da duemila e trecento anni se non fosse passato il peschereccio di capitan Ciccio) e, infine, l'apoteosi di doc, igt e docg bianchi, rossi e rosé, fermi e frizzanti, nella tenuta del Belice che ci ha accolti con fuochi d'artificio, bombe a mano, mangiatori di fuoco curdi e danzatrici del ventre turkmene per la vendemmia di mezzanotte, in una festa affollata di gente di città vestita da campagna con scarpe di mare, snikers city urban, pantaloni da golf, felpette da montagna, jacket da trekking.

Vi amo tutti, grazie di esistere. Amo i miei Sette Cavalieri del Sacro Ordine dei Mangiatari. Anita del figlio perduto e l'architetto dei dammusi. Lo spione russo amico di Putin, sua moglie Nikita o Katiuscia o Svetlana. Amo il terzetto con il vecchio, il giovane e la donna. Vi amo perché mangiate, bevete e ve ne fottete alla grande di questa cazzo di storia siciliana piena di magnifiche cose vecchie e noiose che stanno lì a ricordarci sempre chi eravamo ieri, ma non ci dicono mai chi dobbiamo essere domani. Bravi. Vi amo così.

«In questo modo la temperatura notturna rallenta il processo di fermentazione, consentendo un migliore rilascio di sostanze e zuccheri. Lamanna, mi sta seguendo?».

L'enologo sta spiegando per la terza volta perché si vendemmia di notte, credo mi abbia scambiato per qualcun altro perché continua a parlarmi di tannini, solfiti e polimeri di cui non me ne frega niente, ma che vorrei soltanto continuare a mandare giù a litri.

Gli metto una mano sulla spalla.

«Il suo dire entra molto nel mio capire. Ma, mi scusi, ho il calice in panne. Torno subito perché questo tannino mi è simpatico. Non se ne vada, voglio approfondire la questione dei solfiti».

Scappo verso il tavolo della degustazione.

Silenzio, aria di raccoglimento, la sacralità delle cerimonie dei protocristiani riuniti nelle catacombe di Roma.

Ecco Piccionello. Accosto con la circospezione consentita ad un alcolizzato dell'ultima ora.

«Peppe, che succede?» penso di bisbigliare.

«Non gridare. Il commendatore sta assaggiando un vino invecchiato tre anni in acciaio, sette anni in botte, dieci in bottiglia, otto in cantina, cinque in cucina, dieci nel sottoscala e tre in un ospizio».

«Minchia, Piccionello, ma quante ne sai?».

«Sei ubriaco. Perché non ti metti a dormire su una sdraio?».

«Il commendatore se ne intende di vini. E certo: è commendatore».

«E non gridare. Questa bottiglia la conservavano per papa Ratzinger, poi quello si è dimesso e non è venuto più. E ora la assaggia il commendatore. Capisci l'importanza?».

Impeccabile nel pantalone di lino grezzo, camicia di cotone crudo e Tod's color cuoio, il commendatore annusa il bicchiere come se dovesse trovarvi l'elisir d'amor perduto. Ha ottantadue anni, tra un cabernet e uno chardonnay mi ha fatto capire che a lungo ha inciuciato con imprese edilizie, appalti pubblici e privati, conti svizzeri, molta elusione, giusta evasione, investimenti azzeccati e liquidazione dell'intero pacchetto azionario una settimana prima che i fratelli Lehman decidessero di far fallire mezzo pianeta. Insomma, dopo una vita di spericolate speculazioni economiche e immobiliari, si è comprato una placida tenuta in Umbria dove ogni tanto si può incontrare perfino il lupo di Gubbio.

«Quella vigna è la luce dei miei occhi» aveva detto il commendatore, intenerito dalla linea del tramonto su Motya.

Poi, con un braccio aveva circondato le spalle della donna al suo fianco

«Dopo Katrina, naturalmente».

Katrina aveva sorriso. Parla poco, non mi pare italiana. Una dell'Est, ucraina o romena. Quarant'anni ben portati, con una certa eleganza nel vestire. Magari è il commendatore a consigliarle il ton sur ton.

«E quello è mio figlio Glauco». Il commendatore aveva indicato lo spilungone, Rolex al polso e maglietta Ralph Lauren, fisso in piedi a seguire Tgcom nella tv del bar. Glauco non mi pare la luce degli occhi del commendatore, lo dice il nome stesso.

Suspense. Rulli di tamburi. Fiato alle trombe.

Il commendatore sta assaggiando il vino più vecchio del mondo.

Il proprietario della cantina e una platea di appassionati vinicoli seguono il movimento del bicchiere: su, ancora su, poi di nuovo giù.

Il commendatore fa slap slap con la lingua contro il palato, pure se mia madre diceva sempre che non è educato.

Parla l'Uomo Del Monte.

«Sapido, intenso, elegante, sontuoso. Retrogusto morbido, sentori speziati. Deciso con sfumature boschive. Coltivato su fondo sabbioso. Deve respirare un poco».

«Che dice?» chiedo a Piccionello.

«Non gridare. Dice che è buono».

«Quando non è buono che fa? Recita la Cavallina storna?».

«Ma perché gridi? Sei ubriaco, vai a dormire».

Abbraccio e bacio il commendatore. Gli voglio bene.

«Lei è troppo sontuoso».

Qualcuno mi prende per le braccia, deve essere Piccionello. Mi fa stendere su una poltrona.

«Portami un bicchiere di vino con retrogusto intenso e sfumature boschive. Cerca di essere sapido, per favore, non perdere tempo».

«Sì, adesso te lo porto» dice Piccionello.

«Ora richiamo Becco Con Le Corna».

«Va bene, ma non gridare».

La testa mi gira, vedo uno sciame di tannini.

A questo punto credo di essermi addormentato, perché non ricordo più niente.

Apro un occhio.

«Si sta svegliando» dice qualcuno.

Apro l'altro occhio. La luce mi abbaglia, metto a fuoco una faccia conosciuta.

L'applauso non me l'aspettavo.

«Bravo».

Questa è la voce del commendatore.

Sollevo la testa, sono disteso sul sedile di fondo del pulmino. I Sette Cavalieri della Barrique battono le mani ridendo. La cosa non mi fa piacere, sospetto una leggera presa per il culo. Mi metto seduto, la testa pesa come un melone d'acqua.

Il volume della radio alzato al massimo. *Happy* di Pharrell Williams dà ritmo ai passeggeri, Piccionello segna il tempo a colpi di clacson, i Sette Cavalieri di Staminchia si dimenano, devo essere su Scherzi a Parte. Ma non ho voglia di scherzare. Ho un buco di nausea allo stomaco, la testa piena di ovatta, la punta di un Black&Decker alla tempia sinistra.

«Non si uccidono così anche i cavalli» dico.

«Silenzio» impone il commendatore. «Ha parlato. Cos'ha detto?».

«Papà, io ho sentito solo la parola cavalli» dice Glauco.

«Uccidere i cavalli» spiega il compagno di merende di Putin.

«È un film. *Non si uccidono così anche i cavalli*» precisa l'architetto dei dammusi.

«Un film?» fa Anita.

«Sì, un film degli anni Settanta. Di Sydney Pollack».

«Credo sia degli anni Sessanta» dice il commendatore.

«Fine anni Sessanta, inizi anni Settanta» continua l'architetto. «Però il titolo è con il punto interrogativo. *Non si uccidono così anche i cavalli?*».

Adesso divento verde Hulk e li stritolo tutti in un pugno.

«Ma chi se ne frega? Volete abbassare questa radio? Mi sta scoppiando la testa» urlo, ma viene fuori una voce in falsetto.

«Poverino, non è abituato» si impietosisce Anita.

Piccionello abbassa il volume della radio.

Il minibus corre per una statale che non riesco a riconoscere, sulla destra intravedo spicchi di mare tra gli oleandri.

«Dove stiamo andando?» chiedo.

«A Licata. Da Pino Cuttaia».

«Pino chi?».

«Cuttaia, due stelle Michelin».

«A mangiare?».

«Sì, è un ristorante» precisa qualcuno, credo l'architetto.

«Non ce la posso fare. Preferisco vivere. Io vi aspetto qui, sul bus».

«Lamanna, non le è bastato passarci tutta la notte?» fa il commendatore.

«Mi avete lasciato qui a dormire?».

«Era troppo faticoso portarla su in camera» spiega il commendatore. «Comunque era al sicuro, nel parcheggio dell'albergo. Abbiamo incaricato il portiere di controllare ogni mezz'ora».

«Con i finestrini aperti e due bottiglie d'acqua» puntualizza Anita.

«E una ciotola di croccantini. Se ero un cane a quest'ora vi avevano già denunciato per abbandono».

Ridono, loro.

La moglie del russo si fa tradurre dal marito e ride a scoppio ritardato.

Ripiombo disteso sul sedile, sconfitto dal mal di testa.

Io questi qui li odio. Tutti e sette, più Piccionello che scruta dallo specchietto retrovisore e merita un odio speciale.

«Tu ci credi?».

«L'ho sentito dire, ma non ci ho mai provato» fa Piccionello.

«Il commendatore dice che serve a riequilibrare il tasso di alcol».

«Mi pare una stronzata. Ma se lo dice il commendatore».

«Tanto peggio di così non può andare».

E bevo una sorsata di Corona.

«A proposito, come si chiama?».

«Olmo Buscaglia».

«Olmo? Che nome è?» chiedo.

«C'è chi si chiama Pino e c'è chi si chiama Olmo».

«Peppe, non esagerare con queste battute. Sto troppo male».

«Quale battuta?».

«Pino, Olmo».

«E dove sta la battuta?».

«Pino. Olmo. Alberi».

«Non lo sapevo. Vado a fare un bagno».

Tornato libero in mutande, Piccionello si spinge verso la battigia. C'è un'onda leggera, la spiaggia non è affollata, malgrado agosto. Si vede che è mare di paese, i bagnanti tornano a casa all'ora del pranzo.

Prima di entrare nel ristorante, i Sette Cavalieri del Sacro Menù avevano la stessa trepidazione di Goethe nella Valle dei Templi. Hanno insistito per avermi, ma più che il digiuno poté il dolore.

Piccionello ha voluto tenermi compagnia: siamo andati al mare, nel lido più vicino al centro di Licata.

«È fredda» dice Piccionello, un piede a tastare l'acqua.

«Canale di Sicilia, mare aperto. Non è mica la palude del Tirreno».

Ripenso al gran figurone rimediato ieri sera. L'ultima ubriacatura risaliva alla festa per i diciassette anni di una mia compagna di scuola. Ho scelto il pubblico giusto per passare alla storia come il Charles Bukowski di Màkari.

Chiamo Suleima. Un po' di compassione mi farebbe bene.

Non risponde. Mi manda un messaggio.

«Ora no. Sto lavorando. Ti ho chiamato stanotte. Non rispondevi. Piccionello mi ha detto che eri ubriaco. Vergogna, alla tua età. Scappo con un astemio».

Lascio la Corona a metà: sarà un toccasana, ma non riesco a mandarla giù.

Mi butto a mare? Quasi quasi.

Mi alzo, resisto alla piccola vertigine. Ce la posso fare. Supero il quadrato d'ombra proiettato dalle stuoie di canne del Lido Felix.

Il telefono mi richiama indietro. Sarà Suleima.

«Signor Lamanna, mi riconosce adesso?».

«Certo, lei è Kevin Costner, l'amico di Armando Tuzzolino, quello dell'autolavaggio».

«Minchia, ma lei è troppo forte, signor Lamanna».

«Se non me lo spiegava lei, non lo avrei mai saputo».

«Signor Lamanna, lei sa l'amicizia e la stima che ho nei suoi confronti».

«Lo so. Ma io non ho nemmeno la macchina, quindi non posso portarla a lavare. Mi dispiace. La Cinquecento dell'altra volta era di una mia amica»

«A parte gli scherzi, signor Lamanna, siccome ho grande stima di lei mi sono permesso di controllare l'annuncio della sua casa. E ho telefonato al numero che c'era su internet».

«Sono sicuro che non l'ha fatto per scoprire il suo concorrente».

«Ma che fa, babbìa? L'amicizia è amicizia, signor Lamanna. A quel numero non risponde mai nessuno. È staccato».

«E fin qui c'ero arrivato pure io».

«Signor Lamanna, io sono del mestiere. In questo paese c'è gente che mette annunci di case che non ha. È una vergogna, giusto?».

«A chi lo dice. Ho dovuto accogliere una famiglia di profughi francesi».

«Una vergogna per il nostro turismo. Lei questo fatto deve denunciarlo ai carabinieri, signor Lamanna. Lo sa che l'altro giorno qualcuno ha affittato il convento di San Michele a Mazara del Vallo? Con tutte le monache dentro».

«Turismo religioso».

«Le povere suore si sono ritrovate un autobus di tedeschi che ne volevano conto e ragione».

«Ai tedeschi è rimasto il vizio di invadere le case degli altri».

«Signor Lamanna, lei deve fare qualcosa. Stiamo organizzando un comitato di gente seria, onesta, perbene. Perché questa storia non può continuare. Dobbiamo protestare».

«Dopo No Occupy, dobbiamo fare No Affittai».

«Ecco, vede, lei ha le idee giuste».

«Signor Tuzzolino, adesso sono impegnato. Ma appena ritorno a Màkari organizziamo. Dopo Ferragosto però, perché anche la rivoluzione va in ferie».

«Ma a lei come ci vengono queste frasi? Il cinema deve fare lei, signor Lamanna, deve andare a X Factor».

«Non si preoccupi, mi sono già iscritto. Ci andiamo assieme».

«Appena passa all'autolavaggio le regalo una spugna originale».

«Non ce l'ho la macchina, signor Tuzzolino».

«La regala alla sua fidanzata. Tanto è una spugna unisex».

Chiudo la telefonata, rimetto il cellulare nella borsa, mi spingo veloce in acqua. Non è nemmeno tanto fredda.

«Per me, la nuvola di caprese con spremuta di datterino era superba».

«Buona, ma l'armonia del maialino nero dei Nebrodi era irripetibile. Hai presente l'equilibrio tra la cima di rapa e la dolcezza del fondo ristretto?».

«Il massimo però è stata la minestra di pasta con aragosta».

«Troppo facile: l'aragosta è nobile. La sfida è sugli ingredienti della cucina povera. È lì che si vede il vero chef».

Mi ficco le cuffiette del tablet nelle orecchie. Non ne posso più di rosolature, emulsioni, battuti, fior di sale, spolverature, spume, cotture a caldo, cotture a freddo.

Arroccato sul fondo del pullman, ormai mio appartamento privato, abbandono i Sette Cavalieri dell'Ordine della Lessatura alla chimica della gola. Gli uomini sono più accaniti, le donne vanno dietro un po' alla rinfusa. Nikita o Katiuscia o Svetlana è sempre più lost in translation.

Mi rifugio nel mio dialogo con Teresita.

¿Te gusta el gazpacho?

Pure tu. Ho ancora la nausea.

¿Te gusta el gazpacho?

Se non ripeto, insiste. È martellante.

«¿Te gusta el gazpacho? Non tanto».

¿Te gusta el chorizo?

Solo il chorizo ci manca e finisco all'ospedale.

¿Te gusta el patanegra?

Adesso vomito sulla tappezzeria blu a stelline gialle dell'autobus.

Katrina si stacca dal gruppo e viene a sedersi accanto.

«Cosa ascolti?».
«Lezioni di spagnolo».
«Passione o lavoro?».
«Lavoro. Voglio aprire un'attività economica a Formentera».
«Quale?».
«Segreto industriale. Non posso dire niente. Settore food, enogastronomia di alta qualità».
«Anche tu? Non ne posso più. Quelli parlano solo di cibo. È come stare dentro un cinema porno, alla fine resta solo il disgusto».
Spengo Teresita. Simpatica la rumena. Sarà poi rumena?
«Katrina, di dove sei?».
«Macedonia».
«Una volta ci sono stato, a Skopje, quando lavoravo per il governo. Una visita ufficiale. Ricordo solo che c'era tanta neve e siamo rimasti bloccati per cinque ore all'aeroporto».
«È vero, nevica tanto d'inverno. Per questo ci sono molti bambini».
Tardo un poco a capire. Raffinata, la macedone.
«Se ti scoccia parlare di cibo che ci fai qui?».
«La poliziotta».
«La poliziotta?».
«Sì, controllo che Olmo non esageri. Ha il diabete».
«Sei un'infermiera?».
«Anche».
«Posso farmi i fatti tuoi? Ma tu e il commendatore?».

Ride. Mi piace quando ride, lo fa di gola.

«La vita è strana. Lui aveva bisogno di un'infermiera, io di un lavoro. E così ho trovato una casa. E un brav'uomo».

«Posso farmi ancora i fatti tuoi?».

«Lo stai già facendo».

«Appunto. Quello lì, il lasagnone, il figlio del commendatore, come l'ha presa?».

«Tu come la prenderesti se tuo padre si mette in casa una della tua età?».

«Mah, la ammazzo nel sonno».

«Per fortuna, Glauco è più buono di te. Non mi ammazza, ma non posso chiedergli di volermi bene. Certo, gli risolvo un sacco di problemi. Può continuare a fare il giovane ricco senza doversi occupare di suo padre».

«Però in vacanza con papà ci viene, alla sua età».

«È stato costretto. Olmo pensa che in questo modo potremo conoscerci meglio. E poi deve fare un annuncio importante».

«Non mi dire» le guardo la pancia.

«No, non sono incinta».

«E l'annuncio qual è, se posso farmi i fatti tuoi?».

«Te li sei già fatti abbastanza i fatti miei. Ora basta».

Piccionello esce dalla statale con una curva stretta che inclina il bus, i passeggeri, le uova di seppia, gli spiedini di polpo veraci e i cannoli non ancora digeriti. Katrina mi finisce addosso, riscuotendo ammirazione e apprezzamento per la sua quarta di seno contro la mia spalla.

«Pane cunzato» grida Piccionello. E inchioda i freni davanti a un prefabbricato.

Pane caldo, olio, sale, pepe e tuma.

Katrina si stacca con un sorriso privo d'imbarazzo, il commendatore la sta cercando con gli occhi.

A costo di vivere per il resto dei giorni con una flebo di bicarbonato di sodio nel braccio, al pane cunzato non rinuncio.

Magari d'inverno, a Formentera, invece della granita potrei provare col pane cunzato. Come si dirà in spagnolo? Devo chiederlo a Teresita.

Quando scendo nella terrazza dell'hotel sono un uomo nuovo. Il pane cunzato e due ore di sonno mi hanno riportato in vita. Resta un leggero cerchio alla testa, ma niente di più.

Il sole del tardo pomeriggio accende le colonne di tufo del Tempio della Concordia. Per questa notte pausa masticatoria ad Agrigento, con passeggiata serale nella Valle. Un po' di sana e noiosa archeologia per smaltire l'eccesso di cibo. Mi tocca rispolverare le giuste citazioni, la più bella città dei mortali di Pindaro e la morente cittaduzza di Pirandello.

«Sopravvissuto?».

La voce di Buscaglia junior arriva dal tavolo riparato dietro un ulivo saraceno.

«L'erba cattiva non muore mai».

«Bevi qualcosa?».

«Citrosodina tonic, con scorza di limone».

«Fico questo tempio».

«Già, quei greci non badavano a spese».

Su un blocco di appunti, Glauco Buscaglia sta disegnando a matita il profilo del tempio. Più che l'abilità, mi incanta il suo Rolex Daytona.

«Dove sono gli altri?» chiedo.

«I russi sono in piscina, quei due non si fermano mai».

«Pugaciov che lavoro fa?».

«Ha fatto i soldi col gas. Adesso vive a Londra, importa vini italiani».

«Notizie degli architetti?».

«Non so. Due ore fa stavano litigando su qualcosa».

«Tuo padre sta riposando?».

«Credo di sì, ma se vuoi sapere di mio padre non devi chiedere a me».

Meglio cambiare discorso.

«Sei bravo a disegnare».

«Grazie. È solo un passatempo, a casa Buscaglia gli artisti sono considerati dei cretini».

Meglio cambiare di nuovo discorso.

«Stiamo facendo un bel giro, no?».

«Io non ci volevo venire, è stato mio padre. Vuole farmi familiarizzare con quella lì, la principessa macedone».

Meglio stare zitti e godersi la serata.

Ordino al cameriere una bottiglia di acqua minerale frizzante.

«L'inglese scordato ai templi» mormoro, pensando di pensare.

«Cosa dici?» chiede Glauco Buscaglia.

«È una frase che dicono da queste parti. Quando uno si sente perduto e confuso: un inglese scordato ai templi».

«Fatto vero è» interviene il cameriere, posando la San Pellegrino sul tavolo. «Mio nonno lo ha conosciuto».

«Agli inizi del Novecento arrivò un riccone inglese, si chiamava Hardcastle» spiego. «Fece scavi, ricerche, alzò le colonne del Tempio di Ercole. Nel 1929 il crollo di Wall Street gli mangiò tutti i soldi, restò povero e pazzo. Girava per questa valle, sperduto e folle. Morì in manicomio».

«Proprio così, fatto vero è» fa il cameriere.

«Questo non è un brutto posto per morire» dice Glauco, gli occhi stretti contro il sole che cala.

«Direi che è un buon posto».

Il commendatore e Katrina si affacciano in terrazza, il giallo delle colonne doriche di tufo è al punto di massimo splendore.

Glauco Buscaglia chiude il blocco di appunti, scola il fondo del suo negroni.

«Ecco la coppia più bella del mondo».

Meglio astenersi da commenti al commento.

«Dammi la cattiva notizia, non ti preoccupare, tanto avrò da lavorare».

Fisso il telefono e aspetto la risposta al messaggio.

Per sicurezza ribadisco pure su WhatsApp.

«Parla adesso o taci per sempre».

Niente.

Avrà lasciato il telefono da qualche parte, mi dico. Keep calm e don't panic.

Accendo la tv. Il tg annuncia il grande esodo, ma due italiani su tre quest'anno restano in città. Brescia, anziani pensionati trovati uccisi in casa, sospettato il figlio. Ondata di caldo in Italia. Uragano si avvicina alle coste americane, allarme nella Carolina del Nord. Il Papa a Castel Gandolfo saluta a sorpresa i turisti. Autobomba a Kabul, sette morti.

Non succede mai niente. Suleima non risponde.

Cambio canale. Quando lo squalo attacca l'uomo: le spettacolari immagini girate da un sub nei mari della Florida.

Nessun messaggio.

Cambio canale. Per evitare le spiacevoli conseguenze di digestione provocate dall'aglio basta togliere l'anima, si taglia l'aglio a metà, si elimina la parte centrale così, ecco, se la telecamera può inquadrare meglio.

L'aiuto cuoco di Marilù toglierà l'anima all'aglio?

Messaggio. Suleima.

«Ora ti chiamo».

Tono scarno. Brutte notizie. Era meglio se non rispondeva.

Cambio canale. Esodo di Ferragosto, bollino rosso per il traffico, ma tre italiani su cinque restano in città. Anziani trovati uccisi a Brescia, sospettato un vicino di casa. Uragano verso le coste americane, allarme rosso in Virginia.

«Eccomi».

«Rispondi al primo squillo?».

«Non voglio sprecare più niente, nemmeno uno squillo, mi sono convertito alla decrescita felice».

«Saverio, cosa vuoi? Perché mandi messaggi sconclusionati?».

«Sterili provocazioni situazioniste».

«Appunto. Io invece lavoro. Per chiamarti devo nascondermi in bagno. Cosa c'è?».

«Volevo sentirti, tutto qua».

Silenzio.

«Saverio, la smetti di fare il bambino? Carlo non mi piace».

«E chi ha mai parlato di Carlo?».

«E quando mai prima di oggi hai avuto voglia di sentirmi?».

«Suleima, tu ancora non puoi capire, ma con l'età si cambia».

«Ma ci siamo salutati l'altro ieri, mica sette anni fa».

«Il tempo è relativo. Mai sentito parlare di Einstein?».

«Vabbè, ora che il tuo onore di maschio siciliano è al sicuro, posso tornare a lavorare?».

«Suleima, guarda che è vero: avevo voglia di sentirti».

Silenzio. L'ho sorpresa.

«Cos'altro mi vuoi chiedere, Saverio?».

«Sono alla Valle dei Templi di Agrigento, non è che mi riassumi qualche informazione? Devo accompagnare il gruppo».

«Qualche informazione?».

«Studi architettura, saprai pure qualcosa».

«Ora ti riepilogo l'archeologia della Magna Grecia mentre prendo le ordinazioni di tonno al sesamo al tavolo sette».

«Dai, due notiziole sfiziose».

«Saverio, hanno inventato Wikipedia. Usalo. Io scappo, mi aspetta il tonno al sesamo. Ciao».

Penultimo venne il tonno. E ultimo io.

«Toglie il fiato, vero?» dice Katrina.

«Sì, toglie il fiato».

Appoggiati a un muretto di pietra, gli occhi sulle colonne del Tempio di Giunone, ascoltiamo il silenzio. Non me ne frega niente della fondazione di Akragas, di Minosse, di Kokalos, dei geloi e dei micenei.

Ero venuto qui in gita al quinto ginnasio, circa duemila anni fa, i templi erano stati costruiti da poco. Ricordo solo un gran caldo, la professoressa recitava Pindaro in greco antico e una del corso B continuava a tirarmi i capelli dietro la nuca: la baciai sull'autobus che a sera ci riportava a Palermo.

Bisogna cominciare ad essere vecchi per capire le cose vecchie.

Una guida spiega a un gruppetto di turisti che gli akragantini mangiavano come se dovessero morire il giorno dopo e costruivano edifici come se non dovessero morire mai. Ora lo dice, penso: Pindaro, la più bella città dei mortali. E infatti.

«Il commendatore non è venuto?» chiedo a Katrina.

«Era stanco, abbiamo cenato in albergo».

«È rimasto con Glauco?».

«Sì, li ho lasciati da soli. Olmo voleva parlargli. Ma non è facile parlare con Glauco».

«Qui le parole suonano strane. L'unica cosa giusta è il silenzio».

Ho voglia di fumare.
«Hai una sigaretta?» chiedo.
«Non fumo».
«Una sigaretta qui ci stava».
«Ci stanno molte cose, qui».
«Come sei finita in Italia?»
«In realtà sono albanese. Nel 1999 scoppiò la guerra civile, gli albanesi della Macedonia volevano l'indipendenza. Abitavamo nel nord del paese, quasi al confine. Avevamo visto cos'era successo nel Kosovo, in Bosnia. Avevo ventidue anni, studiavo, volevo fare la hostess. Mio padre aveva paura, conosceva degli italiani, ci fece arrivare in Italia. Poi, mio fratello è morto in un incidente stradale. Mio padre se ne è andato appena un anno dopo, per il dolore. E sono rimasta qui».
«E tua madre?».
«Non ne so niente. Ci ha lasciati quando eravamo bambini, scappò con un russo. Mio padre non ne parlava mai».
«Ne hai cose da raccontare».
«Molte da dimenticare».
La guida ora parla dei cartaginesi, dei romani, delle guerre puniche. C'è sempre una guerra, qualcuno che muore, qualcuno che scappa.
«E adesso?» chiedo.
«Adesso sono serena. Olmo è un uomo intelligente, sa che a una certa età l'amore è cosa difficile. Ma basta stare bene insieme, no? Non è poco».
«A volte è tantissimo».
Piccionello si stacca dal gruppo dei turisti.

«Minchia, non ne posso più. Siamo ancora al secondo secolo avanti Cristo, prima che arriviamo a oggi squaglia tutta la nottata».

«I nostri amici che fanno?» gli domando.

«Ada fa foto».

«Chi è Ada?».

«Chi è Ada? La russa».

«Non si chiama Svetlana o Nikita?».

«Si è sempre chiamata Ada».

«E gli altri?».

«Nicolai, suo marito, è stordito da tutto il sole preso in piscina. E gli architetti stanno litigando su un certo Dorico che forse però si chiama Corinzo».

«Dorico e corinzio è lo stile dei templi».

«Ma che ne so. Secondo me le cose belle si devono guardare senza discutere troppo».

«È vero, Peppe. Siediti con noi e stiamo in silenzio» dice Katrina.

Appoggiati al muretto, discosti dal gruppo di turisti, restiamo muti a goderci i templi.

Laggiù le luci della costa, da San Leone a Porto Empedocle. Alle nostre spalle, i palazzoni di Agrigento con le finestre cieche e buie.

«Saverio, perché hanno fatto una città così brutta davanti a questa meraviglia?» chiede Katrina.

«Noi siciliani siamo così, il troppo bello ci spaventa. La perfezione ci terrorizza. Roviniamo le meraviglie per farle diventare più umane, per non sentirci piccoli e inadeguati. Ma forse sto dicendo cazzate».

«Sì, stai dicendo cazzate» dice Piccionello. «Siamo delle bestie, il fatto è semplice».

Il gruppetto dei turisti si allontana assieme a dedali, achei, argonauti, tiranni, odissei, pindari e ciclopi.

Ora si sentono bene i grilli tra i mandorli e gli ulivi della valle.

Ecco stasera mi piace così.

Deve essere una canzone, non ricordo di chi.

«Ecco stasera mi piace così, con queste stelle appiccicate al cielo» sussurro.

«È di De Gregori» dice Piccionello.

E canta, con una voce bassa e intonata. Inedita.

«Ecco stasera mi piace così, con queste stelle appiccicate al cielo, la lama del coltello nascosta nello stivale e il tuo sorriso, trentadue perle».

Se credessi nella perfezione, direi che è tutto quasi perfetto.

Ma la perfezione non esiste. Squilla un telefono, infatti. Quello di Katrina.

«Pronto. Cosa? Dio mio. E come sta? Arriviamo subito».

Il neon illividisce la scottatura sulla fronte di Ivan il Terribile. Strascinando i piedi, Nicolai torna dal distributore automatico con tre bottigliette d'acqua e due pacchetti di cracker salati.

Si avvicina a Katrina, le parla in russo. Lei scuote la testa. Non piange, in compenso piange Ada e continua a ripetere qualcosa guardando le foto dei templi sul telefonino. L'amico di Putin viene a sedersi sulla mia panca, scarta con cura il pacchetto di cracker, me ne offre uno.

«Che dice tua moglie?» chiedo.

«Dice che poco fa eravamo tanto felici».

«Da queste parti non bisogna mai essere troppo felici, gli dei sono invidiosi degli uomini».

Piccionello rilegge per la quarta volta un manifesto attaccato al muro sulle donazioni di sangue e il 5 per mille all'Avis.

Esce un'infermiera, a passo veloce.

Glauco Buscaglia vuole sapere.

«Può dirci qualcosa?».

«Deve parlare con il dottore, mi scusi».

L'infermiera scompare in un ascensore.

Guardo il pavimento di linoleum scrostato, la statuetta di padre Pio all'angolo del corridoio, l'architetto addormentato sulla spalla di Anita.

«Non dicono niente. Sono già passate due ore» fa Glauco.

«Ma com'è potuto succedere?» dice Katrina.

«Ancora? Te l'ho spiegato. Siamo rimasti a chiacchierare in terrazza, poi l'ho accompagnato in camera. Saranno state le undici. Ho perso un po' di tempo, mi ero appena messo a letto e mi hanno chiamato dalla reception. Un cliente aveva sentito dei rumori dalla camera di papà, ha avvertito il portiere. Siamo entrati, l'abbiamo trovato a terra. Tremava, i muscoli contratti. Abbiamo chiamato l'ambulanza, è arrivata venti minuti dopo. Non c'è altro».

«Però tu mi hai chiamato a mezzanotte» dice Katrina.

«Appena siamo arrivati in ospedale».

«Potevi chiamare prima».

«Potevi restare con lui».

«Non perdi mai l'occasione, vero?».

«Basta. Non litiga» ordina lo Zar di tutte le Russie.

«Peppe, perché non accompagni gli altri in albergo? Qui posso restare io, con Katrina e Glauco» dico.

«Noi restiamo qui» fa Anita. E muove la spalla per svegliare il marito. «Restiamo qui, vero?».

«Certo, restiamo qui. Facciamo compagnia» bofonchia l'architetto dormiente, un occhio aperto e l'altro chiuso.

«Bella compagnia» sussurra Piccionello.

«Apprezza almeno l'eleganza del gesto» gli rispondo.

Si spalanca la porta, esce il dottore. Ha una brutta faccia.

Glauco gli va incontro.

«Lei è il figlio? Suo padre ha una grave crisi glicemica. I valori sono molto alterati. Purtroppo, malgrado l'intervento immediato, è in corso anche una crisi cardiaca, con sospetto di dissecazione dell'aorta addominale. Ho già chiesto l'intervento dell'elisoccorso. Dobbiamo trasferirlo a Palermo».

«A Palermo?».

«Sì, va operato d'urgenza».

«Allora è grave?» chiede Katrina.

«Il quadro clinico è abbastanza critico. Mi dispiace, scusate ma devo lasciarvi».

Il neon ci congela nella sua luce bianca.

Katrina si copre la faccia con le mani. Ada ha capito che può ricominciare a piangere con maggiore veemenza.

«Peppe, bisogna organizzare i soccorsi» dico a Piccionello.

«Agli ordini».

Faccio valere l'autorità di capogruppo.

«Glauco e Katrina restano qui. Io e Piccionello accompagniamo gli altri in albergo, e così andate a nanna. Con Peppe chiudiamo i bagagli di Katrina e Glauco, poi torniamo e li accompagniamo a Palermo. Domani, con calma, Piccionello viene a riprendere gli altri e vi porta dove volete».

«Noi restiamo qui, facciamo compagnia» dice l'architetto.

«Tu non fai compagnia, dai solo intralcio» lo zittisco.

«Ecco, vedi, parli sempre a sproposito» gli dice Anita.

«Tutto chiaro?» chiedo.

Katrina annuisce, Glauco con la testa contro il muro non risponde.

Eravamo tanto felici. Ma era poco fa.

Raccolgo i vasetti di creme dal bagno, cerco di farli stare nella borsetta. Svuoto l'armadio, raccolgo le camicie del commendatore, le magliette di Katrina. Piego alla meno peggio, metto nei trolley. Non c'entra più niente, credo sia effetto dell'entropia universale, ho letto da qualche parte.

«Peppe, aiutami a chiudere questa valigia. Schiaccia qua sopra».

Piccionello non risponde.

«Peppe, dammi una mano invece di annusare il letto degli altri».

«Saverio, hai visto?».

«Cosa?».

«Guarda cosa c'era in mezzo alle lenzuola».

Peppe stringe fra due dita una penna da insulina.

«E allora? Il commendatore è diabetico».

«Non è strano?».

«Cosa, Peppe?».

«Guarda questa camera. Tutto ordinato, tutto preciso, perfino i calzini messi in fila nei cassetti e poi c'è questa penna buttata in mezzo alle lenzuola».

«Già, i calzini. Stavo dimenticando di prenderli».

«Saverio, mi ascolti?».

«Ti ascolto. Ma non afferro. Il commendatore si è fatto l'iniezione prima di andare a dormire, poi si è sentito male e la penna è finita nel letto. Dove sta la cosa strana?».

«Mi sembravi più intelligente».

«Peppe, perché non mi aiuti invece di sparare minchiate? Dammi questa penna, ne parliamo dopo. Adesso dobbiamo fare in fretta».

«Non guardi la televisione? La scena del delitto è importante».

«Peppe, qui c'è un vecchio che si sente male. Non è un delitto, è la vita. È fatta così, nessuno ne esce vivo».

È quasi mezzogiorno quando Peppe Piccionello mi sbarca davanti al portone di casa di papà.

«Peppe, ce la fai? Magari ti riposi un poco e poi torni ad Agrigento».

«Non ti preoccupare, Saverio. Alla fine ci sarà il riposo eterno per tutti».

«Minchia, allegria».

Vedo ripartire il pulmino nella calura di Palermo, per le strade dense di fumo di stigghiole alla brace.

Il portiere alza gli occhi dalla «Settimana Enigmistica».

«Saverio, ti senti male? Hai una faccia».

«Non ho dormito tutta la notte».

«Non sei più un picciottello, devi smetterla con gli stravizi».

«Sto così proprio perché ho smesso».

«E allora ricomincia subito. Sopra c'è Maricchiedda che ti aspetta».

Mi guardo nello specchio dell'ascensore, ho più rughe di Clint Eastwood.

«Saverio, ti senti male? Hai una faccia» dice Maricchiedda appena apre la porta. Mi stampa due baci sulle guance.

«Non ho dormito tutta la notte».

«Sempre sdisonorato sei, devi smetterla con questi stravizi. Ti ho preparato il letto nella tua stanza. Ma prima mangia qualcosa, ho fatto la minestra con la cucuzzella».

«Perché fai la minestra con quaranta gradi all'ombra?».

«La cucuzzella rinfresca».

«La mangio stasera, quando si è rinfrescata bene».

«Saverio, sei diventato più camurriuso di tuo padre».

«Mi faccio una doccia e vado a dormire».

«Non buttare tanta acqua».

Maricchiedda ha il terrore di restare senz'acqua. Il rubinetto è il suo terrore.

«Saverio, allora io vado. Fatti dare due baci. Te lo ricordi quando eri picciriddo e volevi stare sempre con me e mi hai fatto litigare con la buonanima di tua madre?».

«Sì, me lo ricordo. Me lo racconti ogni volta. Vado a farmi la doccia».

«Ti piacevano i cunti antichi che ti cuntavo. Tua mamma era gelosa, con rispetto parlando, là dove si trova, sicuro in paradiso».

«Sì, Maricchia. Ma è successo quarant'anni fa. Mamma ti ha perdonato».

«Ma io mi dispiaccio quando ci penso. Solo Dio sa quanto bene ci volevo alla tua mamma».

Mi stampa altri due baci bagnati di lacrime e apre la porta. A quest'ora va a fare la puntura al professore Adelfio.

«Maricchia, aspetta».

«Saverio, che c'è? Se non vuoi la minestra ti faccio due uova a froscia».

«No. Ti voglio far vedere una cosa».

Tiro fuori la penna da insulina.

«Bedda matri, sei malato, Saverio? Hai la zuccherina nel sangue?».

«Non è mia. Come funziona?».

«Questa la usa il professore Adelfio. Ma io non mi fido, perché ci può essere errore di sbaglio. Se uno ce la dà tutta, il cristiano muore di corpo apoprettico».

«Questa è stata usata, secondo te?».

«Non lo vedi che è vacante, Saverio? È tutta vuota».

«Grazie, Maricchia».

«Se non ti piace la minestra, ti faccio il cacio all'argentiera».

«Ma siete tutti fissati con il mangiare?».

«Stai diventando come tuo padre: camurriusu. Non buttare tanta acqua».

Quando mi risveglio sono le cinque del pomeriggio, mi pare di risalire alla luce dalla zolfara di Rosso Malpelo.

Sul telefono trovo tre messaggi. Per un disoccupato, nel mese di agosto, è un record da segnare nelle proprie memorie.

Suleima.

«Peppe mi ha raccontato tutto. Ti lascio un bacio grande così dove sai tu».

Dove so io? A mia scelta, dunque.

Katrina.

«L'intervento è andato bene. Ora terapia intensiva. Glauco ha preso due camere a Villa Igiea. Io molto triste. Grazie di tutto. Chiamami quando vuoi».

Terzo messaggio da numero straniero.

«Segnor Lamana finita aqua casa. Comment il fa?».

Il figlio di Re Sole avrà ritentato l'annegamento nel bidet. E l'eau est terminée. C'est la vie, c'est la Sicile.

Chiamo Piccionello.

«Peppe, come va?».

«Sono ancora vivo».

«Bene, allora fammi un piacere. Vai dai francesi che hanno scambiato la mia casa per Fontana di Trevi. Sono rimasti senz'acqua, chiama un'autobotte e fai riempire la cisterna. E poi spiegagli che li denuncio alla Fao per procurata desertificazione».

«Tu quando torni?».

«Aspetto di vedere come va con il commendatore. Anche perché non posso tornare. Per sbarazzarmi dei francesi prima devo organizzare la battaglia di Algeri».

«I russi e gli architetti hanno preferito tornare da Marilù».

«L'avevo immaginato. Li capisco. La cena col morto resta sullo stomaco».

«L'hai già fatto morire?».

«Tutti dobbiamo morire prima o poi».

«Mia zia due mesi fa ha fatto centodue anni».

«Fidati, morirà anche lei. La vita si sconta morendo».

«Minchia, allegria».

Mi fumerei tre sigarette una dietro l'altra. Ma devo resistere, a fine agosto saranno tre mesi di astinenza.

Mando un messaggio a Katrina.

«Se vuoi ti raggiungo».

«Ti aspetto» risponde.

Faccio la barba, mi vesto: camicia bianca, pantaloni di cotone blu e Timberland. Mi guardo allo specchio del bagno. Ma sono cretino? Sto andando da una quasi vedova, mica a un aperitivo all'Ultima Spiaggia di Capalbio. Tolgo la camicia bianca, ne scelgo una a righine celesti, abbastanza stropicciata dalla permanenza in valigia.

Mando un messaggio a Suleima.

«Quel bacio l'ho usato. Ne hai ancora?».

Mi risponde con tre kiss e uno smile con i cuoricini.

Va di fretta, si capisce.

Sul tavolo della cucina un piatto capovolto svela la minestra con le cucuzzelle. Ne assaggio un cucchiaio. Basta a convincermi che ho fame. Mangio in silenzio, gli occhi fissi sul calendario della carnezzeria Scimone&Figli attaccato al muro. Mio padre ha scritto una frase accanto a questi giorni di agosto: acqua fresca, foglia di lattuga e scagliola.

Promemoria per Maricchiedda.

Controllo il canarino in gabbia. Mi guarda storto, non gli sono simpatico. E pensare che mi batto da sempre per la sua libertà, ma è inutile fare favori a chi non li chiede.

Al momento di uscire, vedo sul comò dell'ingresso la penna d'insulina presa dalla stanza del commendatore.

Chiamo.

«Ciao papà».

«Saverio, stai male? Maricchiedda mi ha detto che hai una brutta faccia».

«Di Maricchiedda apprezzo la discrezione, più di ogni altra virtù».

«Lo sai com'è. È camurriusa, ma affezionata. Si preoccupa, mischina».

«Non sto male».

«Sto finendo il tuo libro. Ma mi sono fermato, perché Mimì me ne ha consigliato un altro».

«Di chi è?».

«Santo Piazzese, lo conosci?».

«È bravo».

«Lo penso anch'io. Tu dovresti scriverne uno così».

«Papà, io non sono Piazzese».

«E anche questo è vero».

«Mi puoi passare Mimì?».

«Che gli devi dire?».

«Letteratura».

«Mimì, c'è Saverio che vuole parlarti. Credo che è geloso di Piazzese».

«Non sono geloso di Piazzese. Non sono geloso e basta».

«Ciao Saverio, sono Mimì. Il tuo libro mi è piaciuto. Adesso devi scriverne uno veramente buono».

«Allora non era buono?».

«No, era buono. Uno ancora più buono».

«Appena stacco la telefonata ci provo, Mimì. Scusami, tu non sei diabetico?».

«Sì, diabetico di tipo uno. Il più grave».

Mimì ha sempre il meglio di tutto, anche il diabete.

«Tu usi penne da insulina?».

«Sì, tre volte al giorno».

«E qual è il dosaggio?».

«Dipende. Il mio medico mi ha dato da due a cinque unità a volta, a seconda del livello di glicemia».

«E se uno si spara tutta la penna in una volta sola?».

«Minimo minimo finisce all'altro mondo».

«Ma per sbaglio uno si può sparare una siringa intera?».

«Difficile. La penna non è come la siringa. C'è un regolatore, prima si fissa il numero delle unità, due, tre, cinque, poi si ficca l'ago, si preme il pulsante e si inietta così solo la dose programmata. È comoda perché si può usare più di una volta».

«E fa male?».

«Macché, manco si sente. A volte mia moglie me le fa mentre dormo e non me ne accorgo. Ma io ho un sonno straordinario».

«Grazie Mimì, sei stato chiarissimo».

«Abbasso la voce così tuo padre non mi sente. Saverio, sei malato? Perché io ti posso far visitare dal mio diabetologo, è il migliore della Sicilia».

«No, Mimì. È per un amico mio».

«Tu però fatti le analisi, Saverio. Se vuoi ti do il numero del laboratorio dove vado io, è il migliore di Palermo».

«Sei sempre gentile, Mimì. Salutami tua moglie. E non vi divertite troppo senza di me».

«Aspetto il tuo prossimo libro. Mi raccomando, deve essere buono buono».

«Ora chiedo a Piazzese come si fa. Dai un bacio a papà».

You must remember this
A kiss is just a kiss.

Dal piano bar le note di *Casablanca*. Sul tavolino due Martini cocktail, meno buoni di quelli che fa il mio amico Ettore. Laggiù in fondo le torri del porto. Forse dovevo mettere la camicia bianca.

«L'hai visto?» chiedo.

«Da dietro un vetro. È intubato, non sembra lui» dice Katrina.

«Glauco?».

«Non so, penso in camera sua».

«Katrina, posso farmi i fatti tuoi?».

«Ormai sei di famiglia».

«Olmo può avere sbagliato a farsi l'iniezione di insulina?».

«Che domanda è?».

«Ha avuto una crisi ipoglicemica. Forse ha sbagliato dosaggio».

«Impossibile».

«Impossibile?».

«Sono io a occuparmi dell'insulina. Solo io gli faccio le iniezioni».

«E ieri sera?».

«Avrei dovuto fargli l'ultima dose della giornata appena tornata in albergo, verso mezzanotte».

«Magari si è sentito male. E ha voluto fare da solo».

«Impossibile. Non è nemmeno capace di usarle».

Tiro fuori la penna da insulina che Piccionello ha trovato fra le lenzuola.

«Sono come questa qui?».

«Sì, uguale, stesso tipo».

«Ho capito».

«Cosa? Ma che ci fai con questa siringa?».

«Niente, una curiosità. Mio padre è diabetico, volevo saperne di più. Sono sempre preoccupato che combini qualche pasticcio».

Papà mi perdonerà se gli attribuisco il diabete, comunque mai superlativo quanto quello di Mimì.

«Possiamo parlare d'altro?» dice Katrina.

«Chiedi e ti sarà dato».

«Raccontami qualcosa. Scrivi libri, saprai raccontare una storia».

Il mare sta prendendo il colore del tramonto.

Chiamo il cameriere, ordino altri due Martini cocktail.

«Negli anni Settanta, a Palermo, il re del contrabbando era Masino Spadaro. Qui davanti, dai pescherecci sbarcavano ogni notte casse di sigarette. Masino era il padrone della Kalsa, il quartiere più antico della città. Si definiva il Gianni Agnelli di Palermo, perché dava lavoro a ventimila famiglie».

«Era vero?» chiede Katrina.

«Abbastanza. Quando Cosa Nostra cominciò a occuparsi di droga, Masino cambiò settore merceologico, adesso è all'ergastolo per omicidio e traffico internazionale di stupefacenti. In prigione si è laureato con una tesi su Gandhi».

«Su Gandhi?».

«Sì, il Mahātmā. Comunque. È una sera d'inverno, Masino Spadaro su un motoscafo sta seguendo uno sbarco di casse di Marlboro. D'improvviso, dal buio spuntano le motovedette: fermi tutti, guardia di finanza. Masino si tuffa in mare, nuota a grandi bracciate, approda alla scogliera qui sotto. Si arrampica, arriva su questa terrazza, prende fiato, si lascia andare su una sedia. Il cameriere, imperturbabile, si avvicina: il signore desidera qualcosa? Mi porti un cocktail Martini, con l'oliva».

«Dai, non ci credo».

«Aspetta, ora viene il bello. Dalla motovedetta, via radio, i finanzieri avvertono i loro colleghi a terra: qualcuno è scappato a nuoto, si richiede immediato intervento. Le auto a sirene spiegate entrano nel cortile di Villa Igiea. I finanzieri irrompono in terrazza. Trovano Masino che sorseggia il suo cocktail. Buonasera capitano, dice Masino, come mai da queste parti? Il capitano non è un fesso, conosce bene Masino Spadaro. Dai Masino, finiscila con questa sceneggiata, ti abbiamo visto, eri sul motoscafo, ti sei buttato in acqua per scappare. Masino reagisce stupito e indignato: capitano, si sta sbagliando, io sono sempre stato qui, bello tranquillo a godermi la serata in terrazza».

«Simpatico questo Masino».

«Simpatico non è proprio la parola esatta. Il capitano si sta incazzando, non gli piace essere preso per il culo. Dice: Masino, sei fradicio dalla testa ai piedi, hai pure i pesci nelle tasche, a chi la racconti? Masino allarga le braccia: capitano, e allora?, ne ho approfittato per fare un bagno a mare. Ora il capitano vuole capire fino a che punto arriva la faccia tosta di Masino. Un bagno a mare? A febbraio? Tutto vestito? Masino prende una pausa, ruota una mano vicino alla tempia: capitano, sono fatto così, mi sono passato un capriccio».

Katrina scoppia a ridere. Di gola, come piace a me.

Quando lasciamo la terrazza è già scesa la notte.

Mi accompagna nel cortile fuori dall'albergo.

«Che profumo» dice.

«Gelsomini».

La bacio sulla guancia. Poi la bacio di nuovo, più a lungo, ancora sulla guancia.

Mi mette una mano sul petto.

«Saverio, mi piaci. Mi hai fatto ridere, ne avevo bisogno. In un altro momento, forse...».

Non so che dire.

«In un altro momento, forse, mi sarei passata un capriccio. Ma adesso non posso e non voglio, sono fatta così».

«Resta così» dico.

Mi sembra di stare in una canzone dei Pooh.

Il profumo di gelsomini mi ricorda qualcosa di dolce e perduto per sempre.

Chi è a quest'ora?

«Pronto?» farfuglio.

«È morto».

«Katrina».

«Olmo è morto. Non c'è più».

«Ma che stai dicendo?».

«Un peggioramento improvviso. Non ho potuto nemmeno salutarlo».

«Arrivo».

Il taxi attraversa la città vacante delle sei e mezza del mattino sotto un cielo giallo di scirocco. Maricchiedda quando vedeva questo cielo si faceva il segno della croce: lo scirocco è lupo di notte, mi bisbigliava all'orecchio.

Non ho mai visto piangere Katrina. Nemmeno adesso, davanti all'ingresso della camera mortuaria dell'Ospedale Civico.

«Amico mio» dice. E mi abbraccia.

Glauco stende la mano, senza una parola. È stravolto, gli occhi rossi, le labbra morsicate a sangue.

Tre tipi in giacca si fanno attorno. Facce sporche di barba della notte, cravatte scure, occhiali da sole, porgono ossequiose condoglianze.

«Lei è la moglie?» chiede uno di loro a Katrina.

«No. Sono il figlio. Perché?» dice Glauco.

«Sa, ci sono le pratiche da sbrigare. La bara, il trasporto, le formalità. Dove avete intenzione di portare la buonanima?».

«A Roma» fa Glauco.

I tre si tolgono gli occhiali da sole, nelle loro pupille splende luminoso il simbolo dell'euro.

«Allora la cosa si complica. Regione diversa, Comune diverso, traghetto, autostrada. Ma noi risolviamo tutto, non vi preoccupate».

«Scusate, ma voi chi siete?» chiedo.

«Onoranze Funebri Santi Cosma e Damiano».

«E chi vi ci porta qui?».

Il più alto dei tre mi viene addosso.

«Lei è parente?».

«A lei che ci interessa?».

Mi torna fuori l'accento che sfoderavo quando il vicino di casa ci sequestrava il pallone e minacciava di tagliarlo.

«Lei è palermitano? Allora si facissi i fatti suoi» dice il beccamorto.

«Sono palermitano e mi faccio i fatti degli altri. C'è cosa?».

«Qui decidiamo noi chi esce fuori, vivo o morto».

«Benissimo. Ora lei questo lo ripete paro paro al vicequestore Randone. Aspetti che lo chiamo, così ci parla direttamente».

Il mio amico Randone, quello che sollecita sempre raccomandazioni per la moglie, ignorando che non sono più il portavoce del sottosegretario agli Interni.

«Picciotti, questo è sbirro» dice il necroforo alto ai suoi compagni.

«Che succede?» mi chiede Glauco.

«Niente, i nostri simpatici amici hanno scambiato persona. Cercavano un altro defunto, vero?».

Si rimettono gli occhiali da sole e se ne vanno senza salutare.

«Potevamo rivolgerci a loro» fa Glauco.

«Lascia perdere, sono delinquenti. Ti derubavano».

«E ora come facciamo?» chiede Katrina.

«Ci penso io».

Mi allontano di qualche passo. Faccio il numero di papà.

«Saverio, che succede? Sono le otto del mattino. Stai male?».

«No, papà, sei ancora a casa di Mimì?».

«Sì, sta facendo gli esercizi di yoga».

«Me lo puoi passare?».

«Mimì, c'è Saverio al telefono. Secondo me è successo qualcosa e non vuole dirmelo».

«No papà, solo un'informazione».

«Ciao Saverio, sono Mimì. Che succede?».

«Tu conosci una buona agenzia funebre?».

«A che ti serve? Non mi fare stare in pena».

«Non è per me».

«A questo ci arrivo anch'io. Niente di personale?».

«Niente di personale. Allora, conosci qualcuno?».

«Sì, aspetta che ti do il numero. Sono i migliori di Palermo, precisi, distinti, onesti. Quando è morto il mio povero cognato hanno fatto tutto loro, un grande funerale».

«Il migliore di Palermo, no?».

«Non lo dico io, l'hanno detto tutti».

«Grazie Mimì, dai un bacio a papà. E digli di stare tranquillo».

I migliori necrofori di Palermo hanno imbrogliato le carte e fatto così tanti pasticci che sarebbe stato più facile rubare la salma del commendatore e portarsela via di notte nel bagagliaio della macchina.

Ho perso la giornata agli sportelli di Asp, Urp e Asl di mezza città. Ho litigato con tutti gli impiegati non ancora andati in ferie, con quelli appena tornati e con quelli che stanno per andarci.

Era meglio affidarsi ai malacarne dei Santi Cosma e Damiano: i criminali marciano sempre spediti. E poi sono competenti in fatto di morti, a Palermo è settore di eccellenza. La Sicilia, in realtà, è la Silicon Valley dell'onoranza funebre.

Il concierge in redingote di Villa Igiea mi riserva uno sguardo schifato quando chiedo di annunciarmi a Katrina.

«Chi devo dire?».

«Lamanna. Saverio Lamanna».

«La signora la aspetta?».

«Sì».

«Mi dispiace, non risponde».

«Forse è in terrazza, la raggiungo lì».

Il concierge non mi ritiene abbastanza degno, puzzo di uffici pubblici, di autobus, di sudore e di stanchezza.

«Credo che la signora sia fuori. Vuole lasciare un messaggio?».

«Non voglio lasciare un messaggio. Voglio solo andare a casa, farmi una doccia, mettere una camicia bianca pulita, tornare di nuovo qui, sedermi in terrazza, sorseggiare uno dei vostri cocktail Martini annacquati e sputare i noccioli delle olive oltre la balaustra».

Ma non dico così. Sono troppo stanco.

«Può provare con il signor Glauco Buscaglia?».

«Chi devo annunciare?».

«Saverio Lamanna, lo stesso di poco fa».

«Signor Buscaglia, c'è il signor Lamanna per lei. Va bene, lo faccio salire».

Mi guardo nello specchio dell'ascensore, ho più rughe di Robert Redford.

Trovo la porta della camera aperta. La stanza è in penombra.

«Saverio, entra» dice Glauco.

È seduto al balcone.

«Prendi qualcosa dal frigo. Sarai stanco».

Ha una voce piatta, priva di espressione.

«Tutto risolto. Domani mattina potete portarlo via. Ecco i documenti, li lascio qua» dico.

«Bene. Grazie di tutto. Prendi qualcosa dal frigo, è sotto la televisione».

«Tu e Katrina partite in aereo? A che ora?».

«Domani, verso le tre del pomeriggio».

«Katrina dov'è?».

«Fuori, non so».

Infilo una mano in tasca. Rigiro fra le dita la penna da insulina.

Apro il frigo, prendo una Coca.

Mi avvicino al balcone aperto. Sul filo d'orizzonte il cielo si sfilaccia, ma sul golfo è ancora gonfio di scirocco.

Tiro fuori la penna dalla tasca, la metto sul tavolinetto accanto a Glauco.

«Cos'è?» chiede.

«Dimmelo tu».

«Una penna da insulina. E allora?».

«L'ho trovata nella camera di tuo padre».

«Era diabetico».

«Ma questa era nel letto, tra le lenzuola».

Ora si alza, va al frigo, prende un'acqua minerale.

«Lamanna, scusa, ma non capisco dove vuoi arrivare».

«Allora te lo spiego chiaro chiaro. Sei stato tu a fare l'ultima iniezione di insulina a tuo padre».

«Può essere, non ricordo con precisione. Stava male, ho cercato di aiutarlo».

«Magari hai esagerato ad aiutarlo».

Mi fissa negli occhi.

«Cosa vuoi dire?».

«Te lo spiego più chiaro ancora. Magari avete litigato oppure no. Magari lui è andato a dormire oppure no. Magari lui stava male oppure no. In ogni caso, tu quella notte gli hai sparato una dose di insulina da ammazzare un elefante».

Glauco si rosicchia l'unghia del pollice.

«Non ricordo. Stava male, ho avuto paura. Ho preso una di quelle penne, non sono molto pratico, ho premuto. Tutto qui».

«Poi, però, sei andato a nasconderti nella tua camera. E hai aspettato che succedesse qualcosa. Fino a quando non è stato avvisato il portiere di notte. Hai detto così, no?».

«Ma tu cosa vuoi da me? Ma chi cazzo sei? Ha finito mio padre di dirmi cosa è giusto e sbagliato e ora cominci tu?».

«Non sono tuo padre. Per fortuna. Ma mi piacerebbe sapere perché lo hai fatto. Soldi? Gelosia? Rancore? Amore?».

«Ma cosa? Non ho fatto niente».

«Diciamo che gli hai dato una mano ad andarsene. Forse avevi paura che Katrina entrasse troppo in famiglia. Hai accorciato i tempi, insomma».

«Ho capito. La mignotta macedone l'ha fatta odorare pure a te».

«Katrina non sa niente. Dimmi solo una cosa: l'hai fatto apposta o per sbaglio? Lo pensavi da tempo o l'idea ti è venuta sul momento?».

Alza il braccio. Ho il tempo di chinarmi. La bottiglietta d'acqua minerale lanciata da Glauco passa sopra la mia testa e va a infrangersi contro il muro.

«Non è vero. Non puoi dimostrare niente. Non puoi provare niente. Tu non sai niente. Tu non sai niente di me e di mio padre. Tu non sai, non puoi sapere».

Mi fa pena.

«Hai ragione, Glauco. Non so niente. In fondo ogni figlio uccide suo padre».

«Stronzo. Vattene».

«Addio».

Sento un cambio di tono nella sua voce.

«Vuoi denunciarmi?».

«Non so. Deciderò quando passa lo scirocco».

«È un ricatto, dunque».

«Non capisci proprio niente. Aveva ragione tuo padre: non sei un artista, sei solo un povero cretino».

In piazzetta Acquasanta i freni di un taxi mi fanno saltare in aria.

«Che cazzo fai?».

Si apre la portiera, scende Katrina.

«Saverio, dove vai?».

«A casa».

«Abiti qui vicino?».

«No, ma ho voglia di camminare. Sono stato in albergo, non c'eri».

«Sono andata a cercare una chiesa».

«Una chiesa?».

«È l'unico posto dove riesco a piangere».

«A Palermo abbiamo chiese fatte apposta per piangere».

«Tu invece mi fai ridere. Pure adesso».

«Signora, dobbiamo perdere molto tempo?» chiede il tassista dal finestrino.

«Tanto lei è pagato per perdere tempo. Si impegni a farlo bene» gli rispondo.

Sono troppo nervoso?

«Volevi andartene senza salutare?» dice Katrina.

«Ti avrei chiamata».

«Saverio, perché ti ho incontrato proprio adesso?».

«Perché le cose vanno sempre così».

Mi bacia su una guancia.

«Grazie, comunque».

Vorrei riuscire a dire una cosa bella, ma sono troppo stanco.

«Saverio, devo dirti una cosa importante».

«Adesso no, ne so già troppe».

«Allora ti chiamo, un giorno di questi».

«Ecco, un giorno di questi va meglio».

«Sai, ho paura di restare di nuovo sola. Mi è già capitato troppe volte».

«Ciascuno sta solo sul cuor della terra».

«È vero».

«Non è mia».

«È vero lo stesso. Ciao Saverio».

Risale sul taxi che riparte con un sobbalzo.

Gli anemometri delle barche ferme nel porticciolo dell'Acquasanta da scirocco ora girano a ponente.

«Quando arrivi?».

«Alle undici di domani, prendo l'autobus per Trapani».

«Mi sei mancato, sai?».
«Immagino».
«Molto. Infatti ho dovuto farmi consolare».
«E lo dici così?».
«Purtroppo è successo. Mi sono fatta offrire un gelato da Piccionello».
«Fedifraga».
«Saverio, è vero che volevi sentirmi?».
«Sono cose che si dicono».
«Ti preferisco geloso».
«Io non sono geloso, è un'immagine falsa che avete di me».
«Se vengo a prenderti a Trapani, andiamo al mare?».
«E Marilù?».
«Mi ha dato mezza giornata libera».
Il traffico della notte è rado, un antifurto risuona da qualche parte.
«Io e te? Da soli?» chiedo.
«Non ti sta bene?».
«Magari possiamo invitare i Village People».
«Saverio, ti sei rincoglionito?».
«No, Suleima, lascia stare, è una cosa mia».
«Domani i francesi ripartono, oggi sono passata da casa».
«Waterloo?».
«No, tutto a posto. Lo sai che lui è uno scrittore?».
«Scrittore francese?».
«Certo».
«Non sapevo che dopo Proust i francesi continuassero a scrivere».

«Sei invidioso?».

«No, ho già in testa il mio libro francese sull'educazione dei figli».

«Quei tre bambini sono deliziosi».

«Riparliamone quando diventano come Gerard Depardieu».

«Ma tu sei un po' innamorato di me?».

«Quante cose vuoi sapere».

Il resto sono le solite parole che si sussurrano al telefono di notte. E sono fatti miei.

Socchiudo la porta, stringo una mano al cuore. Saprò resistere alle scene di saccheggio e devastazione?

La forza d'animo di un uomo si vede in questi frangenti.

La casa profuma di lavanda. Un mazzo di girasoli sul tavolo. Un pacchetto, una busta bianca. La apro. Milleduecento euro fruscianti in banconote da cinquanta e un biglietto: «Merci, votre maison est magnifique. Il était un séjour merveilleux». Firmato: Jean-Claude, Lilien, Charline, Julien e l'impronta del pollice di un neonato.

Non c'è niente da dire, i francesi sanno fare le cose proprio bene. Dalle rivoluzioni ai ringraziamenti.

Sospettoso, entro in bagno. Apro il rubinetto del bidet. L'acqua c'è, scorre. Chiara e fresca e dolce acqua. Mi ficco sotto la doccia, sento la pelle scottare di sole e di sale.

Con i capelli ancora bagnati, un asciugamano ai fianchi, controllo che non ci siano danni nascosti. Tutto in regola. Hanno aggiustato pure la luce del frigorifero che sfarfallava. Benedetti francesi: fanno le cose proprio bene, dalla ghigliottina alla mongolfiera.

Mi sembra di notare una scheggia in una mattonella di Caltagirone. Mi avvicino, è solo una sbavatura di intonaco.

Devo pagare la cucina in muratura.

Meglio saldare subito, prima che questi soldi prendano strade misteriose. Cerco il numero che mi aveva lasciato mastro Pietro. Dove l'avranno fatto finire quei maledetti allobrogi? Ritrovo le mie carte in bell'ordine sul tavolinetto sotto la finestra.

Tiro un sospiro. Partire è un po' morire, pagare è un po' annegare.

Il telefonino ha una sua diabolica intelligenza. Compongo il numero e mi spunta Becco Con Le Corna. Controllo sul foglietto scarabocchiato da mastro Pietro. Rifaccio il numero. Becco Con Le Corna. Il numero è lo stesso. Numero inesistente, ovvio.

Chiamo mastro Pietro.

«Signor Lamanna, mi dica».

«Mastro Pietro, sto cercando suo nipote Andrea, ma devo avere un numero sbagliato. Mi dà inesistente».

«Non me ne parli, Lamanna. Quello mi fa diventare pazzo. Cambia telefono ogni due per tre. Aspetti che le do il numero nuovo. Ha carta e penna?».

«Sono pronto. Sa, è per saldare il nostro conticino».

«E che fretta c'è, Lamanna? Pagare e morire più tardi che si può».

«Sono fatto così. Mi piace regolare i conti subito subito».

«Giusto. Onestà e correttezza ci vogliono».

«Appunto. Onestà e correttezza».

Scende dallo scooter, si toglie il casco.

«Signor Lamanna, tutta questa fretta?» dice con un sorriso smagliante.

«Vieni, entra dentro Andrea, così regoliamo i conti».

«A Ferragosto? Poteva aspettare qualche giorno, signor Lamanna».

«Meglio chiarire subito».

«È venuta bene, vero?» dice lisciando le mattonelle della cucina.

«Se è per questo è venuta benissimo. È apprezzata anche all'estero».

«Lavoro fatto a regola d'arte».

«Viene bene anche in foto».

«Ha fatto delle foto?».

«Andrea, vogliamo andare avanti così per molto? Le foto le hai fatte tu, quando lavoravi qui con tuo zio, le hai messe sul sito delle case vacanze e mi hai spedito un battaglione di ussari francesi».

Non si scompone, faccia di bronzo.

«Che c'è di male?» dice stupito.

«Non c'è niente di male. È solo una truffa. Che sarà mai? Da sei mesi a tre anni di reclusione».

«Signor Lamanna, lei la mette sul pesante».

«No, magari ti propongo per una medaglia al valore».

«Signor Lamanna, non scherziamo».

«E chi scherza?».

«Ragioniamo».

«Benissimo. Ragioniamo».
«I francesi si sono presentati da lei, giusto?».
«Giustissimo».
«Lei aveva due possibilità: o li mandava via o li ospitava. Giusto?».
«Esatto».
«Lei cosa ha fatto?».
«Li ho ospitati. Dovevo buttarli in mezzo a una strada?».
«Mi segua. Nel momento in cui lei ha affittato la sua casa, ha preso dei soldi. Corretto?».
«Corretto».
«Ha preso una cifra soddisfacente?».
«Non so se è soddisfacente. I francesi hanno detto una cifra e quella mi hanno dato».
«A questo punto, mi segua bene, signor Lamanna, la truffa non c'è. L'affare si è perfezionato. Lei ha preso quanto dovuto e io ho preso la percentuale del venticinque per cento per l'intermediazione, come da mercato».
«Andrea, forse ti sfugge che io non volevo affittare casa mia».
«Non voleva, ma l'ha fatto. Lei è contento, i francesi sono contenti e io ho guadagnato la mia parte, promuovendo il turismo della Sicilia».
«E se vado dai carabinieri?».
«Sbaglia, perché applica la regola dello svantaggio».
«Mai sentita».
«Lei segue il calcio? Esiste la regola del vantaggio. Se un giocatore sta andando a goal e subisce un fallo

da un avversario, ma l'azione va comunque avanti, allora l'arbitro adotta la regola del vantaggio. Preferisce non segnalare il fallo, per non fermare l'azione».

«E che c'entra tutto questo?».

«Se lei va dai carabinieri, applica invece la regola dello svantaggio. È svantaggiato lei che deve spiegare perché ha affittato la casa e si è preso i soldi, peraltro in nero. Svantaggiati i francesi che devono andare all'ambasciata italiana a testimoniare e si porteranno un brutto ricordo di questa vacanza. Svantaggiato io e pure il turismo siciliano. Così, invece, abbiamo fatto goal e siamo tutti contenti. Io, lei e i francesi».

«Andrea, meglio se te ne vai subito. La chiudiamo qui e non ne parliamo mai più. Resta fra me, te e i francesi. Ma se lo fai di nuovo racconto tutto a tuo zio mastro Pietro».

«Grazie, signor Lamanna. Si vede che lei è una persona intelligente. Non si preoccupi per il pagamento della cucina, poi ci rivediamo con calma e le faccio uno sconto di duecento euro. Per la stima personale che ho di lei».

«E per la stima personale che ho di te non ti caccio fuori a pedate nel culo».

A mezzanotte scendo a bere qualcosa da Marilù.

La terrazza è vuota, restano solo alcuni clienti ancora attovagliati a un tavolo.

«Saverio, finalmente» mi sento chiamare.

È Peppe Piccionello. Con gli architetti dei dammusi e i russi.

«Ancora qui?» faccio.

«Partiamo dopo Ferragosto» dice Anita.

«Brutta storia» scuote la testa Nicolai.

«Già, brutta storia».

«Era anziano, ma portava bene i suoi anni» dice l'architetto.

«Meglio di te» gli fa Anita.

«Meglio di me?».

«Non è vero, sei sempre il mio ragazzo» dice Anita e gli passa una mano fra i capelli.

Nicolai percuote un bicchiere con la forchetta.

«Signori, per favore».

Si alza in piedi, rigido e solenne, una specie di Brežnev alla sfilata del Primo Maggio nella piazza Rossa.

«In memoria dell'amico Buscaglia, maestro di vita. Do svidaniya».

Ci alziamo in piedi, brindiamo in silenzio, solo il tintinnio dei calici.

È solo il primo, poi continuiamo così per altre due ore, nel ristorante deserto, con Suleima, Marilù e perfino con Carlo, il Cracco di Monte Cofano.

Brindiamo al comunismo, al capitalismo, ai dammusi, agli architetti, ai geometri, ai Piccionelli di tutto il mondo unitevi, ai francesi, al turismo, alla Sicilia, a Pantelleria, alle case vacanze, a Carlo Cracco, a Suleima, a Marilù. A Màkari. All'estate. E alle morte stagioni, e la presente e viva, e il suon di lei.

Alla quarta bottiglia di sirah ritrovo lo sciame dei miei tannini preferiti.

Mi accosto al russo, gli parlo nell'orecchio col fiato avvinazzato.

«Nicolai, c'è un caso da risolvere».

«Quale?».

«Katrina».

«Katrina?».

«Nicolai, tu sei compagno del Kgb. Devi fare qualcosa. Chiama Putin. Che ne sarà di Katrina Katrinovic Katrinova? Tovarish Nicolai, grande madre Russia non può essere umiliata. Non c'è riuscito Napoleone, non ce l'ha fatta Hitler. Vuoi essere sconfitto da Glauco Buscaglia?».

«Saverio, sei ubriaco».

«Tovarish Nicolai, noi dobbiamo aiutare Katrina. Da domani la compagna Katrina, figlia delle repubbliche sovietiche, non dimenticare, non avrà di che vivere».

«Saverio, cosa dici?».

«Il popolo deve servire il popolo. Un fantasma si aggira per l'Europa, compagno. La povera Katrina. Ora cosa farà? Senza casa, senza tetto né legge. Proletaria in catene».

Nicolai chiama sua moglie.

«Saverio, non c'è bisogno di Kgb. Ada sa tutto».

«Cosa sa la compagna Ada? Ada, la verità è rivoluzionaria. Niente deve essere nascosto al popolo».

Nicolai parla in russo con Ada. Messaggi in codice?

«Venti giorni fa Katrina si era sposata con Olmo. Erano in Macedonia, nel posto dove è nata Katrina. Il commendatore aveva deciso così, senza pensare troppo. Nel viaggio in Sicilia voleva dire tutto al figlio, dire che Katrina non chiedeva niente, solo la casa di Roma. Il commendatore voleva sistemare tutto prima di morire, ma non ha avuto tempo».

«Non capisco, compagno».

«Saverio, concentrati. Katrina si era confidata con Ada. Ricordi quando sull'autobus parlavano in russo? Io ho sentito solo che Katrina si sentiva in colpa verso Glauco».

I tannini sono volati da qualche altra parte.

«Ma un matrimonio all'estero vale anche in Italia?».

«Sì, con Ada ci siamo sposati a Londra. Il nostro matrimonio è valido a Londra, a Mosca, in Sicilia. Basta solo farlo registrare».

«Katrina è la vedova ufficiale del commendatore Olmo Buscaglia?».

«È la legge».

«Minchia, la legge è legge».

«E non lo denunci?».

«Chi?».

«Andrea, il nipote di mastro Pietro».

«Peppe, quel ragazzo mi fa pena. Era mortificato, si è scusato, ha detto che è stata una debolezza. Mi stacchi due foglie di basilico dalla grasta?».

Piccionello torna con il basilico, si appoggia sul piano della cucina in muratura.

La cipolla appassisce nell'olio a fuoco lento.

«Bello questo libro di ricette, belle foto» dice Piccionello.

«È un regalo dei francesi».

«Gentili».

«Sono francesi, altra razza, altro livello».

«Però l'altro devi denunciarlo».

«Chi?».

«Glauco Buscaglia. Minchia, Saverio, quello ha ammazzato suo padre».

«Ammazzato. Chissà. Vallo a dimostrare».

«Vuoi coprire un omicidio?».

«Omicidio: esagerato. E comunque c'è la regola dello svantaggio, sai cos'è?».

«No».

«Se denuncio Buscaglia comincia un'indagine che non finisce più. Non si sa quanto dura e non si sa come si conclude. Nel frattempo, tutti i beni vengono bloccati. Glauco non tocca palla, ma nemmeno Katrina tocca palla. E passano gli anni. Svantaggio per tutti. Invece, appena Glauco scopre che Katrina era sposata con suo padre, intuisce che ha fatto la più grande minchiata della sua vita. E se lo ricorderà per sempre, perché Katrina si becca metà precisa precisa dell'eredità del commendatore. Per dirla alla maniera di Oxford, Glauco l'ha presa in culo. Controlli se l'acqua bolle?».

«Ci vuole ancora qualche minuto. Ma questa regola dello svantaggio dove sta scritta?».

«È una cosa che ho pensato io. È il contrario della regola del vantaggio nel calcio, hai presente?».

«Sì. Cosa stai cucinando?».

«Filatura di grano duro in trafila di bronzo con datterini pelati a vivo, cipolla bianca di Castrofilippo appassita in olio extravergine con spremitura a freddo, all'aroma di basilico della mia grasta. E poi, ascolta bene, rossi di gallina ruspante di terra su letto d'albume bianco rassodato a bassa temperatura in succo di olive Nocellara».

«Minchia, cose di lusso. E che vuol dire?».
«Spaghetti col sugo di pomodoro e uova fritte».
«Sei il solito cretino».
«Peppe, la cucina è come la letteratura: il contenuto non conta, conta come si racconta».

Francesco Recami

Turisti innamorati a Firenze

Amedeo Consonni, Milano, anni sessantasei, in canottiera, era appena tornato nella camera d'albergo numero 222, spossato. Angela dormiva profondamente, ma come ci riusciva, con quel caldo? E ora come faccio io, in questo forno? L'ex professoressa Angela Mattioli, in camicia da notte, russava forte. Questo grazie alla cenetta che avevano gustato in trattoria, a base di pici al cinghiale e trippa alla fiorentina, forse avevano un po' esagerato col vino, in due si erano scolati una bottiglia di Chianti Rufina, senza contare i cantuccini di Prato col vinsanto. Inoltre non era escluso che lei avesse ingerito le solite pasticche per dormire.

Consonni si trovava in forte imbarazzo almeno per tre motivi. Uno, era rientrato tardissimo in camera essendo uscito alla ricerca di una bottiglietta d'acqua. Come avrebbe spiegato ad Angela che era stato fuori quasi due ore? Ma la sua fidanzata in quel momento ronfava della grossa e non sembrava aver bisogno di alcuna spiegazione.

Due, faceva un caldo impossibile, lì a Firenze, e lui sudava copiosamente. L'aria condizionata non funzionava.

Tre, aveva completamente sbagliato i tempi e le dosi di assunzione delle pasticchine e per questo motivo adesso si ritrovava fra le gambe un arnese voglioso e irriducibile. E la serata era stata ben movimentata.

Be', passerà, pensò mettendosi a letto, magari verrà un po' di fresco...

Si era anche infilato in bagno sottoponendo il suo membro a una doccia gelata, con risultati provvisori.

Erano quasi le tre, l'ultima volta che guardò l'orologio. Poi, evidentemente, prese un po' di sonno, perché quando, alle sei del mattino, bussarono imperiosamente alla porta, lui dormiva.

«Chi è?» disse intorpidito. «Chi è?».

«Polizia! Aprite immediatamente questa porta!».

Consonni si alzò e aprì, per fortuna l'effetto delle pasticchine si era smorzato.

«Lei è il signor Consonni Amedeo? Le dispiace seguirci, assieme alla signora, in questura?». Intanto anche Angela si era svegliata e bofonchiava qualcosa.

«Ma perché, di che si tratta?».

«Ci segua, per favore».

Consonni cercò di riflettere sulle sue pendenze, eppure gli pareva tutto regolare, ma era confuso, cercava di tornare in sé, allora di che cosa si trattava?

«Ma Amedeo, che cosa è successo?» chiedeva Angela dal bagno, mentre si vestiva.

«E cosa ne so io?».

Gli agenti non si sbottonarono e accompagnarono i due fuori dalla camera, all'uomo non fu neanche permesso di rivestirsi, non c'era tempo. Prima fecero uscire la signora, seguita da due poliziotte. Dopo cinque minuti fu la volta dell'Amedeo. Nei corridoi dell'albergo c'erano diverse persone, altri poliziotti, alcuni turisti e curiosi. In particolare c'erano dei fiorentini, lavoratori dell'albergo, gente del quartiere, che attendevano il milanese come alle Forche Caudine.

Lui, ancora in canottiera e pantaloni del pigiama, divenne bersaglio di ogni serie di insulti.

«Te tussei un maiale... buchaioloo» gli gridavano.

«Gente home te si meriterebbe la pena di morte...».

«Vecchio di merda, puzzo di hulo, maiale, assassino!».

Queste furono solo alcune delle cose che Consonni si sentì dire mentre superava la gogna di quei corridoi. Fu fatto salire sulla pantera, che partì con stridore di gomme.

«Yo le cortareis los huevos» commentò una signora centroamericana tutta sudata.

«Yo le metere un palo en el culo» rispose la sua amica.

Non si sa come Angela fosse riuscita a convincere l'Amedeo a passare qualche giorno di vacanza a Firenze, come due innamoratini. Consonni si allontanava poco spesso dalla sua casa di ringhiera a Milano, il suo raggio di spostamento raramente lo portava più lontano di Lodi. Ma Angela aveva fatto tutto da sola, risoluta ad ottenere il suo obiettivo: biglietti ferroviari, prenotazione di un delizioso alberghetto, ingresso alla mostra a Palazzo Strozzi, programma dettagliato della gita, incluse le trattorie segnalate dalla guida di Slow Food.

«Sono secoli che non vado a Firenze, l'ultima volta ho accompagnato una gita scolastica: passammo una notte in questura perché alcuni miei studenti ubriachi si erano arrampicati sulla statua del Biancone in piazza Signoria... devo rifarmi... con te... E poi c'è una mostra che non voglio perdere...».

Consonni aveva tentato di opporre una qualche resistenza (il suo malfermo stato di salute, le infinite cose da fare, il nipotino Enrico da accudire...) ma non c'era stato niente da fare. Angela aveva organizzato tutto alla perfezione.

«Dopo quello che è successo hai bisogno di staccare per qualche giorno, Amedeo, e allora quale miglior posto di Firenze, il paradiso della cultura, la meta del Grand Tour, la capitale linguistica d'Italia?».

Lui era stato a Firenze una volta sola, nel 1970 o giù di lì, con la Luigina e la figlia Caterina che avrà avuto due o tre anni. Non conservava un buon ricordo di quella vacanza, la città si era dimostrata inospitale. Vicino al Duomo li avevano anche fregati con la faccenda della fotografia, un tipo gli aveva chiesto una cifra spropositata per una Polaroid. Ma quello che l'aveva lasciato insoddisfatto era lo sporco, dappertutto. Dicevano che era per via dell'alluvione, ma...

Poi non capiva bene la lingua che parlavano, tutto un mangiarsi le parole e non finire le frasi. E un generale difetto di creanza.

«Lo sai che a Firenze c'è il 40% del patrimonio culturale italiano?» disse Angela al Consonni, forse esagerando un po', mentre lui stava preparando la sua piccola valigia rigida di pelle gialla. Amedeo era terrorizzato da questa cifra, chissà dove ha intenzione di portarmi. Forse per questo terrore culturale sbagliò completamente le scelte sui capi d'abbigliamento da portarsi dietro. Troppo pesanti.

A Firenze piove sempre, aveva sentito dire, e c'è una grande umidità, per via che la città è in buca. E dunque scelse il suo trench da mezza stagione, mal gliene sarebbe incolto.

Angela invece aveva caricato una sua grossa valigia con le ruote fino all'inverosimile, con un paio di ricambi al giorno, svariati vestiti eleganti per la sera e una serie infinita di camicette di seta e di vestiti «primaverili». Il tutto per due pernottamenti.

Il suo carico era ulteriormente appesantito da quattro o cinque guide turistiche, fra le quali quella rossa del Touring Club, la più completa, che si intitolava *Firenze e provincia*, la quale contava mille pagine ed era scritta in corpo piccolissimo, Consonni non riusciva a leggerla nemmeno con gli occhiali più forti.

In treno Angela aveva estratto tutte le sue guide e le consultava freneticamente, prendendo appunti su un piccolo quaderno. Preparava gli itinerari, presumendo in un giorno di poter visitare una quantità di siti artistici tale che sarebbe stata necessaria una settimana: «Da San Marco andiamo a San Lorenzo, vediamo la Laurenziana, poi le Cappelle Medicee, da lì, a due passi c'è Santa Maria Novella, dopo, nel pomeriggio...».

Pur essendo il vagone del treno alta velocità abbondantemente condizionato, Consonni cominciava a sudare, anche perché vestito troppo pesante.

Così quel 12 giugno («A Firenze il mese migliore è giugno... c'è un clima ideale... tenue... al tramonto sui Lungarni una luce rosa bagna il Ponte Vecchio...») i due sbarcarono a Firenze con il Freccia Rossa («Ma costa uno sproposito...», «Tu non ti preoccupare...») e alla stazione Consonni si chiedeva dove fosse l'enorme condizionatore che vomitava quel flusso di aria bollente. Solo dopo un po' si rese conto che non c'era alcun condizionatore, l'aria era calda e irrespirabile di per sé. Si tolse il trench, ma lo stesso soffocava dal caldo.

Presero un taxi che evidentemente doveva seminare qualche inseguitore perché fece un percorso complicatissimo e lungo per raggiungere l'albergo, che in realtà era a poche centinaia di metri dalla stazione.

«Lo chieda ai' sindaho... qui un si pole più lavorare» aveva risposto il tassista alla timida domanda di Angela sul perché ci volesse tanto.

L'hotel-pensione era assai carino – e ci mancherebbe anche che non fosse carino, visto quello che costa – pensava Angela cercando di issare la sua pesantissima valigia sopra un panchetto. Consonni entrando in camera rabbrividì; come testimoniava il termostato c'erano 15.7 gradi, probabilmente l'impianto di condizionamento era stato male impostato. Aprì la finestra, la quale purtroppo non permetteva alcuna vista panoramica, se non su un appartamento prospiciente, abitato da una numerosa famiglia di immigrati cingalesi. Si tolse il soprabito e si adagiò un attimo sul letto, valutando, visto il clima, quale fosse l'abbigliamento più adatto per quella città e per uno della sua età. Ma Angela lo richiamò immediatamente ai propri doveri, non c'era tempo da perdere, avevano fortunatamente mezza mattinata a loro disposizione. Consonni indossò dei pantaloni a pinocchietto, dei sandali e una polo dell'Oviesse. Lei non era per niente contenta di quel look da turista ma non disse niente.

Dunque alle undici o poco più si precipitarono fuori dall'albergo. Angela consultava una piantina sulla quale aveva appuntato i luoghi di maggiore attrazione turistica e non solo, l'obiettivo del momento era raggiungere «l'Arno d'argento» e scelsero di farlo passando dalla elegantissima via Tornabuoni, quella delle griffe internazionali e delle boutique, che al momento era una larga distesa di asfalto, deserta e arroventata. Angela volle fare visita al negozio di Gucci, irretita dall'eleganza dell'esercizio commerciale. Amedeo rimase fuori, come a metterle fretta. Sapeva che non avrebbe comprato alcunché, «Ma cosa ci vai a fare in un negozio se sai che non prendi niente?», «Mah, così, per vedere, non si può? Intanto là dentro fa un bel fresco... e tu sei stato qui a prendere il caldo». In effetti Consonni era paonazzo. Un cane di piccole dimensioni defecò proprio davanti alle vetrine di Gucci. La padrona era costernata, la cacca era liquida: e adesso come faccio a raccoglierla? Dal prestigioso negozio uscì un giovane nero ed elegantissimo, con secchio e spazzolone, provvide lui.

Angela e l'Amedeo, a braccetto, si diressero verso il Ponte Vecchio.

«Prima vediamo Santa Trìnita» affermò lei, «dentro c'è una Adorazione dei Pastori del Ghirlandaio, che voglio assolutamente vedere».

«Ma perché dici Santa Trìnita, si dirà pure Santa Trinità» commentò il Consonni. Angela gli rispose con un po' di sufficienza, assicurandolo che si pronuncia Trìnita, con l'accento sulla prima «i», ma anche lei non sapeva assolutamente perché. Per fortuna nella chiesa faceva un bel fresco, lui si mise a sedere su una panca, approfittando di tutto il tempo che Angela impiegava a leggere la guida. Ma presto lo richiamò, stavano uscendo. Raggiunsero il fiume Arno, che non è che al Consonni fece una grande impressione. Era in secca, la poca acqua era di color marrone e c'era un cattivo odore di marcio.

A pochi passi c'era il celeberrimo Ponte Vecchio, Consonni si rassicurò, quando vide quell'immagine così familiare, lo riconobbe, Angela era in estasi: «Dai, facciamoci un salto, anche se in teoria siamo qualche minuto in ritardo, per la mostra a Palazzo Strozzi».

Il Ponte Vecchio era ricolmo di persone, e la maggiore attrattiva era che un paio di tecnici del Comune, con delle grosse cesoie da ferro, stavano rimuovendo un numero inverosimile di lucchetti da una piccola inferriata che circondava una statuetta. La gente si ammassava intorno ai due tecnici, alcuni approvavano, altri erano contrari.

«Ma che roba è questa qui?» domandò Consonni incuriosito.

«Ma come, non lo sai? Gli innamorati mettono qui un lucchettino come prova del loro amore eterno».

Che pirlata, commentò fra sé e sé Consonni, senza sapere che Angela in borsa teneva un lucchettino che aveva comprato apposta a Milano, ma della cui presenza non aveva rivelato niente all'Amedeo. Fece finta di nulla.

«Dai, andiamo, che altrimenti facciamo tardi».

Lui si trattenne un po', attirato dalla maestria con la quale i tecnici spezzavano i lucchetti. Non ne ciccavano uno e sembrava ci godessero anche un po'. Dovevano essere ben esperti quelli lì.

«Andiamo?».

Fecero il Ponte Vecchio a marcia indietro, era difficile farsi strada, ma nonostante questo Angela riuscì a dare un'occhiata alle vetrine dei gioiellieri. Le dovrei comprare un regalo? pensava Consonni. È questo che sta cercando di comunicarmi? Corallo?

Passando per via Porta Rossa tornarono verso Palazzo Strozzi, a vedere la mostra d'arte che si intitolava *Denaro e bellezza, i banchieri, Botticelli e il rogo delle vanità.*

Consonni si sentì un po' intimorito dal titolo e dal fatto che Angela gli avrebbe ricordato che lui non capiva niente. Poi però, fortunatamente, lei se ne partì invasata per conto suo, lasciandolo nella possibilità di guardare blandamente quello che gli capitava sotto gli occhi.

La mostra era interessante, c'erano dei gran bei quadri, del millecinquecento, di quelli ben fatti che piacevano a lui, fiamminghi; per malattia professionale, essendo un ex tappezziere, tendeva a concentrarsi sulle stoffe, i drappeggi, le sete. D'altronde i quadri raffiguravano banchieri, a giudicare da come guardavano con cupidigia i soldi sembravano strozzini, insomma gente che di denari ne aveva molti. E gli sguardi delle mogli erano ancora più avidi di quelli dei banchieri. Lesse un paio di pannelli illustrativi: a quanto dicevano il Rinascimento era stato possibile solo per la quantità di soldi che maneggiavano i banchieri. Ah, questa poi. Però la mostra era congestionata, c'erano delle comitive con guida che occupavano tutto lo spazio, non si respirava e si andava avanti a rilento. Consonni uscì traballante, esausto, Angela invece era tutta eccitata, acquistò un enorme catalogo che pesava quattro chili e lo affidò a lui.

«Hai visto cosa non era quel Botticelli?».

«Botticelli?».

Nel chiostro c'erano delle panche, Consonni ci si sarebbe abbandonato volentieri per una decina di minuti, a lui le mostre d'arte lo esaurivano, infatti non ci andava mai.

Invece Angela gli ricordò che era l'ora di pranzo, e che aveva prenotato in una tipica trattoria fiorentina, rinomata per la bistecca, a due passi da lì.

Ah, be', sospirò l'Amedeo, una pausa ci vuole. Era in piedi dalle sei del mattino.

Scesero nel ristorante, che si trovava sotto il livello della strada, infatti si chiamava Buca qualcosa. Ah, benedetta buca, pensò Consonni, qui ci fa fresco.

I camerieri non erano per nulla cortesi, sembrava che lo facessero apposta, praticamente decisero loro l'ordinazione. Crostini di fegato e bistecca, solo perché Angela riuscì a imporsi, il primo lo saltavano.

La bistecca era monumentale, un chilo e trecento in due, ne avanzò la metà, e col Chianti Consonni ricominciò a sudare come un disgraziato. La sua sudorazione aumentò ulteriormente quando fu presentato il conto. «E se tornassimo una mezzoretta in albergo?». No, non ci fu modo di persuadere Angela che impose di ripartire subito a tappe forzate.

L'uscita dalla «Buca» fu traumatica, il caldo era infame e soverchiante, inoltre il catalogo d'arte adesso sembrava pesare venti chili.

Angela propose di incamminarsi subito verso il Duomo, aveva un progetto preciso ma non lo comunicò immediatamente al Consonni, del quale temeva una reazione avversa. Si misero in coda per fare il biglietto ed entrare in Santa Maria del Fiore.

«Lo sai che per secoli questa qui è stata la costruzione più alta del mondo?».

Mentre erano in coda Consonni e Angela, sotto un sole che forse non spaccava le pietre ma di sicuro liquefaceva l'asfalto, invidiavano certe turiste giapponesi dotate di ombrello parasole. Osservavano la facciata marmorea: «Eh, be', che nel medioevo ci sapevano fare...» provò a dire lui. «Macché medioevo» ribatté Angela, che l'aveva appena letto sulla guida, «questa facciata è falsa, l'hanno fatta alla fine dell'Ottocento, sarebbe stato meglio se avessero lasciato la facciata in pietra, come a San Lorenzo».

Consonni si ripromise di non dire più niente, anche per risparmiare il fiato, ormai ridotto ai minimi.

«Ma adesso si paga per entrare nelle chiese?».

Dopo tre quarti d'ora di coda, con quaranta gradi all'ombra, riuscirono a entrare nello sconfinato interno del Duomo, da dentro sembra più grande che da fuori. Consonni si sentì riavere, perché la temperatura era gradevole. Si rilassò su una panca, cercando di riprendersi. Ci sarebbe volentieri rimasto fino a sera.

«Vieni a vedere Giotto?» Angela lo richiamò subito ai doveri turistici. Be', Giotto sapeva benissimo anche lui chi fosse. In realtà Giotto al Duomo di Firenze non c'è, Angela si sbagliava con Santa Croce. «No, qui c'è Paolo Uccello».

«E chi è Paolo Uccello?».

«Riposiamoci qui per cinque minuti, adesso saliamo sulla cupola».

«Sulla cupola?».

Dopo un'altra mezz'ora di coda i due affrontarono le rampe per salire fino in cima alla cupola del Brunelleschi, capolavoro insuperato dell'architettura di tutti i tempi. Una vera escursione di alta montagna, ma senza panorami e senza frescura. La prima parte della scalata, interminabile, conduceva al ballatoio interno alla base della cupola. Consonni credeva di morire di infarto, ma in fondo poteva anche andare, pensava, sto morendo all'interno di uno dei massimi capolavori dell'arte. Dal ballatoio si poteva, per chi ne aveva il fegato, guardare verso il basso, cioè sotto una novantina di metri c'era l'altare centrale, a Consonni vennero le vertigini, gli girava la testa, dovette appoggiarsi al muro, la base della volta affrescata.

Continuando ad occhi chiusi, appiccicato alla parete, trovò l'ingresso per la seconda parte dell'ascesa, che si svolgeva nell'intercapedine fra la cupola esterna e quella interna, con pendenze maggiori e impegnative. Angela ebbe il modo e il fiato di scandalizzarsi delle scritte che i turisti avevano lasciato sui muri, tipo «Lazzarini frocio»: «Io a questi qui gli darei la pena di morte!».

«A chi?...».

L'ultimo pezzo ricordò a Consonni una ferrata della Prima guerra mondiale che aveva fatto da giovane, sui monti del Garda: bisognava arrampicarsi utilizzando mani e piedi. Inoltre era impedito nei movimenti dal pesantissimo catalogo.

«Stai attento al catalogo della mostra, eh?».

Alla fine della rampa, tramite uno stretto passaggio, si sbucava fuori, alla base della lanterna.

Il panorama era veramente mozzafiato, o almeno lo sarebbe stato, se Consonni avesse avuto il coraggio di guardare di sotto. Ma era colto da paralisi al solo pensarlo. Angela cercò di stimolarlo: «Guarda laggiù, è dove eravamo prima io e te, guarda, sembrano formiche... Un panorama irripetibile... guarda il campanile di Giotto... noi siamo più in alto...».

Come sanno tutti coloro che frequentano le montagne spesso può essere la presenza di un'altra cima, un campanile verticale, un'anticima in prossimità, a darti le vertigini, e questo capitò all'Amedeo quando tentò di guardare il campanile di Giotto.

«Guarda che meraviglia, Amedeo, lo sai che in cima al campanile nidifica il falco pellegrino?».

Neanche lassù c'era un filo di vento. Consonni cercò di riaprire gli occhi, senza guardare in basso, per vedere lo stupendo panorama della città intera, che peraltro non si vedeva a causa della pesante foschia.

«Bellissimo» disse, ad occhi chiusi.

Intrapresero la discesa, che fu più impegnativa della salita. Quando furono alla base Consonni tirò un sospiro di sollievo.

«Queste sono esperienze che non ti dimentichi mai nella vita» disse Angela infervorata.

«Eh no che non te le dimentichi».

Quando uscirono dalla cattedrale di Santa Maria del Fiore Consonni provò il solito effetto phon e gli si piegarono le gambe. Erano le cinque e mezza del pomeriggio, l'ora più calda.

«È un bel caldo umido eh, qui a Firenze?» accennò.

«Ma dai, smettila di lamentarti».

Il sudore gli appannava la vista, la stanchezza gli impediva di camminare in modo rettilineo, se in seguito gli avessero chiesto che cosa aveva fatto dalle ore 17 alle ore 19 non se ne sarebbe ricordato.

«Amedeo, abbiamo giusto il tempo per vedere il Battistero, ma preparati, è la cosa più bella del mondo...».

Per fortuna era imminente la chiusura, non c'era coda. A Consonni il Battistero piacque molto, assai di più del Duomo. C'erano dei bei mosaici sulla cupola, uno raffigurava un diavolazzo veramente terrificante. In più era lecito sdraiarsi su certe panche per rimirare i mosaici in alto, senza storcersi il collo. Così poté rimanere sdraiato una decina di minuti, mentre Angela gli leggeva la guida e gli ricapitolava tutti gli eventi biblici raffigurati.

Poco dopo le sette del pomeriggio raggiunsero l'albergo. In camera la temperatura era risalita, adesso ci faceva molto caldo. In effetti Amedeo aveva lasciato il termostato sui 27 gradi, lo riportò sui venti.

Angela si infilò in bagno: «Mi faccio una doccia rapidissima, abbiamo una mezzoretta per riposarci, poi usciamo».

«Ma Angela...».

Consonni si buttò sul letto; quando lei uscì in accappatoio, in mezzo a una nuvola di vapore, lui stava russando.

«Svegliati Amedeo, non abbiamo mica tempo da perdere... fatti la doccia, mentre io mi vesto per la cena. E cerca di non abbigliarti come un turista americano, mettiti la giacca!».

«La giacca?».

Consonni si fece la doccia più rapidamente che poteva. Ci mise un po' perché il miscelatore funzionava a fasi alterne, l'acqua veniva o bollente o gelida. Tutto sommato questa circostanza non fu così sconveniente, uscì rigenerato da questa sorta di doccia scozzese. Indossò una bella camicia bianca e la giacca di lino, color tabacco.

La cena si svolse in un'altra trattoria tipica fiorentina, con volte a crociera e ambiente familiare. L'acustica non era il pregio del locale, nel quale orde di turisti vocianti rendevano impossibile una comunicazione che non tentasse di imporsi aumentando ulteriormente i decibel. Per fortuna c'era una vaga impressione di aria condizionata, Consonni riuscì a tenere addosso la giacca, visti anche gli sguardi impositivi di Angela, immersa nel menu.

Anche Consonni lo impugnò e, come sempre succede, si fece irretire dai piatti più calorici e inadatti alla stagione, pici al cinghiale e trippa alla fiorentina. Angela si accontentò di un'anatra all'arancia, che come tutti sanno è il piatto fiorentino per eccellenza.

I camerieri della trattoria, che godeva di un certo prestigio e di molte stelle sulle guide in possesso di Angela, non erano il massimo della carineria. Senza essere richiesti estrassero una pepiera gigantesca e macinarono sui pici una quantità industriale di pepe, strizzando anche l'occhio: «Stasera si tromba...».

Il vino era «a consumo» e ne bevvero parecchio. Consonni non riuscì a finire la trippa, servita in un pentolino di coccio, caldissima.

Angela sembrava fatta di ferro, a tavola continuava a lavorare sul programma per la giornata successiva. Era prevista la visita agli Uffizi e al Corridoio Vasariano, alla galleria dell'Accademia, il Davide di Michelangelo e i Prigioni, «Ah, la poetica dell'incompiuto!». Certe volte Amedeo non seguiva perfettamente ciò che lei diceva, ma le voleva un gran bene lo stesso. «Il pomeriggio San Marco, e poi una chicca, il Cenacolo di Andrea del Castagno, che non conosce nessuno».

All'uscita dal ristorante Consonni verificò che la temperatura non era scesa di un grado e si sentiva mancare; quando Angela gli propose di fare due passi, magari prendere un gelato, fu risoluto: «No, sono le undici e mezza, torniamo in albergo, non ne posso più».

Per Angela e Amedeo la vera sorpresa venne quando rientrarono in camera: l'aria condizionata non funzionava, c'erano 32 gradi, con un'umidità del 75%, il che significa una temperatura percepita di 46°C. Consonni, abbastanza alticcio, si mise all'istante in canottiera e pantaloni del pigiama, si affacciò alla finestra cercando un po' di sollievo, che non arrivò, la temperatura esterna era identica a quella interna.

Ah, prima che mi scordi. Estrasse la pasticca blu, che teneva nella bustina della toilette. Anche Angela si era messa in mutande e reggipetto, in un bagno di sudore. «Ma qui si muore, non funziona l'aria condizionata».

«Eh, me ne sono accorto, adesso vado a farmi una doccia».

«Macché doccia, perché non vai a sentire in portineria? Così non possiamo mica dormire, perché non vai giù a protestare?».

«Giù a protestare? Adesso?».

«Sì, adesso. E quando? E se scendi prendimi anche una bottiglia d'acqua, per favore». L'hotel era a tre stelle, le camere non disponevano di frigo-bar.

Consonni entrò un po' in confusione, tanto che non si ricordava già più se la pasticca blu l'aveva presa oppure no. Controllò il blister, gli pareva di non averla presa e ne inghiottì una. Prese dal portafoglio una ventina di euro e scese in portineria a farsi sentire. Nei corridoi incrociò una signora straniera, abbastanza brilla pure lei, che lo traguardò con interesse.

«Hallo, mister, what you doing up here?». Gli guardò la finestra dei pantaloni del pigiama, la prima pasticca stava cominciando a funzionare.

Consonni, ignaro del fatto, almeno per il momento, raggiunse la concierge.

«Sono della camera 222, c'è un problema, non funziona l'aria condizionata».

Il portiere rispose in modo maleducato e perentorio. «È tutt'iggiorno che provo a chiamare i'tennicho, una volta fa troppo, una volta un fa, ma qui'ccretino un si fa trovare...».

«E allora noi?»

«Per ora un c'è nulla da fare».

«Potrei almeno avere una bottiglietta d'acqua?».

«No, io un le tengo, ma se esce qui fuori c'è un minimarket cinese».

Consonni, debilitato e prostrato, sempre in canottiera e pantaloni del pigiama, con un'erezione che cominciava a diventare assai manifesta, uscì fuori dall'albergo, ma di minimarket cinesi nei dintorni non ne trovò. Risalì un vicolo, ne prese un altro e un altro ancora. In breve, si perse. Cercò allora di tornare indietro, ma le stradine erano tutte uguali, si sentiva smarrito, sfinito, e per di più imbarazzato.

Sbucò in una piazzetta affollatissima di adolescenti e post-adolescenti, in maggioranza femmine in tenute molto succinte, che bevevano grossi bicchieri contenenti liquidi multicolori, in mezzo alla movida e che lo guardavano come fosse un alieno. E non era soltanto perché era in canottiera e pantaloni del pigiama. Consonni si rese conto che tutti quei giovani stazionavano nei pressi di un paio di localini da cui usciva musica molto ritmica. Certo quelle ragazze erano parecchio eccitanti e non facevano nulla per nasconderlo, purtroppo anche lui aveva il dono della vista, e vedere tutte quelle cosce produsse un effetto di erotizzazione involontaria, se così si può dire. Consonni apparteneva a quella generazione in cui la vista delle cosce nude aveva un effetto abbastanza devastante, perché come si sa le pasticche funzionano, ma soprattutto se ci sono motivi di eccitazione esterni. E in quella piazzetta ce n'erano.

Tenendosi le mani sopra il basso ventre per nascondere l'evidenza, entrò in uno dei localini, senza curarsi del fatto che fosse in canottiera, i ragazzi e le ragazze lo guardavano ridendo. Acquistò due bottigliette d'acqua per un valore complessivo di 12 euro, poi chiese il favore al barista, indicazioni per tornare al suo albergo. Il bartender non aveva nessuna intenzione, tempo, voglia di spiegare a quel vecchio in pigiama come tornare all'albergo. «È un po' difficile da qui» disse. Gli chiamò un taxi. Era l'unica soluzione possibile.

Consonni passò qualche minuto in mezzo alla movida con due bottigliette d'acqua in mano. Il pigiama era di stoffa leggera e lasciava intravedere la sagoma del suo membro in erezione, disperato.

Se ne accorse anche il tassista, che lo fece salire lo stesso. Fra l'altro il cliente non aveva con sé abbastanza soldi per pagarlo, lo fece aspettare sotto l'albergo, sempre nella stessa condizione fisiologica. L'Amedeo rientrò in camera per prendere i soldi. Angela stava già dormendo, beata lei.

Il portiere dell'albergo lo vide passare avanti e indietro, e anziché sentirsi in colpa per via dell'aria condizionata, questione della quale non gli importava niente, se non per quanto lo riguardava personalmente, giudicò con quell'asprezza che solo i fiorentini sono in grado di esprimere quel signore allo sbando, che metteva tutto l'albergo in un serio imbarazzo. Consonni nel corridoio incontrò di nuovo quella signora straniera che aveva intercettato in precedenza. Era una bella donna e anche seminuda, a causa del caldo.

Non gli capitava da quando aveva diciassette anni di avere il pisello ritto così insistentemente, cosa che gli dava un fastidio terribile. E adesso come faccio, rientro in camera e sveglio l'Angela e le salto addosso? No, no, ci sarà pure un sistema per calmarsi, mi farò una doccia fredda.

La signora straniera gli chiese notizie dell'aria condizionata. Purtroppo lui non parlava l'inglese. In qualche modo la signora gli chiese se poteva andare a dare un'occhiata al suo condizionatore. Consonni rientrò in camera che erano quasi le due.

In questura Consonni fu portato in una stanzetta, restò lì per circa un'ora, sotto la sorveglianza di un agente armato. L'Amedeo cercò invano di farsi spiegare dal poliziotto perché l'avessero arrestato, quello se ne restava muto e impassibile, a giocare col telefonino.

Finalmente fu accompagnato nell'ufficio del commissario, che assieme al suo vice cominciò a interrogarlo, senza dirgli di che cosa era accusato, aspettando che fosse lui a tradirsi.

Ma Consonni, dopo aver riflettuto un po' disse: «Se deve venire al punto non si faccia scrupoli, so perché sono qui».

«Ah, lei sa perché è qui? Allora ce lo dica, così non perdiamo tempo».

«Be', lo sapevo che andava a finire in questo modo».

E così Consonni intavolò una serie di discorsi complicatissimi, su tre boy-scout, su certe signore della Milano bene, su alcune persone scomparse che in verità non erano scomparse, sul fatto che non era colpa sua perché probabilmente aveva dei problemi col cervello, degenerazione senile, comunque che i tre scout fossero scomparsi non se l'era inventato lui, e se c'erano dei filmati che lo inquadravano fuori della villa della Kakoiannis-Sforza a Lugano questo non significava niente, perché era lei che gli aveva teso una trappola e non certo viceversa.

Il commissario e il suo vice si guardarono negli occhi, o quello lì era matto oppure stava facendo la manfrina. Gli inquirenti propesero per la seconda ipotesi, quel signore li stava prendendo in giro.

«Ricominciamo da capo, signor Consonni: dove si trovava lei stanotte fra le 23,30 e le 1,30?».

«Eh, come? Che c'entra stanotte?». Questa volta fu l'interrogato a non capire.

«Sì, stanotte. Esattamente fra le undici e mezza e le una e mezza».

Consonni Amedeo sostenne di aver vagato per un'ora in canottiera per il centro di Firenze, alla ricerca di un paio di bottigliette d'acqua, perché in albergo non le avevano. Sulla via del ritorno si era perso, non riusciva a ritrovare l'albergo. Così aveva dovuto prendere un taxi, perché non ritrovava la strada.

«E a che ora è rientrato in albergo?». I questurini lo sapevano benissimo perché avevano rintracciato il tassista che lo aveva riportato in albergo, tassista che aveva dovuto anche aspettare per essere pagato.

«Mah, sarà stata mezzanotte e mezza, le una di notte, non avevo l'orologio, ero in pigiama».

L'orario combaciava.

«E che cosa ha fatto in pigiama fra le 24,30 e le 1,30? È tornato in camera da letto?». Gli inquirenti già conoscevano la versione della signora Angela Mattioli, la quale, dopo essere crollata dal sonno, si era svegliata a un'ora indeterminata e aveva visto il Consonni rientrare, aveva anche bevuto un sorso d'acqua, gassata, quando lui sapeva benissimo che a lei piaceva naturale. In seguito, avendo preso in precedenza due pillole di tranquillante, si era riaddormentata, non aveva aspettato l'Amedeo che era uscito di nuovo, e non aveva idea dell'ora del suo rientro definitivo in camera.

«L'orario preciso non lo so, so che quando sono rientrato Angela ha bevuto un po' d'acqua e si è riaddormentata subito. Io ho preso dei soldi per pagare il taxi perché quelli che avevo con me non erano sufficienti».

«E quindi lei, una volta pagato il taxi, è subito rientrato nella 222?».

Consonni si domandò se valesse la pena raccontare che per qualche minuto era entrato nella camera di quella signora straniera, per vedere se riusciva a fare funzionare l'aria condizionata. Decise di ammetterlo.

«No, be', veramente, prima ho incontrato nel corridoio una turista straniera...».

«Quindi lei, approssimativamente alle ore 24,15-24,30, è entrato nella camera di questa turista straniera?».

«Sì, dato il mio abbigliamento mi è parsa una situazione un po' al limite, ma sa, facevano 32 gradi».

«E lei per quanto tempo si è trattenuto in camera della signora Bainbridge?».

«Si chiama così?».

«Ah, lei non ne sa neanche il nome?».

«Sono rimasto in camera sua non più di cinque minuti, l'impianto di condizionamento era guasto, come in camera nostra».

«Ah, cinque minuti».

«Sì, direi, uno più uno meno, ma per favore non lo dite ad Angela, non la prenderebbe bene. Ma, alla fine della fiera, mi volete dire una buona volta perché sono qui? Di che cosa mi si accusa?».

«Le domande, signor Consonni, le facciamo noi. Una volta uscito dalla camera della signora Bainbridge, è subito rientrato in camera sua?».

«Be', non esattamente».

«E cioè?».

«Il problema è che non avevo con me le chiavi, le avevo dimenticate in camera, nella fretta di pagare il tassista».

«E allora come ha fatto?».

«Ho provato a bussare ma si vede che Angela dormiva profondamente. Ho cercato di farmi sentire, ma non volevo svegliare tutto l'albergo, allora ho aspettato un po', ho riprovato, alla fine sono sceso dal portiere di notte che stava dormendo in una brandina dietro la portineria. Quello lì ci ha messo un po' a svegliarsi, mi ha anche insultato. Mi ha detto che le chiavi ci sono apposta. Alla fine ha preso un'altra chiave della camera e me l'ha data. Sono rientrato che saranno state le una e mezza, Angela dormiva duro».

La versione coincideva con quella data dal portiere di notte, che poi era anche il portiere di giorno.

«Bene, signor Consonni, adesso avremmo qualche altra domanda da farle. In camera sua sono state trovate confezioni di prodotti afrodisiaci, comunemente noti col nome di Viagra. Lei, in serata, ne ha fatto uso? In quali termini e in quali quantità?».

«Ma, cosa c'entra? Sono obbligato a rispondere?».

«Le conviene, signor Consonni, potrebbe essere un'attenuante».

«Ma un'attenuante di che, si può sapere di che cosa mi si accusa? E perché quella gente mi ha preso a male parole? Che ho fatto di male?».

«Ci sono numerose testimonianze, lei è stato visto aggirarsi per alcune strade del centro in tenuta succinta e in evidente stato di sovreccitazione sessuale. Smentisce anche questo?».

«Ah, è di questo che sono accusato? Di atti osceni in luogo pubblico? Ma vedano, io posso spiegare, mi è successo un contrattempo, vedete, io e Angela... era previsto che... insomma, mi capite, siamo in vacanza... forse ho sbagliato la dose... ma è un crimine?».

«Veda, signor Consonni, ci dispiace che lei continui a fare il furbo, ma c'è una denuncia contro di lei da parte della signora Bainbridge, la quale la accusa di violenza carnale, sequestro di persona e furto aggravato. Non se lo immaginava?».

Violenza carnale? Furto aggravato? Consonni cadde dalle nuvole.

«Ma voi vi sbagliate di grosso! Vi sbagliate di persona. La signora americana si sta sbagliando anche lei, io ho solo dato un'occhiata al suo condizionatore!».

«Ah, ha dato un'occhiata al suo condizionatore, eh? Non sapevamo che si chiamasse così! Signor Amedeo Consonni, mi pare che lei non si renda conto della gravità della sua situazione. Lo capisce che le conviene parlare chiaro? Per giunta abbiamo ricevuto un fonogramma dalla questura di Milano. Pare che qualcuno sostenga che lei è un erotomane impenitente e che pensa che tutte le donne le caschino ai piedi. Si tratta di lettere anonime, ma forse di fronte al pericolo certe donne non hanno il coraggio di uscire allo scoperto».

Consonni, avendo una vaga idea di chi potesse aver scritto quelle lettere anonime, negò recisamente. «Sono solo malelingue, lo so chi ha messo in giro quelle voci, è una mia coinquilina, ma è tutto falso! Falso!».

«E della refurtiva, 2.400 euro, che ne ha fatto? Lo sa che sulla sua testa pendono anni e anni di carcere? Violenza carnale, sequestro di persona, furto aggravato eccetera eccetera? Non le pare il caso di collaborare?».

La refurtiva? Ma di che stavano parlando?

L'interrogatorio continuò per un'altra ora, finché gli inquirenti non si arresero, quello era un duro.

«Ne riparliamo fra un po', vediamo se qualche ora di riflessione le può portare consiglio».

Consonni fu condotto in una stanzetta torrida. Erano le otto del mattino, già faceva un caldo asfissiante.

In effetti a quell'ora Firenze era già in via di surriscaldamento, dopo una brevissima pausa di qualche ora, un venticello fresco, già svanito: stava salendo di nuovo la foschia, qualche amatore armato di macchina fotografica forse era già sul Ponte alla Carraia, pronto a immortalare la caligine che, con un certo sforzo di immaginazione, può assomigliare a un'aura dorata.

Ma prima che si raggiungessero di nuovo i 35 gradi all'ombra, e prima che chiudesse la breve finestra temporale durante la quale in centro si potevano fare le consegne, c'era una grande attività nelle stradine attorno al Mercato Centrale, la zona nella quale si trovava l'hotel dove erano scesi Angela e Amedeo.

Proprio a quell'ora in albergo arrivò il tecnico dell'impianto di condizionamento.

«Oh che sse' bischero a venire a quest'ora? Le hamere sono occupate, devi venire verso le undici».

«Sie... e alle undici in do' lo metto i'ffurgone? Poi alle undici c'ho da essere a Pont'a Signa».

«Guarda, vai nelle hamere 222 e 226, che un c'è nessuno, in tutt'e due dice che un fa».

Il tecnico entrò in entrambe le camere, dopo due minuti aveva già finito il lavoro e tornò dal portiere.

«Te tu mi devi dire se la gente pole essere 'mbecille fino a questo punto».

«Perché?».

«Perché è chiaro che se tu lasci le finestre aperte i'condizionatore un parte, tullo poi mettere anche a 10 gradi sotto zero, e un parte. E dire c'è anche scritto grosso. Ma tu un glielo potevi dire?».

«So una sega io del condizionatore... poi tulla sapessi tutta, un so neanche in dove sto di casa».

«Firma qui, vai, un mi fare perde'ttempo».

«Unn'ho dormitho neanche mezz'ora, qui stanotte è successo un casino, un te l'immagini neanche».

«Oh che è successo?».

«Un te lo potrei neanche dire, ma tanto ormai lo sanno tutti, hanno arrestato un cliente, polizia, gente di qui, gente di là, un casino».

«E perché l'hanno arrestato?».

«Dice che ha violentato un'altra cliente, una straniera».

«Davvero? E com'è, una bella cihala?».

«Macché bella cihala, ci avrà cinquant'anni».

«E lui chi è, un marocchino?».

«Sie marocchino, è uno di Milano, un vecchio in pensione, per giunta con la su' donna».

«Mah, roba da chiodi... E ora dove sono?».

«Son tutti in questura».

«Speriamo gni diano l'ergastolo».

«Ma tull'avessi visti, sembravano la gente più tranquilla di'mmondo».

«Eh».

«Vai, bona...».

«Bona».

Nella celletta in cui l'avevano rinchiuso Consonni viveva ore disperate, non riusciva a immaginarsi cosa potesse essere successo. Violenza carnale? Ma per l'amor del cielo, semmai era lei che aveva tentato di adescarlo. E furto di 2.400 euro in contanti... questa poi... E se la signora si fosse sbagliata? Magari era stata drogata, in effetti era parecchio su di giri, e quelli che l'avevano drogata poi sono passati in camera sua, per lo shock lei non si ricorda più niente, si ricorda di me, ha confuso le situazioni, a causa del suo stato mentale... Come altro può essere andata?

Era sfinito, avrebbe voluto dormire almeno un'ora, ma come riuscirci? No, è solo un brutto sogno, un brutto sogno. Eppure era sveglio.

Lo minacciavano di anni di carcere? Ma cos'era, una trappola? Per farmi parlare mi accusano di cose gravissime, in modo tale che io confessi le mie vere responsabilità. Ma Cristo Signur, se gliel'ho già detto che sono disposto a regolare le mie pendenze su quegli scheletri, che poi io cosa c'entro, era un problema tutto del Barzaghi se in casa sua aveva trovato i resti di tre persone, probabilmente morte di morte violenta. E che dovevo fare, informare i genitori che i tre ragazzi non si erano affatto persi sul monte Disgrazia? E anche sulla storia Kakoiannis-Sforza, cosa vogliono da me? Eh, va bene, ho commesso qualche irregolarità, certamente hanno i filmati con la mia immagine nei pressi della villa di Lugano dove è avvenuto il doppio omicidio. Ma io cosa c'entro? Sono loro che volevano incastrare me, mica io che volevo incastrare loro. Oddio... a pensarci bene... quella è gente potente, manovrano tutti e tutto, e se... ma anche sequestro di persona? A meno che... a meno che non vogliano sapere da me qualcosa su Angela. Ma lì ho giurato. Da me in materia non sapranno niente. Eh, no. Piuttosto finisco in galera.

Già, Angela. Anche lei è in ballo. Che cosa le avranno detto di me? Vogliono far perdere la testa anche a lei? In effetti Consonni stava delirando e si immaginava qualsiasi cosa. Per esempio, *non sarà che l'ho fatto davvero*? La mia testa ormai non funziona come una volta, ho dei vuoti. Più o meno, fino a una certa ora, mi ricordo in che condizioni ero, a causa di quella pasticca. Ma ho la testa di burro, magari di quelle pasticche ne ho prese più di una, ho bevuto troppo, e cosa mi ricordo? Mi ricordo che quella signora mi ha chiesto di entrare in camera sua per vedere il condizionatore, e poi? Ho un vuoto, ho un vuoto... e se veramente... Ma se non me ne rendo conto è colpa mia? Allora ha ragione quella, che so chi è, che ha scritto delle lettere anonime alla polizia, che io sono un erotomane. Ho una doppia personalità? Io credo di essere quello che sono, ma non sono quello che sono, sono un'altra cosa, come il dottor Jekyll e mister Hyde. Possibile che sia saltato addosso a quella signora americana e che le abbia anche rubato i soldi? E se dentro di me si celasse un mostro simile? Oddio, oddio, finirò al manicomio criminale? Consonni si vergognò di quello che stava facendo, ma controllò lo stato del suo pigiama. E se io... No, non è possibile... Ma chi me lo assicura? Quante ne aveva lette su criminali che non si rendono conto di quello che fanno, la mattina si svegliano tranquilli, ignari delle loro colpe? Adesso loro mi metteranno sotto torchio, sapranno come fare uscire da me la seconda personalità, e ben venga, ben venga se mi mettono a confronto con la mia indole criminale e segreta, almeno me ne libererò una volta per tutte. Ma sarà poi vero? Me ne libererò veramente? Oppure, nella oscurità della cella del carcere, mi misurerò per sempre con l'altro me, quello che non conosco?

Le ore passavano, ma quante ne erano passate? Presto sarebbero venuti a prenderlo, per spremerlo fino all'inverosimile. Ci sarebbe stato un confronto con la signora violentata e derubata? Oppure lo avrebbero messo davanti a uno specchio falso, dietro il quale ci sarebbe stata lei a fare il riconoscimento?

Consonni non aveva idea di che ore potessero essere, era in un bagno di sudore. Venne riaperta la porta. Il prigioniero, in canottiera, era ridotto da schifo. Si ricominciava? Due agenti gli dissero di seguirlo, senza parlare. Percorse una serie di corridoi, finché non lo portarono in una stanza dove gli intimarono di sedersi e di aspettare. Dopo una ventina di minuti, terribili, arrivò un altro poliziotto, graduato. Questo guardò Consonni con un'aria abbastanza disgustata, controllò alcuni documenti che aveva sulla scrivania.

E adesso che mi fanno? Mi torturano con la pompa dell'acqua? No, non è possibile, con questo caldo mi farebbero un piacere, con una bella doccia fredda, almeno potrei raccogliere le idee. E se mi fanno una perquisizione intra-anale?

Il graduato, cercando di tenersi il più lontano possibile dal Consonni, che puzzava come un caprone, gli riconsegnò il suo orologio d'oro e il suo portafoglio, altri oggetti in deposito non ce n'erano. Gli fece firmare alcuni fogli e se ne andò.

Inaspettatamente gli altri due agenti lo condussero all'uscita. Lo mollarono nella corte interna della questura.

«Lei, signor Consonni, può andare».

«Come sarebbe posso andare? Nessuno mi spiega neanche perché sono stato trattenuto? Cosa è successo?».

«Adesso può tornare in albergo a riposarsi e a rimettersi in sesto, poi le verrà comunicato tutto quello che sarà necessario. Adesso può andare, può anche tornare a Milano».

«Eh? Davvero?».

«Buongiorno, signor Consonni, purtroppo è il nostro lavoro».

«E Angela, cioè, la signora Mattioli?».

«È già stata accompagnata al vostro albergo».

«E io? Adesso come ci vado all'albergo?».

«Non abbiamo macchine disponibili, ecco quindici euro per un taxi».

Consonni, stravolto e sbalordito, uscì ondeggiando dalla questura. Entrò nel primo bar, si fece fare due caffè e ordinò due brioche. I gestori del bar lo guardarono di traverso, in particolare dovettero far fronte al cattivissimo odore che quel signore emanava. L'orologio segnava mezzogiorno e mezzo.

Per riprendersi alla fine si fece servire un Fernet Branca con ghiaccio, e distrattamente si mise a guardare il notiziario regionale, alla televisione. Parlavano di un caso di stupro, l'ennesimo, ai danni di una turista. A quanto riferito una non più giovanissima ma avvenente turista era stata drogata e stuprata nell'albergo da un signore anziano. L'uomo, visto in mutande e canottiera nel corridoio, era stato riconosciuto e assicurato alla giustizia. Si trattava di un milanese. La signora era anche stata rapinata di 4.800 euro in contanti.

«Ah, adesso sono diventati quattromilaottocento».

Consonni non capiva più niente. E allora perché mi hanno liberato? Hanno individuato il vero violentatore?

In trance, estrasse dal portafoglio il biglietto da visita dell'albergo e lo mostrò al barista.

«Guardi, da qui fa prima a piedi, basta che faccia tutta via San Gallo, poi via Ginori, gira a destra e praticamente è arrivato».

«Ma sono in pigiama!».

«Ah, non si preoccupi, nessuno ci farà caso». Bastava che si togliesse di lì.

«Quant'è?».

«Nove euro».

«Grazie».

Amedeo Consonni si incamminò nella direzione indicata. Teneva il portafoglio in mano e avanzava con andatura traballante. I turisti lo guardavano come se fosse un evento pittoresco, i locali pensavano che fosse un vecchio scappato dalla RSA di competenza, come spesso succede. A un certo punto arrivò in piazza San Lorenzo, capiva di essere nelle vicinanze. Anche stavolta stentò a farsi coinvolgere dalla magnificenza delle architetture brunelleschiane e si perse nelle stradine attorno al mercato. I gestori delle bancarelle, perlopiù iraniani, gli gridavano dietro: «Va ia va ia va ia, va' a dormire, nonno!». Riuscì comunque a raggiungere l'hotel che erano le una passate.

Prima però dovette superare altre forche caudine, in una strada che si chiamava Borgo qualcosa, piena di ristoranti. Qui il problema è che c'erano numerosi buttadentro, cioè quelle persone piazzate fuori dagli esercizi commerciali e il cui compito è quello di attirare i turisti. La concorrenza fra queste persone è spietata, non sono rari i colpi bassi e le risse. «Quel gruppo di russi l'avevo visto prima io», «Te m'hai rotto i coglioni!», «Te vedi di andare in culo!». In effetti soprattutto sui turisti russi circolavano svariate leggende, per esempio che lasciassero delle mance faraoniche e che ordinassero sempre i vini più cari.

Nessun buttadentro cercò di attirare il Consonni, che riuscì a raggiungere la 222.

Trovò Angela in camera che faceva le valigie, la temperatura stavolta era polare.

«Ah, sei qui» disse lei, senza manifestare la dovuta contentezza di rivedere il suo partner, perché l'incubo era finito. Mentre l'Amedeo cercava di abbracciarla, lei si ritrasse, sembrava avesse tutta l'intenzione di fargli il muso, per l'atroce e per giunta equivoca situazione in cui lui l'aveva messa.

«In questo posto non ci voglio passare neanche un'ora di più. E allontanati da me che puzzi da fare schifo. Fatti una doccia che fra quindici minuti ce ne andiamo da qui».

«Ma dai, Angela, io vorrei dormire qualche ora, non mi reggo in piedi».

«No, ce ne andiamo, pensi di poter dormire con 15 gradi in camera? Ti prenderesti un malanno».

«Magari apriamo un attimo la finestra».

«Sei pazzo? Quello spregevole individuo mi ha detto che se gli mandavamo in bambola un'altra volta il condizionatore ci caricava la fattura del tecnico. Forza, fatti questa doccia. Ci sarà tempo per parlare...».

«Ma parlare di che? È evidente che sono stato vittima di uno scambio di persona, tu non sai cosa ho provato. Per me sono state ore d'inferno... e nessuno mi diceva niente. Ho addirittura temuto che volessero farmi parlare di te, della questione dei signori Reperti...».

«Ah... adesso la responsabilità sarebbe mia, eh? Ma non ti vergogni? E poi, me lo sapresti spiegare, tu ieri dove sei stato fra le undici e mezza e le una e mezza?».

«Ma Angela, ero andato a comprarti l'acqua...».

«Sempre colpa mia, eh? Ah, questo è il colmo. Se soltanto tu sapessi cosa mi hanno chiesto in questura sulle tue abitudini sessuali... su come ti aiuti... se io fossi a conoscenza di... non ho mai provato una vergogna simile...».

Amedeo si infilò in bagno, non aveva le forze per spiegare ad Angela che gli mancavano completamente le forze.

Quando Amedeo fu pronto Angela lo spedì alla concierge a pagare il conto. Fu conteggiata anche la giornata in corso.

«Icché la vole, unn'è miha colpa mia se la polizia un capisce una sega. Già che ciò rimesso una settimana, la signora ameriana stuprata se n'è andata via stamattina, infuriata. Ha detto: o che mi volete anche fare pagare, dopo quello che ho subito? Io vi denuncio tutti! La berciava, e io icché dovevo fare? La mi moglie un voleva, ma io l'ho dovuta far andare via senza pagare, 1.850 euri mi doveva, gli è stata qui dieci giorni, e di haparra la ma dato solo dugento euro. E se quella mi denuncia perché nell'albergo entrano degli estranei? La gli'è partita coi'pepe ai'cculo. Poi m'hanno chiamato dalla questura. Chiedevano della signora ameriana. Io gli ho detto che la gliera già partita. M'hanno chiesto se aveva pagato. Allora, maremma maiala, ho capito tutto. Dice che quella signora questo giohino l'ha già fatto altre volte. Ha capito con che gente ci s'ha a che fare? Quella maiala ha fatto la manfrina per non pagare... Ha capito che mestiere di merda gli' è i'nostro? Comunque voi la camera me la dovete pagare lo stesso. Daittronde se lei la mi lascia la hamera ora, io icché me ne fo? Avete prenotatho du' notti, e du' notti mi pagate, son bell'e le due».

Consonni pagò, non aveva risorse per mettersi a discutere, gli sembrava di sentirsi poco bene. Comunque cominciò a capire come era andata la faccenda.

Non presero il taxi, ormai avevano cominciato a capire come orientarsi, dall'albergo alla stazione c'erano quattro minuti a piedi. Angela osservava il retro di Santa Maria Novella, il capolavoro di Leon Battista Alberti, con rimpianto ma anche con disgusto.

«Questa città è tanto bella, ma è inospitale» affermò perentoria.

«Vabbè Angela, il problema l'ha determinato una turista straniera, non è mica colpa loro».

«Se tu non fossi stato in giro come un imbecille per i corridoi dell'albergo, in pigiama per giunta, nel cuore della notte, non sarebbe successo niente. E io in camera ad aspettarti, in pensiero, ti poteva essere successo di tutto».

«Ma mi è successo di tutto!».

«Ah, tu sei specializzato nell'andartele a cercare».

Lui capì che era meglio non rispondere.

In prossimità della stazione ferroviaria passarono davanti a una bancarella che vendeva valigie. Ce n'erano alcune di dimensioni enormi, Consonni non riusciva a immaginarsi come si potesse fare a trascinarsele dietro, e nemmeno a che cosa potessero servire, se non a trasportare due cadaveri insieme.

Sul treno per Milano Angela sfogliava il suo gigantesco catalogo. «La prossima volta andiamo a Verona, che sono molto più gentili. Sarà falsa gentilezza ma io preferisco quella alla vera maleducazione. E poi fa più fresco, e si mangia anche meglio, meno pesante, che ne dici se a settembre...».

Consonni stava dormendo e russava forte, Angela si sentì nuovamente in imbarazzo...

«Amedeo, ti prego» disse scuotendolo, «stai dando spettacolo!».

«Come? Eh? Cosa? Sono innocente!».

Santo Piazzese

I turisti, i turisti

In principio fu un bussare discreto ma imperiosetto.

E a chi ritiene che non si possano conciliare imperio e discrezione ricordo che gli ossimori esistono proprio per questo. Anche se devo ammettere che negli ultimi tempi ho cercato di disintossicarmi del tutto dagli ossimori. Con scarso successo, si direbbe.

Con le sigarette è più facile. Ma non sono riuscito a mollare del tutto nemmeno quelle. Tant'è che mentre risuonava la bussata discreta ma imperiosetta avevo appena incendiato la terza Camel della mattinata.

Sbuffai la prima boccata di fumo e alzai gli occhi verso la porta del mio studio, che di solito tengo spalancata perché mi piace avere sempre tutto sotto controllo e vedere chi va e chi viene per i corridoi e i laboratori del dipartimento di Biochimica applicata (applicata a che, poi?) di via Medina-Sidonia, dove abito stabilmente per buona parte delle giornate feriali della mia vita, e talvolta pure di quelle festive, se non ho niente di meglio da fare per santificare le feste.

«Si può?» disse la vecchia Virginia, la nostra decana dipartimentale.

Lo disse quando aveva già abbondantemente varcato la soglia e si dirigeva verso la postazione del sottoscritto. Nonostante il mio stato giuridico di arcaico gentiluomo del Sud non mi alzai, perché il dipartimento è un porto di mare, e se dovessimo alzarci ogni volta che una femmina entra in una delle nostre stanze passeremmo la vita a fare su e giù dalle sedie.

Fino a qualche tempo fa non mi calava proprio, la vecchia Virginia. Poi però è successo qualcosa che mi ha fatto scoprire le sue virtù nascoste. Non solo a me, per la verità, ma anche alle mie ex specializzande Francesca e Alessandra, ora in partenza per la Germania, dove hanno vinto, per mancato ostruzionismo da parte loro, una borsa di studio per un master. Da allora l'abbiamo rivalutata. Ha un senso dell'umorismo insospettato, una vitalità a prova di istituzioni universitarie, e una visione di cose e persone talvolta eccentrica in modo sorprendente.

Mi sorprese pure stavolta. Appena finì di dislocare il carapace e le sue ghiandole del Paleozoico contro lo schienale della poltroncina, distese le braccia di lato a formare una croce e gridò:

«I turisti, i turisti».

Mi chiesi se non le si fossero aggrippati di colpo tutti i neuroni del sistema nervoso simpatico e pure di quello odioso. Lei ripeté gesto e grido:

«I turisti, i turisti».

Rimasi a fissarla interdetto. E se invece la sera prima ci avesse dato dentro con quel suo mefitico limoncello al retrogusto di succo di palude, fino a rimanerne intossicata? Tutto sommato, era un lunedì mattina. Evento che si verifica sistematicamente subito dopo ogni domenica sera. Fase della settimana durante la quale le anziane accademiche solitarie si sbronzano con tutti i crismi nella solitudine delle loro dimore, buttando giù quantità industriali di Rosso Antico, di marsala all'uovo scadenti, oppure di limoncello di fascia bassa.

Ero a un punto morto, ma mi venne subito in mente qualcosa di decisivo da dire per rompere l'incaglio. Lo dissi pacatamente:

«Professoressa, non è che vuole che le prenda un bicchiere d'acqua? E magari anche un'aspirina... Che ne dice? Una bella aspirina effervescente, con vitamina C al gusto di limone».

«Ma quale acqua, Lore', quale aspirina... Che fa non la conosci, proprio tu che fai sempre lo spiritoso?».

La parte positiva fu che non aveva raccolto l'offerta di un'aspirina, perché mi ero ricordato di avere consumato la mia ultima compressa effervescente e con vitamina C al gusto di limone il lunedì precedente. Perché nemmeno i miei lunedì sono gran cosa, di norma. Per dire, i lunedì mattina mi sembra che le strade siano infestate solo di maschi pelosi e muscolosi, tatuati fino alle tonsille. In linea di principio, non è che io sia ideologicamente contrario ai tatuaggi. Però mi piacerebbe che li portassero solo in privato, nelle notti senza luna, nell'oscurità delle loro baracche. Che sia l'intolleranza, il destino terminale di noi vecchi libertari duri e puri? In ogni modo, di lunedì mattina, se sei un eterosessuale affidabile e affezionato all'idea di esserlo, non c'è niente che ti tiri su il morale come una sfilza di pulzelle di bell'aspetto e addobbate come gli ormoni comandano. I loro e i miei.

Continuai a fissare la vecchia Virginia cominciando a chiedermi se non avrei fatto bene a chiamare il pronto intervento dello Psichiatrico.

«Non conosco chi, professoressa?» dissi invece, con tono ancora più pacato, come raccomandano si debba fare in questi casi.

«Ma come chi? Che cosa, semmai. Cioè la barzelletta, quella che...».

Si fermò, come a raccogliere le idee.

«Dunque» riprese, «siamo in una chiesa, una bella chiesetta di campagna, deserta, perché è un giorno feriale, è estate e c'è un caldo che fa sudare pure le balàte di marmo delle sepolture. Sopra l'altare maggiore c'è una croce di legno, con un Cristo a grandezza naturale. Di lato, altre due croci con i due ladroni. Insomma, è quello che si chiama un trittico».

Fece un'altra pausa per prendere fiato.

«Il caldo era proprio insopportabile. A un certo punto, il Signuruzzo, che proprio non ce la fa più, stacca un braccio dalla croce. "Che fa, picciotti" dice, "ce la fumiamo una bella sigaretta?". Detto fatto, stacca pure l'altro, e poi i piedi, schiocca le dita, prima a destra e poi a sinistra, e come per miracolo anche i due ladroni sono liberi. E se ne stanno tutti e tre beati, a fumarsi la loro sigaretta e a farsi quattro chiacchiere, messi belli comodi, stinnicchiati sopra le panche della chiesa. A un certo punto, da fuori, arrivano rumori sempre più forti: voci, motori, sportelli che sbattono, passi che si avvicinano. "Gesùmio" fa Cristo, "i turisti, i turisti!". E istantaneamente tutti e tre si ritrovano daccapo incocciati alle croci».

La decana si fermò in attesa della mia reazione. Che non ci fu.

«Ma che fa, non l'hai capita?» disse.

«Ma perché, era una barzelletta?».

«E a te che ti pareva, una storia vera? Un Vangelo apocrifo?».

Meditò. Sembrava ripercorrere a ritroso tutte le parole che aveva pronunciato.

«Vabbè, io le barzellette non le so raccontare come te, e questa forse come barzelletta non era un gran che» disse alla fine; «però mi devo essere persa qualche cosa strada strada».

«Tipo il finale?».

«Capace. Devo tornare da padre Cuttitta a farmela raccontare di nuovo».

«Padre Cuttitta?».

«Non mi dire che non ne hai sentito parlare mai. È un gesuita di Casa Professa, uno di quelli tosti. Sono loro che si inventano le barzellette sui preti e sulla religione. Va bene che tu non frequenti l'ambiente, però chi è che non lo conosce, a padre Cuttitta? Tutta Palermo lo conosce».

«Per caso, è uno di quei gesuiti che si tramandano la castità di padre in figlio?».

«Ma che sei, turco?».

Mi limitai a guardarla in viso cercando di rendere esplicito cosa mi passava per la testa. Che poi era quello che lei spiattellò subito dopo:

«Ti stai chiedendo se sono scesa dalla mia stanza fino qua solo per raccontarti una mezza barzelletta».

Non tentai nemmeno di dissimulare.

«La barzelletta mi è venuta in testa dopo essere entrata qua perché c'è una relazione con il motivo per cui sono scesa a parlarti. I turisti ci sono vero. E ti devo chiedere un piacere. Un piacere grande».

Avvertii un piccolo brivido premonitore, un brivido inerziale cui non detti troppo peso perché mi capita ogni volta che la vecchia Virginia cerca di coinvolgermi nelle sue cose. L'effetto rimembranza di eventi che preferirei dimenticare.

«Mi dica» sospirai con circospezione.

«Hai presente Lombino and Pykora?».

I nomi mi erano familiari ma non riuscivo a collocarli nello spazio e nel tempo. Lei se ne accorse:

«Quelli del lavoro uscito su *Cold Spring Harbor*, sulla sintesi di nuove sostanze potenzialmente utilizzabili in campo farmaceutico, a partire da molecole presenti in natura in certi organismi...».

«... tipo le ascidie. Lavorano da qualche parte nel Massachusetts».

«Sì, prima stavano a Woods Hole, poi si sono trasferiti in una piccola università sconosciuta; il nome non me lo ricordo, ora però hanno un sacco di soldi perché hanno trovato finanziatori privati che investono nella ricerca. Lo sai com'è in America. Non mi ricordo nemmeno su quale specie lavorano loro; di ascidie ce ne sono quanto i fichi amari, lo sai».

«E...».

«E vengono a Palermo. Sotto il Festino».

«Che anche quest'anno viene il quindici luglio, ci scommetto».

«E il quattordici sparano il gioco di fuoco. Che ti senti, spiritoso? Pure con santa Rosalia, la santuzza? Turco sei, te l'ho detto io».

«Comunque i catanesi a noi palermitani neanche ci vedono, quanto a festeggiamenti, per sant'Agata. Ma loro sono più primitivi di noi».

«Tant'è che come patrona si sono scartati una palermitana. Lo sapevi, no, che pure sant'Agata era palermitana? Almeno, secondo alcune fonti».

«Ah, per questo il Catania è messo com'è messo».

«Non mi parlare di cose di fubbal che io non ci capisco niente».

«Ecco, proprio qua volevo arrivare: io invece non ne capisco niente di ascidie; a me, se mi fa vedere un'ascidia, nemmeno la riconosco. Che c'entro io con questi americani?».

«Il piacere che ti volevo chiedere non ha niente di scientifico. E per essere pillicusi, Vincent Lombino è oriundo siculo. Loro, come sai, sono una coppia, marito e moglie».

Non lo sapevo, ma non dissi niente.

«Siamo stati in corrispondenza scientifica per anni» riprese lei, «sempre per cose di ascidie, le metodiche di estrazione, insomma, quello che nei lavori noi chiamiamo Materiali e Metodi; e ci siamo pure incontrati due o tre volte ai workshop. E siccome hanno grande disponibilità di piccioli, una volta sono scoppati persino al congresso dell'Uzi, non mi ricordo dove, ed è inutile che lo chiedo a te perché voi molecolari avete la puzza sotto il naso e vi sentite sempre seduti sopra il montarozzo dell'immondizia».

L'Uzi, oltre a essere una micidiale mitraglietta israeliana, molto popolare in certi ambienti della bassa finanza, è pure la sigla dell'Unione Zoologica Italiana. Ed è vero che non sta nel cuore di mezzo dei molecolari.

«Ora, a luglio, ritornano in Europa. Fanno venticinque anni di matrimonio, le nozze d'argento, però non è solo un viaggio di piacere. Si sono organizzati pure un giro di seminari qua e là, per presentare le loro cose recenti. E siccome a lui è venuta questa fissazione di visitare il paese d'origine della sua famiglia...».

«A caccia delle radici, scommetto: non se ne può più» interruppi.

«Ecco, bravo. Io allora, a che c'erano, li ho invitati a tenere un seminario pure da noi. Loro si pagano il viaggio e io li ospito a casa di mio nipote Peppuccio, che lascia la casa libera perché va a trovare i suoceri in Russia, per fargli conoscere Boris, il nipotino che oramai ha sei mesi».

Sapevo chi era Peppuccio. L'avevo pure incontrato, alla sua festa di fidanzamento con la russa Nataša, a casa della decana. Era proprio uno di quei precedenti che avrei preferito dimenticare. Ma come dimenticarlo?

«E io?» sollecitai.

«Ora vengo e mi spiego. Lo sai, no, che devo fare lo spietramento?».

Mi sentivo sempre più preso dai turchi.

«Ma dove, in campagna?» balbettai.

«Ma quale campagna, Lore', oramai le campagne sono solo collere e sangue fradicio. No, dico l'intervento per farmi levare le pietre dal rognone. I calcoli. Vado a farmi operare vicino a Novara, dove ho parenti. È un'operazione un poco più complessa, in anestesia generale, e alla mia età non si può sapere mai».

Pensava forse alla fatal Novara di Carducci? Ma quella era una nave.

«Non usano il litotritore, ormai?» dissi. «Con un'anestesia leggera?».

«E se si poteva fare con il litotritore io secondo te me ne andavo là sopra? No, mi hanno spiegato che nel mio caso, sia per la composizione dei calcoli che per le dimensioni, il litotritore non va bene. E siccome a Novara ho questi parenti, mentre qua a Palermo non ho nessuno, a parte mio nipote Peppuccio, che però non è cosa... Insomma, si sono offerti di darmi assistenza e mi ospitano a casa loro per la convalescenza».

«Ho capito. Ottima soluzione».

«Grazie. Torniamo al piacere che ti volevo chiedere» disse lei.

«Non c'è bisogno, ho capito: gli americani arrivano mentre lei è su in Padania e non gli può andare appresso».

«Bravo. Mi hanno fissato la data dell'operazione dopo che ho saputo quando sarebbero arrivati loro due. E ormai non posso spostare nessuna delle due date. Allora la domanda è: non è che te li puoi annacare un poco tu? Degli altri non mi fido. Specialmente il Peruzzi, che è grèvio come la paglia lunga».

Anche lei, come tutti al dipartimento, aveva preso a chiamarlo il Peruzzi, perché è così che lui si è presentato quando è arrivato dopo essere andato in cattedra: sono il Peruzzi. Ed è così che si presenta sempre al telefono. Poi l'abbiamo pure eletto direttore. Lui ha preso l'evento come un tributo alla sua persona. E noi gliel'abbiamo lasciato credere.

«Allora che dici?» incalzò la vecchia Virginia.

«Per me va bene. Ma che tipi sono, questi due?».

«Sulla cinquantina. A vederli così, non gli daresti due lire. Però hanno pubblicato bei lavori. Lui è biochimico e lei nasce come chimica ma poi si è dirottata verso la biologia. All'inizio, quando erano appena laureati, davano la caccia a un enzima capace di metilare le basi azotate del Dna...».

«La Dna metiltransferasi».

«Bravo. L'intuizione geniale però l'aveva avuta un napoletano, un guaglione d'ingegno. Faceva la spola tra Napoli e Palermo, teneva i corsi sia qua che là. Lui lo cercava da per tutto, l'enzima metilante, dai ricci di mare...».

«Fino agli asini. Lo so, l'ho conosciuto pure io. Mi ha fatto il corso di Biologia molecolare. Un vero gentiluomo napoletano. E scienziato brillante, rigoroso, pulito. Pensava che la metilazione di una citosina, quando era seguita da una guanina, potesse alterare transitoriamente la sequenza del Dna in corso di duplicazione, cambiandone l'espressione genica. Il che poteva spiegare il meccanismo della regolazione genica nel differenziamento cellulare. Era in anticipo di un decennio rispetto ai tempi. Ma è morto troppo presto. Mi ricordo che gli piacevano le nostre arancine, però non si fidava del nostro olio. Infatti si portava dietro in valigia, da Napoli, la bottiglia con l'olio d'oliva. Ma i due americani che cosa vengono a presentare, qui da noi, per il seminario?».

«Ora si occupano di ingegneria genetica. La cosa di moda. La sintesi di molecole di potenziale interesse medico, a partire da Dna ricombinanti. Infilano certe sequenze di Dna di un organismo ics nel genoma di batteri tipo l'*Escherichia coli* e gli fanno produrre la corrispondente molecola dell'organismo di partenza. Il vantaggio è che si possono ottenere in quantità elevate e a costi contenuti, a parte l'investimento iniziale. Loro mi pare che partono dalle larve delle ascidie, all'epoca della metamorfosi. Non ti so dire i dettagli, perché io questi lavori li seguo con mezzo occhio e mezzo orecchio. Tu ne sai più di me. Io ho quattro cose in testa, impiccicate con la sputazza. Per il seminario gli basta il solito armamentario per le presentazioni con PowerPoint. Tu fatti il giro delle sette chiese in dipartimento e cerca di fare partecipare più persone possibile, se no la portiamo a mala figura con questi americani».

L'evocazione della sputazza della decana risultava lievemente anticlimax.

«A parte il seminario, io come me li dovrei annacare, secondo lei?».

«Perché non gli fai vedere il Festino?».

«Non se ne parla nemmeno: quest'anno non ho voglia di bagni di folla».

«Allora vedi tu. Per me, una volta che gli hai organizzato il seminario e gli hai azzizzato un minimo di presentazione, te ne puoi uscire con il giro standard Palermo Palermo: Cattedrale, Palazzo dei Normanni, Cappella Palatina, Teatro Massimo, Quattro Canti, Monreale, Mondello... Le solite cose. Con un paio di mezze giornate, capace che te ne esci. Magari te li porti a cena in uno di quei posti strambi che conosci tu. Poi se la spirugliano loro. In cassa abbiamo ancora qualche residuo per le piccole spese di rappresentanza, dirò a Santuzza che si tenga pronta».

Santuzza è la segretaria del dipartimento, tiene pure la piccola cassa del gruppo della decana, ed è neoborbonica.

«Vabbè, si può fare» dissi. «Ma non c'è bisogno dei fondi».

«Cerca di non fare lo splendido al solito tuo. Ora gli dico a Santuzza che scende lei con il conquibus».

Ogni volta che sento un *gli* dove andrebbe un *le* mi vengono le convulsioni. Senza contare che detesto il vocabolo *conquibus*. Però sorvolai. Poi le chiesi i dettagli indispensabili, tipo data di arrivo della coppia, indirizzo di Peppuccio, numeri di telefono... Alla fine mi venne una curiosità:

«Mi ha detto che Lombino è oriundo siculo; sa se per caso la sua famiglia era originaria di Bisacquino?».

«Non ne ho idea. Ma perché proprio Bisacquino?».

«Perché di Bisacquino, a parte il regista Frank Capra, erano originari pure i genitori di un famoso scrittore americano, Ed McBain, noto anche come Evan Hunter e con altri cinque o sei pseudonimi. Lei mai li ha visti i telefilm della serie dell'87° Distretto? Li hanno presi pari pari dai libri di Ed McBain».

«Sì, qualche cosa devo avere visto. Però mi devi scusare: che c'entra questo qua con Vincent Lombino?».

«Il vero nome di Ed McBain è Salvatore Lombino».

«Ah. Vabbè, quando vi vedete puoi chiedere a lui se sono parenti».

«E della moglie che cosa si sa? Cognome strano, questo Pykora. Sa da dove viene? Mi suona baltico. Qualcosa tipo Lituania, Lettonia, Estonia, quei posti lì. È bionda?».

«No, di capelli è nera come una turca, ma bianca di carni. Però ci sei andato vicino. Una volta mi ha detto che la sua famiglia era originaria della Finlandia».

Si può parlare di recidiva per un brivido? O di richiamo, come per le vaccinazioni? Come che sia, quello che avvertivo ora surclassava il mio brivido iniziale, partiva dai capelli e arrivava ai talloni attraversando tutte le frattaglie dell'anima.

Un agguato della memoria. Un'altra ugro-finna. La seconda della mia vita. Del passaggio della prima conservavo ancora cicatrici profonde anche se invisibili a occhio nudo.

La vecchia Virginia avviò con cautela l'operazione di disincagliarsi dalla poltroncina. Quando fu in piedi fece una mezza smorfia.

«Stanotte non ho chiuso occhio per i dolori alla carena» disse. «Io cerco di ignorarla la vecchiaia. Il problema è che purtroppo la cosa non è reciproca».

Non trovai niente di appropriato da replicare. Ma lei non sembrava aspettarsi una replica.

«Lore'» aggiunse, «mi hai levato veramente un peso dal cuore. Ti ricorderò nelle mie preghiere a san Tarcisio e a san Pancrazio».

Non mi sfuggì il lampo malizioso dei suoi occhi. Non volevo darle la soddisfazione di chiederle perché avesse tirato in ballo proprio quei due santi, sicuramente patroni di qualcosa che non avrei gradito.

«Non si disturbi» replicai, «non è il caso».

Si avviò verso la porta. Quando fu sulla soglia si voltò verso di me:

«Bìììh, perciò Bisacquino così importante è? Addirittura uno scrittore famoso e un regista, Frank Capra, che lo conosco pure io. Un paesino di niente... Quante anime conterà, Bisacquino?».

«Anime non lo so. Gli abitanti forse non arrivano a cinquemila. E comunque, se proprio ci tiene a raccomandarmi a qualcuno nelle sue preghiere, preferirei che fosse sant'Oliva, che oltre a essere una delle cinque sante protettrici di Palermo, che di sicuro ne ha bisogno più di qualunque altra città, è pure l'unica santa della storia a essere morta extravergine».

«Ma proprio turco sei».

«Ci vada piano con le generalizzazioni: se per turco intende maomettano, sappia che a Tunisi c'è una moschea intitolata a sant'Oliva. Allahu Akbar».

Lei accennò il gesto di farsi la croce con la mano manca, poi spalancò le braccia e prima di sparire gridò:

«I turisti, i turisti».

Il Peppuccio della decana abitava nel mandamento Tribunali, in una stradina nei dintorni di piazza Rivoluzione, il cuore della Fieravecchia, con la sua brava fontana senza acqua, completa di statua regolamentare del Genio di Palermo – una delle tante – piazzata al centro, e cinta di macchine assedianti.

Da quando è tornato di moda prendere casa nei Quattro Mandamenti ed è partito il restauro dei palazzi antichi, pure la Fieravecchia è diventata uno dei luoghi della movida che piace ai giovani panormiti, un alternarsi di pub raffinati e di ristorantini più o meno improvvisati, dai quali emanano effluvi di street food locale, misti a sentore di innominabili salsine sintetiche da buatta, per uso hamburger, panini al cartoccio & affini. E musica mediocre, a palla, fino all'alba. Una delizia, per i residenti. Specie di sabato e per giunta a luglio, quando si tiene tutto aperto. Chi sa se ci aveva pensato, la vecchia Virginia, quando aveva offerto l'appartamento del nipote ai due americani. E dire che lei abita non lontano da lì, e dovrebbe saperlo. Però, siccome è un po' sorda, magari non se ne è resa conto. O, magari, quei due le stavano sulle ovaie per qualche ragione che non mi aveva confidato.

Lei era partita da qualche giorno per l'operazione-spietramento, e come concordato io mi ero messo a tempo debito in contatto con Mr. Vincent Lombino, che nel pomeriggio si era insediato, con la sua legittima Mrs. Vincent Lombino, nata Pykora, nell'appartamento del giovane Peppuccio, che da qualche giorno era disperso nelle steppe russe.

La decana, prima di partire, aveva organizzato le cose per bene, spedendo la sua aiutante domestica in casa del nipote, il giorno dell'arrivo della coppia, per la consegna delle chiavi e le istruzioni per l'uso.

Casa Peppuccio era un appartamento al terzo piano in una palazzina appena restaurata, senza pretese di nobiltà. Ci arrivai verso la fine del pomeriggio. La targhetta del citofono era a doppio cognome: Santopalato e Rybakova. Ovvero, Peppuccio e legittima.

Schiacciai il pulsante e subito rispose il maschio della specie americana. Al telefono, poche ore prima, mi aveva parlato in inglese. Stavolta fece lo sforzo di usare l'italiano. O quasi.

«Noi jiuso in uno minuto» disse.

Avevo infilato la mia Golf bianca nello scarrozzo del palazzo di fronte, giusto per il tempo di prendere a bordo gli ospiti. Mi guardai intorno. Poco distante, seduto a uno dei tavolini all'aperto di un pub, notai un tale che conoscevo, un certo Puleo, il principale collaboratore del mio amico sbirro Vittorio Spotorno, nonché a sua volta sbirro, non so di che grado. Bravo picciotto, Puleo, per il poco che l'avevo conosciuto. Se non altro, per il fatto che doveva sopportare Vittorio, che nel frattempo era diventato vicequestore. Aveva davanti una spina bionda da zero due, e pareva intento a studiare il fondo del boccale attraverso la spuma residua. Era in borghese.

Feci per avvicinarmi e scambiare due parole, quando il portone si aprì con uno scatto e gli americani vennero fuori.

Aveva ragione la vecchia Virginia, a dire che a vederli così uno non gli avrebbe dato due lire. Erano un po' dimessi, tarchiato lui, con il riporto a occultare una calvizie imponente, allampanata lei, disarmonica, caracollante e con una faccia lievemente cavallina. Ma aveva occhi vivi e bei capelli neri, lunghi, che facevano contrasto con la carnagione candida e le scendevano ai lati del viso, fino alle spalle. Indossava un vestito nero che esibito da Juliette Gréco sarebbe stato definito esistenzialista. Lui portava calzoni grigi di popeline e una camicia a righine a mezze maniche. Io jeans azzurri, polo blu e giacca di lino color corda.

Mi avvicinai e ci furono le presentazioni, seguite dai soliti momenti di imbarazzo, quando nessuno sa esattamente cosa dire.

«Lorenzo» avevo detto io; e poi l'usuale: «Plisd-tu-mit-iù».

«Vinsent» aveva detto Lombino. E poi, dopo un'esitazione, aveva rettificato: «Vicenzo. End dis is Helen».

Helen, dunque. Cioè Elena. Come la prima e, fino a quel momento, ultima ugro-finna della mia vita. Quella delle cicatrici.

Mi venne l'impulso di voltare le spalle ai due, salire sulla Golf e sparire dai loro orizzonti. Invece strinsi volenterosamente le mani che occorreva stringere e mormorai le frasi volenterose che la circostanza richiedeva. Cioè le consuete banalità tra sconosciuti al primo incontro.

Seguì un momento di stasi. Poi, in nostro soccorso arrivò la strombazzata di una grossa moto che pretendeva libero accesso allo scarrozzo che avevo occupato con la Golf. Tenni lo sportello aperto per fare salire Helen, poi feci il giro dall'altro lato, cercando con gli occhi l'agente Puleo, per fargli un cenno di saluto. Ma lui si era alzato, aveva voltato le spalle e stava mollando qualche banconota da mille sul tavolino. Notai che conservava diligentemente lo scontrino nel portafoglio. Ligio, l'agente Puleo. Cosa aspettarsi di diverso, da uno che aveva il mio amico Spotorno come capo supremo? Però avevo avuto l'impressione che mi avesse riconosciuto e che preferisse tagliare la corda, piuttosto che incontrarmi. Forse temeva che potessi riferire a Vittorio che il suo braccio destro passava i pomeriggi liberi a sbevazzare per i pub del centro storico.

Vidi che puntava verso una Fiat Uno color grigio topo, parcheggiata poco più avanti. Nel superarlo gli feci un cenno con la mano, ma lui non se ne accorse. O finse di non vedermi.

In macchina mi sforzai di intavolare un minimo di conversazione decente. Vicenzo si sforzò ancora più di me. Era lui l'addetto alle relazioni pubbliche della coppia.

Helen appariva molto riservata e parlava solo se interrogata direttamente.

Avevo prenotato un tavolo al Kalhesa, che fa sempre colpo sugli stranieri, con quelle volte immense di pietra viva, il bar che a destra sfuma gradualmente in libreria e a sinistra nell'angolo della musica dal vivo; e il ristorante all'aperto, nel giardino pensile, al piano di sopra.

Avevo cercato di coinvolgere Michelle nella serata, ma lei era più che mai impantanata nella sua routine di medico dei morti ammazzati. Negli ultimi tempi, per la verità, e per motivi che risultavano misteriosi ai non addetti ai lavori, l'ex capitale del crimine sembrava avere sospeso la produzione di cadaveri da kalashnikov & lupara.

In compenso, era emerso un certo numero di delitti, diciamo così, normali. La città esigeva le sue libbre regolamentari di carne e sangue, la sua aliquota standard di male, e compensava in altro modo la carestia di cadaveri del filone tradizionale. Per ragioni imperscrutabili, ogni tanto questo genere di ammazzatine si concentrava in un breve periodo di tempo. È quello che era accaduto negli ultimi due giorni: tre delitti da coltello, oggetto contundente e forbici: una casalinga, una credit manager (che sarà mai?) e un callista ghei, le vittime; e nessun presunto colpevole all'orizzonte. A Michelle sarebbero toccati gli straordinari. E, finito il lavoro, sperava solo di starsene tranquilla a casa e pensare alle cose sue, dopo una cena raccogliticcia. Io non le avevo forzato la mano e lei me ne era stata sobriamente grata.

Al Kalhesa, la grande sala del piano terra debordava di ex yuppie stempiati e di jeunesse placcata oro, alle prese con l'aperitivo. Era il tempo dell'happy hour, e tutti ci davano dentro con i calici di vino e la solita roba d'accompagnamento. Gli americani ricusarono l'offerta di un aperitivo, così li guidai al piano di sopra, ancora deserto, perché era ancora presto per i nostri standard spagnoleggianti.

Il tavolo era piazzato sotto le fronde di uno dei grandi ficus del giardino pensile. Studiai la carta, spiegando agli ospiti cosa aspettarsi dai varî piatti. Dopo averli consultati, ordinai anche per loro. Carpaccio di polpo, caponata di pesce spada, linguine con la bottarga e filetti croccanti di triglia di scoglio. Il tutto accompagnato da una bottiglia di Yrnm.

Vicenzo si era rigirato in bocca il primo sorso e poi aveva fatto schioccare le labbra:

«Cchiù megghio du vino di California» disse.

Ogni tanto si sforzava di parlare in italiano, una memoria residua della lingua degli avi, ma per lo più la conversazione si svolgeva in inglese, anche per non tagliare fuori Helen. Lei si andava smollando, man mano che diminuiva il livello di vino nella bottiglia e che si andavano dissolvendo le vettovaglie.

Come dessert ordinammo biancomangiare, accompagnato da un bicchierino di marsala vergine.

Sembravano brava gente, tutti e due, ma un po' noiosi. Avrei preferito un'altra compagnia, per la serata. Parlammo brevemente del seminario previsto per il giorno dopo. Loro non avevano esigenze particolari, a parte il laptop per la presentazione delle diapositive. Sarebbe stato Vicenzo a parlare, ma poi anche Helen sarebbe stata disponibile per le domande del pubblico.

Pagai il conto, lasciando diecimila meritatissime lire di mancia.

Giù, sulla pedana dei musicisti, una bruna snella, fasciata di crêpe nero, lungo, scollato e sexy, cantava *Garota de Ipanema*, accompagnata da basso, batteria e piano. Non male.

Fuori, chiesi loro se fossero stanchi e se gli andava di fare un giro in macchina per la Palermo bai-nait. Accettarono senza grande entusiasmo.

Il giro standard prevede tutto l'asse del Cassaro, da Porta Felice a Porta Nuova e ritorno per via del Bastione e Villa Bonanno. La Cattedrale illuminata non manca mai di fare colpo. Per non parlare degli archi di luminaria che avevano appena finito di montare per il Festino.

Pensavo che mi avrebbero chiesto conto e ragione delle macerie residue dei bombardamenti anglo-americani del '43, in certi punti del mandamento Palazzo Reale, ma la cosa che sembrò incuriosirli di più furono le targhe trilingue, con i nomi delle stradine in italiano, arabo ed ebraico. Però non fecero domande. Mi venne la tentazione di portarli a vedere la targa con il nome di strada più poetico in cui mi sia imbattuto finora: via della Rosa alla Gioiamia, in zona Capo-Papireto. Poi pensai che la cosa li avrebbe lasciati termicamente inalterati.

Avevo l'impressione che si fossero stancati e proposi di riaccompagnarli a casa. Mi parve che accettassero con sollievo. In macchina, durante il giro notturno, Helen si era smollata ancora un poco, e mi aveva interrogato con discrezione sui miei interessi di ricerca. Al ristorante le avevo chiesto se avessero figli, e lei mi aveva laconicamente risposto di no. Non aveva ricambiato la domanda.

Quando li lasciai a casa la movida cominciava a montare nelle nostre praterie metropolitane. Un'ora, e avrebbe raggiunto il climax. Che Manitù o chi per Lui li assistesse, pensai.

Avevamo preso accordi che trascorressero la mattinata successiva per conto proprio; avevo segnalato loro alcuni posti che avrebbero potuto visitare, aggiungendo un paio di dritte gastronomiche. Io sarei passato a prenderli con un certo anticipo prima del seminario, che era previsto per le diciassette.

A casa, mi versai un dito di Lagavulin, incendiai l'ultima Camel della giornata e uscii sul terrazzo con il bicchiere in mano e la sigaretta tra le labbra, a contemplare la notte sulla vecchia Palermo. Il frastuono della movida mi arrivava attutito, appena percettibile, più un'intuizione che una presenza.

Quando la Camel si estinse schiacciai la cicca in un posacenere pieno di sabbia. Prima di rientrare, spalancai le braccia in croce:

«I turisti, i turisti» gridai ai tetti e alle cupole illuminate dei Quattro Mandamenti. Tanto non c'era il rischio che mi sentisse nessuno. E se qualcuno mi avesse sentito, non avrebbe pensato che ero pazzo, ma che stavo parlando col telefono di tasca. Una delle ricadute positive delle nuove tecnologie, secondo me. Ma per dirla tutta, non mi sarebbe sembrata chi sa quale tragedia, essere preso per pazzo.

Rientrai e mi allungai sul divano per dare una passata ai film in corso su tutte le reti. Solo roba deprimente. Un'occhiata all'orologio. Era troppo tardi per chiamare Michelle.

Fu lei a chiamare, un secondo dopo. Non riusciva a dormire.

«Vieni» mi disse.

Obbedii.

Persino Garibaldi l'aveva fatto.

Ma non con lei.

Il giorno dopo ero passato a prenderli all'ora concordata. Helen aveva gli occhi cerchiati e Vicenzo disse che non avevano dormito fino all'alba, per il baccano della movida. Pensavano di cercarsi un albergo in una zona più tranquilla della città. Io avevo suggerimenti?

Meditai per qualche istante. Poi tirai fuori il mio telefono di tasca e chiamai Maruzza, mia sorella.

«Maru', li hai due posti liberi per qualche giorno?».

A luglio, di norma, il baglio è zeppo di olandesi, britanni, tedeschi e altri abitatori delle brume nordiche vogliosi di provare l'ebbrezza delle terre selvagge del sud, almeno per qualche giorno. E Maruzza e il suo legittimo, Armando, sono ben lieti di tamponare le continue emorragie del baglio con le valute forti della Mitteleuropa. Era stata mia sorella a insistere perché si affiancasse all'agricoltura una piccola attività di agriturismo.

Maruzza mi disse che si erano liberati due posti, perché una coppia di anziani danesi aveva disdetto la prenotazione.

Feci la mia proposta a Helen e Vicenzo. Se gradivano, sarebbero stati ospiti della mia famiglia in un ranch, un luogo tranquillo e ventilato, a pochi chilometri dal mare e dalle montagne più alte della Sicilia. Lo chiamai così per facilitare le cose, ma a mio cognato sarebbero venute le convulsioni se mi avesse sentito definire ranch il suo amato baglio.

I due si consultarono a bassa voce. Poi Vicenzo mi disse che quando aveva accettato l'invito della decana l'aveva fatto anche con la speranza di visitare il paese di origine della sua famiglia. Pensavano di noleggiare un'auto, il giorno dopo, e andarci.

«Qual è questo paese?» gli avevo chiesto.

Lui aveva dispiegato una carta della Sicilia che Helen aveva tirato fuori dalla borsa e aveva cominciato a seguire col dito il profilo della costa nord. Il dito si era fermato in un punto preciso, che mi mostrò: Santo Stefano di Camastra.

Ero deluso. Gli chiesi se conoscesse Ed McBain. Rispose che non l'aveva mai sentito nominare. E Bisacquino?, indagai ancora. Non sapeva nemmeno cosa fosse. Allora gli dissi che il famoso ranch non era lontano da Santo Stefano di Camastra. Poco più di mezz'ora di macchina. E non era necessario che noleggiasse un'auto. Se si accontentava, gli potevo prestare la mia Golf. Certo, era un po' anziana, però ancora affidabile. Io, ovviamente, sarei andato con loro al ranch. Saremmo potuti partire subito dopo il seminario. Tanto, il giorno dopo era sabato e non avevo impegni dipartimentali.

Parlottarono ancora tra loro, poi Helen sorrise e disse che ero davvero gentile:

«It is so kind of you».

Fu convenuto che dopo il seminario saremmo passati da casa Peppuccio a recuperare l'occorrente e avremmo proseguito per il baglio.

Al seminario c'era quasi tutto il dipartimento. Un successo di pubblico ma non di critica, perché si rivelò una mezza delusione.

Vicenzo si era guardato bene dal presentare i risultati delle loro ultime ricerche, limitandosi a una review, cioè una specie di punto della situazione dei filoni a cui loro erano interessati, una rassegna aggiornata della letteratura scientifica esistente. Solo alla fine aveva parlato in modo più specifico delle cose loro. Roba di pochi minuti e una mezza dozzina di diapositive. In pratica, esploravano certe molecole prodotte da organismi marini, tutti Invertebrati, per le quali, usando procedimenti basati su modelli analogici e sulle nuove tecnologie derivate dalla così detta realtà virtuale, si poteva ipotizzare un potenziale farmaceutico.

Insomma, tutta roba che bene o male conoscevano pure i nostri dottorandi. Quel seminario mi sembrò solo un agitare disorganico di specchietti sberluccicanti e perle false verso noi indigeni.

Mi chiesi se avessero impostato le cose allo stesso modo negli altri posti in cui avevano tenuto il seminario. Cioè, Londra, Barcellona, Marsiglia e Genova. La sera prima mi avevano detto di essere arrivati a Londra in aereo da Boston. Da lì, dopo il seminario, erano volati a Barcellona, dove si erano imbarcati per una crociera nel Mediterraneo. Palermo era l'ultima tappa prevista. Contavano di fermarsi in Sicilia per una settimana, prima di rientrare negli States, via Roma.

Trovai molto più interessante quello che mi raccontarono in macchina, in viaggio verso il baglio. Venne fuori che ultimamente stavano cercando di inserirsi in un filone di ricerca abbastanza promettente: la biomimetica. Ovvero, ispirarsi a modelli presenti in natura per ricavarne innovazioni tecnologiche.

Mi fecero l'esempio di una stampante a getto d'inchiostro capace di stampare indifferentemente su carta idrofila e idrofobica, basata sullo studio del meccanismo di sputo del veleno del cobra e dell'eiaculazione del toro (immaginavo l'entusiasmo degli operatori).

E le osservazioni sui modelli di comportamento dei branchi di acciughe e degli stormi di uccelli, applicate alla robotica. Era un problema di gerarchie nella classificazione delle informazioni che sarebbero arrivate ai sensori dei robot del futuro, disse Helen.

Ma loro come si inserivano nel filone?, chiesi.

Qua furono molto fumosi ed elusivi. Si limitarono ad accennare a certe molecole molto promettenti come psicofarmaci di nuova generazione. Ottenute per modificazione chimica di certe sostanze naturali che avevano individuato in una particolare specie di ascidie, di cui non fecero il nome. Dissero che la loro era una università privata, che per quanto piccola, godeva di attrezzature di prim'ordine e di finanziatori che avevano tutto l'interesse a tenere segrete le cose, il più a lungo possibile.

«Big Pharma?» avevo chiesto.

Si erano messi a ridere. No, era una piccola società farmaceutica che aveva deciso di puntare tutto sullo sviluppo di quel filone. Per poi magari vendere il know how a Big Pharma.

Ero un po' perplesso. Tra quello che aveva detto Vicenzo al seminario e le cose tirate fuori in macchina, mi sembrava che avessero molta carne al fuoco. Troppa. Il che, in campo scientifico, è l'equivalente del vuoto cosmico. A meno di non disporre di équipe di centinaia di ricercatori e mezzi finanziari illimitati. Ma non era il caso loro.

Alzai mentalmente le spalle. Fatti loro, pensai.

Arrivammo che c'era ancora luce. Appena scesi dalla Golf i due si erano bloccati a contemplare un pezzo di basso Tirreno con le Eolie in lontananza, verso l'orizzonte. E le Madonie, in grande spolvero.

Poi si erano presentati, nell'ordine, il cane espiatorio Malaussène, i miei nipoti Pietro, Angelo e Peppino che, in memoria dei trascorsi di mia sorella come insegnante di francese, ho ribattezzato con il nome collettivo di les enfants; infine erano spuntati Maruzza e Armando.

Ci fu un momento di caos per le presentazioni, perché Malaussène non la finiva più di correrci intorno in circolo ululando come se ci avesse beccato mentre tentavamo di rubare i cavalli, les enfants gridavano frasi in anglo-siculo, mia sorella si era impappinata e si era messa a parlare in francese, e mio cognato aveva annunciato in siciliano che lui andava a *svampare* la brace per gli spitini alla palermitana.

Gli americani sembravano presi dai turchi e forse si chiedevano se non avrebbero fatto meglio a rimanere alla Fieravecchia e affrontare il casino della movida. Poi mia sorella ritrovò l'inglese perduto e li accompagnò nelle loro stanze, in una delle appendici del corpo centrale del baglio. Io filai dritto verso i miei alloggiamenti.

«Michelle dov'è?» chiese Maruzza quando ci ritrovammo sulla soglia di casa.

«Stasera finiva tardi di lavorare. Ci raggiunge domani in treno. Vado a prenderla a Cefalù. Si ferma anche domenica, e forse pure lunedì, ché tanto è il Festino».

Avevano apparecchiato fuori, nel patio, dove ci ritrovammo tutti dopo una mezz'ora, seduti intorno al grande tavolo. Minestra di ceci con il finocchietto di montagna, poi gli spitini e le patate cotte nella cenere.

Helen e Vicenzo si erano rilassati e non sembravano infastiditi nemmeno dal fuoco incrociato di domande di les enfants, che ci tenevano a dimostrare che se la cavavano con l'inglese. L'avevano studiato un po' a scuola. Senza contare che mia sorella fa girare spesso i suoi vecchi LP, con tutto il repertorio dei nostri anni ruggenti, che musicalmente ruggivano in anglo-americano. E loro lo imparano passivamente.

Quando gli ospiti si ritirarono per la notte mio cognato se ne uscì con una delle sue sparate:

«Questi americani sì che si fanno un tappo così» disse con il suo eloquio raffinato; «no come voi universitari nostrali che non fate una mazza dalla mattina alla sera: gliele hai viste le mani, a Vicenzo?».

La sera prima, al Kalhesa, avevo notato le mani di Lombino, con ancora tracce di un colorante blu per elettroforesi, tipo Coomassie, e le spellature tipiche del Tca. Helen invece aveva mani immacolate. Si vede che lei era la mente scientifica della coppia e lui il braccio operativo. E non usava i guanti antiacido, segno di impazienza sul lavoro. Però era strano che alla sua età operasse ancora direttamente con le mani, invece di lasciare le incombenze manuali ai collaboratori giovani o ai tecnici. Si vede che anche per gli americani le cose non andavano poi così bene.

La mattina dopo proposi a Helen e Vicenzo di calare con me a Cefalù, per un po' di turismo. Avremmo avuto a disposizione un paio d'ore prima dell'arrivo del treno di Michelle.

L'intercity arrivò in orario. Michelle appariva stanca, ma la cosa non aveva il minimo influsso sul suo appeal.

All'una eravamo già al baglio.

In tempo per partecipare alla caccia alle vacche.

Inevitabile corollario all'ultima impresa di Malaussène.

Il fatto è che ogni tanto al vecchio Malaussène lo afferra una specie di nostalgia, una memoria ancestrale dei tempi in cui i suoi antenati erano lupi; e allora si butta a correre e a latrare come un dannato in mezzo alle vacche o alle pecore al pascolo, e nel giro di dieci secondi le disperde per tutte le Madonie. E poi tra mio cognato, don Momò e i pastori ci vogliono ore per rimettere insieme i cocci.

Malaussène si dedica a questo hobby un paio di volte l'anno e, quando capita, la prima reazione di Armando è urlare che gli portino subito la doppietta caricata a lupara per stendere *quel fottutissimo animale*. E però soprassiede perché è costretto a mettere tutti al lavoro, a cominciare da se stesso, per recuperare le bestie disperse. E persino Maruzza partecipa, nonostante lei si autodefinisca sempre un poco sdilliniata.

C'è da dire che il vecchio Malaussène, a cose fatte, si rende subito conto di quello che ha combinato, e si regola di conseguenza. Cioè, si dà alla macchia finché, annusata l'aria, non capisce che la situazione è tranquilla e che può rimettere il naso fuori. Allora fila uggiolando a coda bassa da Armando e gli caccia la testa sotto la mano, in cerca di perdono. Che arriva sistematicamente, camuffato da insulti affettuosi sussurrati a mezza bocca quando mio cognato pensa che nessuno se ne accorga.

Quando arrivammo da Cefalù, erano già cominciate le operazioni di recupero delle vacche. Io raggiunsi Armando e Michelle individuò Maruzza in lontananza. I due americani, ai quali avevo sommariamente spiegato gli eventi, vollero a tutti i costi partecipare all'impresa. Vicenzo venne con me e Helen cercò di unirsi a Maruzza e Michelle. Però, strada facendo, incrociò la rotta di don Momò e rimase con lui. Saggia decisione.

Stavolta ci volle meno del solito a radunare le vacche. Forse ci avevano fatto il callo, alle intemperanze di Malaussène, ed erano più docili del previsto. Alla fine, mentre tutti gli altri rientravano al baglio, mi ero attardato con don Momò. Avevo capito che mi puntava, e gli ero andato incontro. Lui, essendo originario di Polizzi Generosa, paesino madonita abbarbicato sulle rocce a quasi mille metri di altitudine, si chiamerebbe in realtà Gandolfo, come buona parte dei maschi di una certa età del paese, il cui patrono è appunto il beato Gandolfo, un lumbard emigrato controcorrente in tempi non sospetti. Poi, per chi sa quale percorso la cui memoria si è perduta nel tempo, come lacrime nella pioggia, Gandolfo si era ridimensionato a Momò.

Don Momò è il capo-villico di mio cognato. In trenta secondi di silenzio lui riesce a fare capire più cose di uno normale che parla per mezz'ora.

Quando l'avevo conosciuto, col suo eterno gilè a canne mozze, al tempo dell'acquisto del baglio, avevo temuto che Maruzza e Armando si fossero tirati in casa qualcosa di più e di peggio che un semplice capo-villico. Proiettava troppa autorevolezza per non indurre in sospetto un animale metropolitano come il sottoscritto. Poi c'era stato l'episodio delle viti. Qualcuno, di notte, aveva reciso una decina di barbatelle innestate a Nero d'Avola.

Armando, invece di convocare una conferenza stampa o di aspettare la visita di chi avrebbe dovuto prospettare una *soluzione*, aveva deciso di andare subito dai carabinieri. E don Momò, non solo l'aveva spalleggiato, ma l'aveva personalmente accompagnato alla stazione dei carabinieri per la denuncia. Il che era un messaggio inequivocabile per chi doveva capire. E chi doveva capire capì che mio cognato era un santo che non aveva intenzione di sudare e dunque non valeva la pena correre rischi solo per una questione di principio.

Si era trattato solo di una prova, una specie di sondaggio sulla reattività dei nuovi padroni del baglio, una cosa che qualche brianzolo avrebbe magari potuto definire *quasi affettuosa*.

In seguito non c'erano stati altri episodi. E Armando aveva evitato di blindarsi al baglio, i cui cancelli non vengono mai chiusi, neanche di notte. Una decisione istintiva, ma di non poca profondità psicologica.

Don Momò è in grado di esprimersi in un italiano discreto. Idioma che pratica con mia sorella. Con mio cognato e prole parlano solo in siciliano. A me riserva talvolta l'italiano, altre volte un misto di dialetto madonita e italiano imbastardito.

Quando lo raggiunsi parve meditare per qualche istante. Ha una formulazione lenta delle frasi, come se aspettasse di averle costruite per intero in mente prima di tirarle fuori.

«Professore» disse, «lei mi deve scusare, ma questa fimmina non mi pare tanta ingresa».

«Infatti non è inglese, don Momò: è americana».

Altra lunga pausa di meditazione.

«A mia non mi pare mancu tanta miricana».

«Ma che cosa glielo fa pensare, don Momò?».

Prese ancora più tempo per rispondere.

«Professore, non l'ha visto che successe mentre combattèvamo con le vacche? Lei scivolò e finì con un piede dentro un fosso e non si accorse che una vacca la stava pigliando di petto. Io allora gli ho buttato una voce e se lei non era lesta a canziarsi la vacca la scripintava a panella».

«E questo che c'entra con...».

«Professore, con rispetto parlando, lei disse una palora nostrale. Una palora vastasa».

«Qual era questa parola, don Momò?».

«Sempre con rispetto parlando, lei disse la palora *minchia*. Bello forte la disse. Cosa di inglese o di americana ci pare a lei, professore?».

«Avrà detto una parola americana che ci somiglia. Oppure la parola era davvero quella, ma gliel'ha insegnata il marito: lei forse non lo sa ma i suoi nonni erano di queste parti e lui parla ancora mezzo siciliano».

Tentennò il capo, indeciso.

«Vossìa così dice, professore?».

«E poi, don Momò, il vocabolo in questione è il principale prodotto di esportazione della Sicilia nel mondo. È arrivato pure in America e tra poco gli americani diranno che l'hanno inventato loro, come già gli spaghetti, la pizza e, chi sa, quando sarà finito il processo di beatificazione laica, pure la mafia. Tutti lo conoscono, oramai».

Ed era questo il motivo per cui io vi ricorrevo solo in casi estremi. Per esempio, quando avvistavo qualcuno impiccato a un ficus. Troppo inflazionato. Prima o poi mi piacerebbe riesumare interiezioni sostitutive, ormai desuete, tipo perdinci, perdindirindina, corbezzoli, acciderba, poffarbacco, perdincibacco, caspiterina, sorbole, capperi, perdiana, accipicchia, accidempoli. Magari le testerò con i miei studenti. Tanto per vedere come butta.

Don Momò era ancora meditabondo. Capii di non averlo convinto.

«Professore, vossìa così dice?» ribadì.

Saltuariamente don Momò mi dà del vossìa. E saltuariamente la cosa mi imbarazza, essendo lui molto più anziano di me. La tagliammo lì, ci salutammo e rientrai al baglio.

La domenica mattina i due americani presero il largo sulla mia Golf, verso Santo Stefano di Camastra, a caccia delle radici di Vicenzo.

A metà pomeriggio, Maruzza e les enfants partirono per Timpafredda, il paesino in cui si trova l'istituto comprensivo frequentato dai ragazzi, a una ventina di minuti di macchina dal baglio. C'era la festa del santo patrono, con tanto di processione. Non che Maruzza sia una devota, ma è una delle poche occasioni di evasione dal baglio che riesce a concedersi. E i ragazzi ci tengono, perché incontrano i loro compagni di scuola e gli amici.

Poco dopo il tramonto rispuntarono gli americani, e subito dopo Maruzza e infanti. Helen le aveva allungato un pacchetto con dentro un piccolo vaso in ceramica, tipico di Santo Stefano.

Dopo cena gli americani si erano ritirati per la notte, ma si erano provvisoriamente piazzati sopra due sdraio appena davanti alla porta, a prendere il fresco. Armando, che si alza sempre con le pecore, era filato a letto. Maruzza, Michelle, Peppino e io ci eravamo seduti sotto la tettoia di canne del pensatoio di mia sorella, nel punto più panoramico e ventilato del baglio, chiacchierando del più e del meno.

Maruzza a un certo punto lasciò una frase a metà, meditò per qualche istante, e poi:

«Libano» disse.

Peppino ruotò la testa prima a sinistra, poi a destra:

«Marocco» disse.

Michelle inspirò profondamente:

«Afghanistan» disse lei.

Io li fissai tutti e tre.

«Stiamo giocando alle capitali?» dissi alla fine.

Ma proprio in quel momento, in una lieve corrente d'aria, captai l'aroma che loro avevano percepito prima di me perché io stavo dando fondo alla mia ultima boccata di Camel, la più succosa e impegnativa.

«Ah» dissi, «hierba buena».

Maruzza e Michelle scoppiarono a ridere.

«Mih, che sei antico» disse mia sorella.

«Che cos'è la hierba buena?» chiese Peppino, disorientato.

«Sono alcune varietà di menta» disse Maruzza; «però, ai tempi dello zio Lorenzo alcuni chiamavano così la marijuana».

«I tempi dello zio Lorenzo erano anche i tuoi» dissi io, piccato; «e poi non mettere in testa a tuo figlio che può chiamarmi impunemente zio».

«E bravi Helen e Vicenzo, che si fanno le canne prima di andare a nanna» disse Maruzza.

Peppino esplorò con lo sguardo l'area occupata dagli americani.

«Non sono loro» disse; «sono i due olandesi. Pietro dice che fanno pure le cose sessuominose all'aperto, nel bosco. Lui li ha visti».

Gli olandesi erano una coppia sulla trentina, alloggiata in un altro pezzo di baglio, poco oltre gli americani, e tendevano a starsene per i fatti loro.

Maruzza realizzò di colpo che Peppino, il suo amato primogenito Peppino, sangue del suo sangue, aveva riconosciuto a naso il genere di aroma che tutti avevamo captato, anche se non aveva necessariamente azzeccato la specie. Io, a occhio e croce, avrei puntato le mie carte su Michelle, anche per contiguità professionale: Afghanistan.

Mia sorella fulminò Peppino con gli occhi:

«Che ne sai tu, di queste cose?» inquisì, dura.

«E tu che ne sai? Tu hai cominciato: hai detto Libano».

«Non essere impertinente. Io sono adulta. E sono tua madre».

«Bella scusa. E comunque che ti pare che so solo quello?» ribatté Peppino. «Io so pure la differenza tra fumo e erba: il fumo è l'hashish e deriva dalla resina; è una cosa mezza chimica. Il più scarso è quello a tavola bassa. Il puzzone però è ancora più scarso. L'erba invece è la marijuana, viene dalle foglie della cannabis, è un prodotto naturale ed è più pregiata. Tant'è vero che lo spaccìno, al Paese o a Dallas, se la fa pagare più cara».

«Lo spaccìno?» disse Maruzza, non so se più allibita o allarmata.

«Dev'essere il pusher» ipotizzò Michelle.

«Il Paese? Dallas? Quella del Texas?» dissi io.

«Ma quando mai» disse Peppino, «il Paese è un posto che si chiama lo Zen, a Palermo. E Dallas è un altro posto di Palermo che si chiama Bonagia. Uno va lì, cerca Attasicca o Pino lo scorsone, e al primo che incoccia gli dice: accucchiami l'erba; e loro portano le stecchette. Prima di comprare però deve pretendere i provini».

«I provini?» balbettò Maruzza.

«Sì. La canna di prova per vedere se la partita è buona».

«Le stecchette?» ri-balbettò Maruzza.

«La roba, vah. Si chiamano pure trulle, trulli, zolle, zozze, bozze, porri, bombe, i gremlins... Ci sono pure i fattini, che sono due grammi di roba. Dice che a Palermo c'è una taverna in un posto che si chiama via della Canna. Me l'immagino il firrìo che ci deve essere».

Non era una taverna, ma il glorioso Malox pub, nel mandamento Monte di Pietà, tra la moschea sunnita di via Celso e il Gran Cancelliere. Mi ero sempre chiesto se ci volesse più coraggio o più incoscienza per aprire un pub in una strada con quel nome. Il vero firrìo però era altrove.

Peppino ci concesse una pausa, che impiegò a scrutare in viso sua madre. Forse aveva fatto mente locale. Avevamo tutti la mandibola allentata.

«Se lo viene a sapere suo padre lo fa a sarda secca» sibilò infine Maruzza, a nessuno in particolare. «E poi va a fare una strage alla scuola» aggiunse con un filo di voce.

«Ma che hai capito?» esplose Peppino, con veemenza indignata.

«Ora tu mi dici per filo e per segno da dove ti vengono tutte queste... tutte queste...».

«Le sappiamo tutti, a scuola, queste cose qua».

«Domani vado a parlare con il direttore e gli monto il bordello» disse Maruzza.

«L'anno scolastico oramai è finito» disse Peppino; «e comunque la scuola non c'entra niente. Sono stati Pietro e Paolo, i gemelli. Hai presente? Li vestono sempre uguali. Sembrano fatti con il copia-incolla. Stanno a Timpafredda».

«E a loro chi...».

«Massimiliano».

«Chi è questo Massimiliano? Dimmelo che vado dai suoi genitori e li faccio nuovi. Prima che lo scopre tuo padre».

«È il fratello di Pietro e Paolo. Massimiliano studia a Palermo, dai Salesiani. Quest'anno si è fatto la maturità».

«Lo so io che si è fatto, altro che maturità. Ma io lo conosco? L'ho visto mai a questo qua?».

«Ora te lo faccio vedere io» disse Peppino, «oggi gli ho scattato le fotografie».

Si alzò e corse verso casa. Noi tre residui ci guardammo negli occhi. Michelle sembrava più divertita che preoccupata. Io ero attendista. Maruzza oscillava tra smarrimento e incazzatura.

«Ma vi rendete conto?» disse. «Questi piscialetto, già a quest'età...».

Peppino arrivò di corsa con il portatile sottobraccio. Sedette, lo aprì, lo accese, e aspettò la prima schermata. Poi smanettò tra tastiera e touchpad per aprire il programma di visualizzazione delle foto.

Per festeggiare la promozione gli avevo regalato una di queste nuove macchinette digitali che poi scaricano le foto sul computer. E lui se l'era portata dietro a Timpafredda, per la festa del santo patrono. Aveva scattato a raffica, come usano i neofiti. Fece scorrere velocemente le foto finché trovò quella che cercava.

«Ecco qua» disse: «questo è Massimiliano».

Orientò lo schermo verso Maruzza. Sbirciai anch'io. Massimiliano era un bambinone obeso, che esibiva meno anni della sua anagrafe ufficiale di neo-maturato e un'espressione di lungimirante idiozia. A occhio e croce, non aveva l'aria del traviatore di infanti. Era più facile che fosse Peppino a traviare lui. Maruzza poteva dormire tranquilla, secondo me. Per il momento.

Però ebbe una recrudescenza di incazzatura materna: «Tu intanto fila a letto» intimò.

«Ma perché?».

«Perché sono una madre repressiva. Lascia il computer allo zio e sparisci».

Peppino si alzò stizzito, mi passò il portatile e si allontanò verso casa.

«Ma come devo fare?» sospirò Maruzza.

Feci scorrere con calma le foto. Era bravo, il nipote. Aveva occhio per l'inquadratura. Anche se non era altrettanto bravo come osservatore.

Certo, io ero avvantaggiato rispetto a Peppino, perché avevo più familiarità di lui con la targa della mia Golf. Dell'auto si vedeva quasi solo la targa e un pezzetto di muso, perché l'avevano parcheggiata a marcia indietro in una specie di vicolo a fondo chiuso. E poi c'era tutta la popolazione di Timpafredda intorno, e pure gli abitanti dei paesi vicini, perché la festa patronale è uno degli eventi del comprensorio. A giudicare dalle foto di Peppino, la maggior parte delle persone era impegnata in un'intensa attività masticatoria. La specialità del luogo sono certi biscotti con un ripieno a base di sanguinaccio e cioccolato. Non si direbbe ma sono notevoli.

Così, Helen e Vicenzo, dopo la gita a Santo Stefano si erano dati all'esplorazione del territorio. Chi sa se avevano apprezzato il colore locale. Feci scorrere altre foto. Ed eccoli in un'inquadratura presa da lontano. Li riconobbi solo perché li cercavo, altrimenti mi sarebbero sfuggiti, tra la folla. Peppino aveva scattato tre foto in sequenza. Nella prima si vedeva il portone semiaperto di una casa a due piani, anonima ma tra le più curate del paese. Nella seconda Helen usciva dal portone mentre qualcuno lo teneva aperto. La terza era quella che avevo notato subito: i due, e il portone ormai chiuso alle loro spalle.

Chi avevano conosciuto, a Timpafredda? Che Vicenzo avesse trovato tracce di sé anche lì? Magari qualcuno, a Santo Stefano, gli aveva riferito di altri addentellati della sua famiglia di origine. Però non ne avevano fatto parola, a cena. Si erano limitati a dire che erano riusciti a trovare la casa natale dei nonni di Vicenzo, ma che ormai la famiglia si era estinta.

Continuai a guardare le foto. Ed ecco un'altra conoscenza recente. Fiat Uno color grigio topo. Che fosse l'auto dell'agente Puleo c'erano pochi dubbi. La prima volta che l'avevo vista, alla Fieravecchia, avevo notato il piccolo reticolo di ghirigori che qualcuno si era divertito a eseguire con un chiodo, tutto intorno alla serratura del lato guida. Gli stessi ghirigori dell'auto dell'istantanea. La foto era stata scattata da vicino ed era ben a fuoco.

Puleo doveva essere da qualche parte, mescolato tra la folla. Lo cercai nelle altre foto. Ma non fu lui che trovai.

Che ci faceva il mio amico sbirro Vittorio Spotorno, in posizione defilata, ma strategicamente impeccabile, piazzato tra la coloratissima bancarella di un terronaro e il portone delle foto con gli americani? Aveva l'aria di tenere d'occhio proprio quella casa.

Puleo lo trovai poche foto dopo, appostato all'ingresso di un vicoletto dalla parte opposta rispetto a Spotorno. Anche stavolta era in borghese.

Mi sentivo di escludere che fossero lì per la festa del santo patrono di Timpafredda.

E allora?

Mi venne la tentazione di prendere il telefono, chiamare Spotorno e chiedergli conto e ragione di tutto. Ma cambiai idea subito. A parte che si era fatta mezzanotte, si sarebbe guardato bene dal darmi soddisfazione. Però mi sarebbe piaciuto fargli prendere una bella incazzatura domandandogli per esempio come gli erano sembrati i famosi biscotti al sanguinaccio.

Mi ripromisi di chiedere notizie degli abitatori della casa di Timpafredda a don Momò, il giorno dopo. Lui conosce la zona pietra per pietra. Indigeni compresi.

Non fiatai con nessuno su quello che avevo visto. Ma continuavo ad arrovellarmi. E il rovello girava tutto intorno al mio non-incontro di qualche giorno prima con l'agente Puleo. E allo scontrino fiscale conservato nel portafoglio. A documentare una spesa per ragioni di servizio? Chi sa quanti altri sbirri in borghese erano lì intorno, quel pomeriggio. E chi sa quanti ce n'erano a Timpafredda, a parte lui e Vittorio.

Il lunedì mattina Michelle si attardò a poltrire, io dopo la solita flebo di caffeina uscii in cerca di don Momò. Lo trovai che dava istruzioni a Stefan e Vasile per un'irrigazione di soccorso agli ulivi giovani appena entrati in produzione. Loro sono due rumeni messi in regola da anni, perché Armando ci tiene a fare le cose per bene. E figurarsi Maruzza. Feci capire a don Momò che volevo parlargli, lui finì rapidamente il suo colloquio e venne verso di me.

«Che abbiamo, professore?».

Gli descrissi la casa della foto, fornendogli anche il numero civico, che si leggeva chiaramente.

«Lo sa a chi appartiene?» domandai. «Chi ci sta?».

Meditò a lungo, al solito suo. Forse stava ricostruendo mentalmente la mappa topografica della piazza di Timpafredda, dove era collocata la casa. Gli fornii un altro punto di riferimento:

«Nella casa accanto, a sinistra, c'è un bar che si chiama... si chiama...».

«Savana» disse lui.

«Ecco. Savana».

Don Momò si era fatto molto serio in viso, molto più del suo standard usuale, già alto.

«Professore» disse, «ma lei ci ha avuto cosa con quelli? Vidissi che è gente tinta. Tinta assai. È la famiglia più malandrina di tutta Timpafredda. E comandano quasi fino a Cefalù. Tutti coppole storte sono. Ma non li ha potuti incrastare mai, la Giustizia, 'nfino a ora».

«Com'è che si chiamano queste coppole storte? Lombino, per caso?».

Ovviamente li aveva scolpiti bene nel cervello i nomi. Ma si prese lo stesso la sua brava pausa di meditazione, prima di rispondere.

«Lei deve credere a mia, professore: hanno peso, qualità e misura; dalla parte di padre e dalla parte di madre: Pecora e Santoro, si chiamano. Gente tinta» ribadì. «Malandrini i padri, malandrini i nonni, malandrini i catananni».

«E Lombino? Ce ne sono Lombino, a Timpafredda?».

Solita pausa di meditazione.

«Se ci sono, io non li conosco. Però conosco a tutti, al paese».

Lo ringraziai e tornai al baglio. Michelle si era alzata e faceva colazione. Le feci compagnia iniettandomi un'altra flebo di caffeina. Decidemmo di rientrare a Palermo verso sera.

Uscii a cercare gli americani. Li trovai seduti sotto l'immenso gelso nero, dietro il corpo centrale del baglio, a sfidare il Destino, perché i frutti in caduta libera macchiano in modo micidiale. Dissi loro che noi saremmo rientrati a sera e loro decisero di venire con noi. Si erano rassegnati all'idea di tornare alla Fieravecchia e affrontare la movida, anche perché pensavano che nei primi giorni della settimana fosse meno letale che nei weekend. E loro sarebbero partiti per Roma il giovedì successivo.

Non dissi a Helen e Vicenzo che ero al corrente della loro visita a Timpafredda. E neanche loro ne parlarono.

Non parlarono molto neanche durante il viaggio di ritorno in città. Li lasciammo sotto casa Peppuccio. Dissero che pensavano di fare un po' di turismo cittadino, nel tempo che ancora mancava alla partenza.

Ci furono saluti rapidi, privi di pàthos.

Un paio di giorni dopo mi ritrovai a passare nelle vicinanze di casa Peppuccio. Poco oltre c'è un tornitore al quale volevo chiedere di riprodurre un tappo in teflon per una colonna cromatografica. I ricambi originali costano un putiferio e già in passato, al dipartimento, ci eravamo avvalsi dello stesso tornitore, risparmiando una fortuna. Avevo con me il cilindro grezzo di teflon e il tappo usurato, come modello.

Non erano ancora le nove.

Quando arrivai in vista della Fieravecchia mi ritrovai imbottigliato in una colonna di auto che non andavano né avanti né indietro. Tutti ci davano dentro con i clacson come se li pagassero a cottimo. Attraverso il finestrino chiesi a un tale cosa succedeva.

«È tutto bloccato» disse: «operazione di polizia».

Mollai la macchina con le ruote sul marciapiedi, in un buco striminzito, e mi avviai a piedi verso l'artigiano, che teneva officina oltre casa Peppuccio.

Ed ecco l'*operazione*. L'area intorno al portone era delimitata dai nastri, come si vede nei telefilm, le strade sbarrate da volanti. Sbirri da tutte le parti. Poi il portone si aprì. Vidi uscire uno sconosciuto sulla trentina. Seguito da Helen. E poi da Vicenzo. Cinti di sbirri. E ammanettati fino all'anima.

Li guidarono verso le volanti, poi, tenendogli premuta una mano sulla testa, li fecero salire su tre auto diverse. Partirono sgommando a sirene spietate.

Mentre guardavo a mandibola allentata, ecco uscire l'amico Spotorno. Lo chiamai sul telefono di tasca:

«Vitto', ma che state combinando?».

«Dove sei?».

«Solleva la testa e guarda dritto davanti a te: mi vedi?».

«Sì, ti ho visto. Non ho tempo per parlare, ora. Sentiamoci di pomeriggio. O stasera».

«Una domanda sola e poi chiudo: non è che ho rischiato di finire in mezzo a una cosa di Cia?».

«No, caso mai di Dea».

La Dea. Drug Enforcement Administration. L'antidroga americana. Roba forte. Di che stracciare mio nipote Peppino, alla prima occasione.

«Ma davvero avete pensato che c'ero immischiato pure io?».

«Neanche per un secondo. Però c'è stato chi ci voleva immischiare la mafia russa».

«Certo, per via della moglie di Peppuccio, la Rybakova».

«Il solito De Vecchi. Ma ora basta, Lore'. Ci sentiamo dopo».

De Vecchi era il pm dagli occhi storti che stava sulle balle a tutta la questura e a quasi tutta la procura.

Vittorio chiamò sul finire del pomeriggio. Ma non volle dirmi niente. Si limitò a passarmi un invito a cena da parte di Amalia. Per me e per Michelle. L'amico sbirro si mimetizzava nell'ombra coniugale.

Arrivammo a casa loro con una sette veli di Cappello, passione smodata di Vittorio e di chiunque l'abbia mai provata, e con una bottiglia di schiumante brut prodotto in quel di Campobello di Licata. Lo schiumante era già freddo e Amalia propose di stapparlo subito, come aperitivo. I loro due infanti erano ospiti dei genitori di Amalia, al villino di Punta Raisi.

«Allora, Vitto'...» dissi dopo il primo sorso, lasciando il resto in sospeso.

L'amico sbirro entrò in meditazione.

«Che cosa sai, fino a ora?» disse alla fine. «E che cosa hai capito?».

«So quello che ho visto stamattina e quello che ho sentito nei notiziari. Cioè poco. Vi siete tenuti abbottonati con radio e tv, direi».

«Per forza. Anche se De Vecchi voleva convocare subito la conferenza stampa a reti unificate e in mondovisione. L'operazione è ancora in corso. Abbiamo fatto capire al suo capo che era meglio se si richiamava il cane».

Nei notiziari si erano limitati a dire che durante un'operazione condotta in territorio madonita e a Palermo erano stati arrestati *esponenti di una famiglia mafiosa*. E due ricercatori italo-americani in visita in città.

Michelle non ne sapeva più di me, nonostante la sua vicinanza professionale agli ambienti sbirreschi e giudiziari.

Una cosa però l'avevo capita da solo, nel pomeriggio, mentre cercavo inutilmente di tenere a bada i pensieri che mi riportavano alla Fieravecchia, nonostante fossi impelagato in una seduta di laurea last-minute, per fare una cortesia a un collega assente per doglie anticipate della legittima. Avevo finalmente fatto convergere i due indizi forniti da don Momò: la *palora vastasa* della Pykora. E la Pykora stessa.

L'avevo detto in macchina a Michelle, ora lo dissi a Vittorio:

«Lo snodo non era Lombino» dissi. «O meglio, lui non era lo snodo principale».

«Ci sei arrivato» disse Vittorio.

«Certo» dissi io: «tutto ruota intorno a Helen Pykora. E a questo punto la possiamo pure chiamare con il suo vero cognome di origine. Cioè, Pecora: il ramo americano della famiglia Pecora-Santoro di Timpafredda. O sbaglio?».

«Che ne sapevi tu dei Pecora-Santoro?» disse Vittorio, cui era scattato il riflesso sbirresco.

«Fino a lunedì scorso, non li avevo mai sentiti nominare. Poi, don Momò...».

Gli raccontai tutto, partendo dalla *palora vastasa*, continuando con le foto di Peppino e terminando con il mio secondo dialogo con don Momò.

Vittorio per una volta non si lasciò cadere dall'alto e non si limitò al minimo sindacale. Merito della presenza di Michelle, forse.

Venne fuori che la Dea aveva allertato i colleghi palermitani dell'arrivo in città di due scienziati americani cui stavano dietro da tempo. Erano *fortemente indiziati di recarsi in Sicilia come emissari di una cosca italo-americana di elevato spessore criminale*, disse Vittorio, che difficilmente sfugge del tutto alla parlata buro-sbirro-giudiziaria.

«Ma non avevano nessun altro da mandare? Proprio quei due...».

«Ragiona, Lore'. Da un certo punto di vista erano i candidati ideali. Chi avrebbe potuto sospettare di due scienziati che, a dire di tutti, da una vita si dedicavano solo alle loro ricerche?».

«Ma com'è che la Pecora è diventata Pykora? Che in americano Pecora si pronunci Pykora c'ero arrivato pure io che non sono sbirro».

«Il padre di lei, americano di seconda generazione, cominciava a non poterne più di tutta quell'attenzione sui Pecora che si riverberava pure su di lui, titolare di una bottega di frutta e verdura a Brooklyn. A un certo punto aveva deciso di trasferirsi in un'altra città e di americanizzare il cognome. Magari con l'approvazione del resto della famiglia. E siccome nel frattempo si era sposato con una finlandese... Insomma, quale migliore occasione per darsi una lucidata all'immagine? La moglie ovviamente non si chiamava Pykora, però l'insieme garantiva una certa rispettabilità. Pykora, ad ogni modo, è un cognome che esiste veramente, in Finlandia».

«Il ramo americano Pecora-Santoro che ruolo ha in tutto questo?».

«Loro sono una gemmazione della famiglia di Timpafredda, che però ha praticato sempre l'opzione carsica, cioè inabissarsi, farsi strada sottoterra, e non mostrarsi mai in superficie. Tant'è che fino a ora nessuno era riuscito a incastrarli su niente di importante. Solo minchiatelle, roba da preture, se ci fossero ancora. Però hanno tenuto i contatti con il ramo americano. Che è attivo in tutti i settori tradizionali: traffici varî, gioco d'azzardo, prostituzione, usura, droga. E finanza, va da sé. Dietro la società farmaceutica che sovvenziona le ricerche dei Lombino-Pykora c'è la famiglia Pecora-Santoro».

«Dei veri filantropi».

«Non proprio. Quelli della Dea dicono che negli ultimi tempi hanno avuto sentore di un allucinogeno sconosciuto, dieci volte più potente dei più potenti allucinogeni di sintesi disponibili nel circuito clandestino».

«E che c'entrano quei due con questa cosa nuova?».

«Secondo gli informatori della Dea, pare che marito e moglie, nel corso delle loro ricerche, si fossero imbattuti casualmente in una sostanza naturale prodotta da non so che bestiaccia...».

«Un'ascidia, per caso?».

«Può essere. Ora che lo dici. I dettagli scientifici non li conosco, è chiaro; forse non li sa nemmeno la Dea, però si sa che ufficialmente quei due studiavano le proprietà antidepressive di questa sostanza; poi devono avere scoperto che le proprietà allucinogene erano molto più interessanti».

«Un altro caso di serendipità» disse Michelle, che fino ad allora aveva seguito in silenzio, ma molto, molto interessata. Amalia dopo il brindisi era filata in cucina, ricusando le offerte di collaborazione domestica di noi tre.

«L'hanno individuata, questa nuova molecola, quelli della Dea?» aggiunse Michelle.

«No, perché non sono riusciti a rintracciarne nemmeno l'odore».

«Allora come hanno fatto a sapere che...».

«Hanno avuto alcune soffiate. Alla Dea pensano che finora si siano limitati a qualche test e che la roba non sia ancora disponibile sul mercato».

«Allora perché quei due sono calati in Sicilia?» dissi io. «Con tutto quel giro, poi: Londra, la crociera, i seminari».

«Quello era tutto un circo equestre. Una cortina fumogena. Pensiamo che siccome sospettava di avere addosso la Dea la famiglia americana gli ha fatto organizzare tutto quel giro in modo che potessero prendere contatto con il ramo siculo e organizzare il vero business: dalla produzione alla distribuzione».

«Produzione?» dissi io. «Ma dove? Vitto', avere a che fare con gli organismi marini non è come raffinare eroina secondo la gloriosa tradizione locale, quando Palermo era la centrale mondiale della raffinazione: hai idea di quante ascidie ci vorrebbero per estrarre una quantità economicamente giustificata di questo principio attivo? Impianti di stabulazione a ciclo continuo, difficilmente occultabili. Senza contare che di questa nuova molecola le bestie ne devono contenere tracce difficili da trovare. Se fosse una sostanza presente in grandi quantità si saprebbe da un centinaio d'anni».

«Non so che dirti. Io più in là non arrivo. E ogni valutazione è prematura».

«In natura le molecole con effetti allucinogeni sono diffuse sopra tutto nei vegetali» disse Michelle. «Pensate ai funghi. Però ce ne sono pure negli animali; per esempio alcune specie di rospi secernono alcaloidi molto potenti».

«E proprio in certe ascidie, in passato, sono state trovate molecole della famiglia degli alcaloidi» dissi io.

Poi avevo cambiato corso di pensieri.

«Quindi anche noi vi abbiamo avuti addosso, te, Puleo e il resto della combriccola, tra Palermo, il baglio, Timpafredda...» dissi a Vittorio.

«Ovvio. Dove c'erano loro c'eravamo noi. E quando tu eri con loro...».

«Pure i telefoni sotto controllo?».

«Non il tuo, tranquillo. Comunque se non avessimo fatto così come avremmo potuto convincere De Vecchi che tu, nonostante i tuoi precedenti, non c'entravi niente con loro? E neanche Michelle e tua sorella e tuo cognato e la vecchia del dipartimento e suo nipote...».

«Come sarebbe a dire, i miei precedenti? Di che precedenti parli?».

Vittorio mi guardò fisso senza aprire bocca.

«Uh, già» dissi. «L'altra ugro-finna della mia vita; la prima. Ma li avete interrogati, quei due? Hanno ammesso qualcosa?».

«Lei è una dura. Per ora non parla, a parte la richiesta di un interprete e di vedere il console, che intanto gli ha procurato un legale a testa. La mia impressione è che lei non ha nessun bisogno di un interprete; secondo me capisce tutto e forse parla pure il broccolino. Il marito sembra più malleabile, ma per ora non ha detto molto nemmeno lui. Noi ci dobbiamo andare con i piedi di piombo. Intanto gli avvocati hanno suggerito a tutti e due di avvalersi della facoltà di non rispondere. Ma ci sono pure camurrie burocratiche di mezzo, anche se la Dea avrà preavvertito il consolato di via Vaccarini e magari l'ambasciata a Roma. Penso che li dovremo consegnare molto presto agli americani. De Vecchi pretenderà le barricate con il filo spinato».

«E il terzo uomo? Cioè, il secondo, dato che la Pykora è femmina: chi è e come mai era con loro?».

«È un chimico molto bravo. Imparentato con la famiglia di Timpafredda, ramo Santoro. Ed espressione delle nuove strategie delle famiglie: fare studiare i picciotti e inserirli nell'organizzazione come facce pulite. Pensiamo che il suo ruolo era quello di organizzare la produzione in loco. Ma è un duro pure lui. Neanche lui ha aperto bocca. Detto tra noi, è stata la procura a spingere per l'operazione di stamattina. Noi avevamo riempito la casa di microspie, e se avessimo lasciato tempo a quei tre di parlare, a quest'ora ne sapremmo di più. Ma *quello* aveva paura che gli sgrillassero dalle mani».

Quello era l'amato De Vecchi.

Amalia emerse dalle retrovie, a dire che era pronto. Il che causò un taglio alla discussione. Insalata di aringhe con finocchi, arance, scalogno e olive dolci calabresi. Peperoni ripieni. Aluzza arrosto. Sette veli. Intesa come torta: troppo impegnativa, a quel punto della serata, la danza.

Sulla soglia, al momento dei saluti, Vittorio si batté la mano sulla fronte:

«A momenti me lo scordavo» disse. «Aspetta».

Sparì verso il suo studio e riapparve subito con un foglio in mano:

«È la fotocopia di un bigliettino scritto a penna che abbiamo trovato nella borsa di quella femmina. Ecco qua».

«Arvo Bracci» lessi.

«Vi dice niente? L'avete sentito citare mai da quei due? Avete passato un po' di tempo insieme».

Michelle fece segno di no con la testa.

«Arvo Bracci. Non mi pare» dissi io. «A loro avete chiesto?».

«È la calligrafia della Pykora, ma lei dice che non si ricorda di averlo scritto e che non sa a chi corrisponde».

«Arvo, a occhio e croce, è un nome finlandese; o per lo meno di area baltica. C'è pure un musicista che si chiama Arvo qualcosa; mi pare che viene da quelle parti; un compositore di area minimalista. Non è spiacevole, ma non me lo andrei a cercare. Il cognome non lo ricordo ma di sicuro non è Bracci».

«Vabbè. Pensaci e caso mai mi chiami. Il foglio te lo puoi portare come promemoria. Noi abbiamo l'originale».

Continuai a studiare il biglietto in ascensore. Arvo Bracci. Cominciava a suonarmi familiare. Però non sapevo se attribuire la cosa al fatto di averlo sentito e ripetuto durante la conversazione con Vittorio o a un ricordo reale, anche se elusivo.

Alla fine alzai le spalle e non ci pensai più.

Esattamente per quattro ore.

Dormivo sonni agitati. All'improvviso mi trovai sveglio senza un motivo apparente. Quando mi capita so che le ragioni possono essere solo due: o una scossa di terremoto o una zanzara che mi ronza all'orecchio. Stavolta era la zanzara. La sentii intorno a me, nel buio.

Stavo pensando al da farsi quando, senza preavviso, il signor Arvo Bracci si rifece vivo. Stavolta però non come suono ma in forma di parole scritte.

Dove le avevo lette? Perché ora ero sicuro di averle avute sotto gli occhi già altre volte. Ma dove?

Uno sguardo ai led della radiosveglia: le quattro del mattino. Michelle dormiva al mio fianco, sensuale come una pantera nei suoi anni più ruggenti. Mi alzai con cautela, per non svegliarla. Il mio, di sonno, era irreversibilmente perduto. Meglio farsi un caffè.

Mentre avvitavo la caffettiera arrivò il flash visivo. Ma il flash non bastava. Da bravo sperimentale, esigevo un controllo.

Cercando di non fare troppo rumore mi vestii al buio e uscii senza neanche lavarmi la faccia.

Al dipartimento salii fino in biblioteca. Là abbiamo una copia dell'Enciclopedia Universale Rizzoli Larousse, in quindici volumi, omaggio della decana. Roba di una trentina d'anni fa. L'aveva in casa e se ne era liberata dopo avere rinnovato tutto l'arredamento domestico.

Un'occhiata al volume II ed ecco servito Arvo Bracci.

Tirai fuori il telefono di tasca e chiamai casa Spotorno. Solo dopo avere premuto il tasto di chiamata realizzai che non erano nemmeno le cinque e che con l'amico sbirro avrei svegliato pure Amalia. Lei però c'è abituata. Si sarebbe riaddormentata subito senza problemi, pensai.

Vittorio rispose al terzo squillo.

«Scusami con Amalia per l'orario».

«Che succede, Lorenzo?» un filo d'ansia.

«Vitto', ascolta: ricordi se nella casa della Fieravecchia, quella in cui stavano gli americani, c'è una copia dell'Enciclopedia Universale Rizzoli Larousse?».

«Ti sei fritto il cervello? Telefoni a quest'ora per...».

«Calma, Vitto': c'è o non c'è? Rispondi».

«C'è. Il nipote di quella vecchia del tuo dipartimento ha più libri della Biblioteca Nazionale infilati in ogni buco. Pure in russo».

«Quindi non avete fatto una perquisizione accurata dei volumi?».

«I libri ancora no. Ma perché tutto questo interesse per...».

«Fai una cosa, Vitto', manda qualcuno dei tuoi in quella casa e digli di sfogliare pagina per pagina il secondo volume dell'enciclopedia; e di controllare pure lo spazio vuoto tra il cozzo e le pagine».

«Io non faccio niente se tu prima non mi dici...».

«Arvo Bracci non è nome e cognome di qualcuno: sono i lemmi di inizio e fine del volume due. Cioè, tutte le voci del volume sono comprese tra Arvo e Bracci. Sono scritte sul cozzo del volume due, *Arvo* sopra e *Bracci* sotto. Ne ho una copia sotto gli occhi al dipartimento. Sono anni che la vedo ogni volta che entro in biblioteca. Ma non ci ho pensato subito».

«Quand'è così, vale la pena fare un tentativo. Ci sentiamo».

«Fammi sapere, non fare lo stronzo al solito tuo. Chiamami sul telef...».

Ma aveva messo giù prima ancora che io potessi finire la frase.

Ero incerto sul da farsi. Di tornare a dormire neanche a parlarne. Ma non mi andava neanche di cominciare la mia giornata di lavoro al dipartimento. Alla fine optai per un caffè in un bar vicino casa, già aperto. Due ristretti spremuti nella stessa tazza. Poi mi feci incartare i cornetti appena sfornati. Da quando Michelle frequenta meno saltuariamente casa mia ho preso l'abitudine di fare una colazione decente e non limitarmi come prima al solo caffè.

Sulla via di casa comprai un paio di giornali, anch'essi appena sfornati. Michelle dormiva ancora. Finii di avvitare la caffettiera che avevo abbandonato un'ora prima e mi dedicai alla stampa. La notizia di apertura sul quotidiano locale, ovviamente, riguardava la vicenda dei due professori americani arrestati e la retata di contorno in territorio madonita. In termini di informazione giornalistica, quasi il nulla.

Quando Michelle fece la sua comparsa accesi il fuoco sotto la caffettiera e apersi il pacchetto dei cornetti.

«Sei un angelo» disse lei. «Caffè, cornetti e giornali. E chi se ne va più?».

«Non riuscivo a dormire» minimizzai.

Vittorio chiamò solo a metà mattinata, mentre ero al dipartimento.

«Lore'» disse, «per una volta nella tua vita ne hai azzeccata una».

«Che avete trovato?».

«In mezzo al volume c'era un foglio piegato in quattro, pieno di formule scritte a mano su tutti e due i lati. Stessa grafia del foglio che ti avevo dato».

«Che formule?».

«E che ne so io che formule... Freccette; esagoni; simboli chimici».

«Vediamo un po': qual è la prima cosa che trovi in alto a sinistra del foglio?».

«Dunque: è un esagono che in un lato ha una linea doppia, e ai vertici ci sono un...».

Man mano che Vittorio parlava io cercavo di disegnare lo schema. Alla fine avevo sotto gli occhi la struttura della citosina.

«E accanto cosa c'è?».

Altra descrizione, altro schizzo. Un uracile.

«Poi» riprese Vittorio «c'è ancora un esagono che somiglia ai primi due, però è diverso».

Seguendo le indicazioni di Vittorio provai a ricavare anche quello.

«E poi?» dissi.

«Un casino di simboli, temperature, schizzi di apparecchiature strambe... non si capisce niente».

Sarebbe stato troppo anche per me. Vittorio avrebbe passato il foglio a quelli del Ris o a chi per loro. Ci salutammo.

Citosina e uracile non avevo avuto bisogno di cercarli perché sono l'abc della biologia molecolare, quali componenti degli acidi nucleici. Afferrai l'indice Merck, che è una specie di Bibbia delle molecole, e lo sfogliai a caccia del terzo esagono. Andavo a tentoni.

Poi, estratto da chi sa quale recesso della memoria, riaffiorò un brandello di conversazione che avevo origliato in via Medina-Sidonia, in un'altra vita. Era stato al coffee break, durante una cinque giorni organizzata per noi studenti e dedicata all'Evoluzionismo, con la partecipazione di un sacco di mammasantissima arrivati da mezzo mondo, tra i quali un paio di Nobel come Luria e come il vecchio Max Perutz. *Citosina e uracile hanno una struttura che richiama, per analogia, quella del nucleo dei barbiturici*. L'aveva detto a un collega lo stesso professore napoletano che avevamo evocato con la vecchia Virginia, quando era scesa a chiedermi di annacare i due americani.

Sfogliai ancora l'indice Merck, ed ecco il terzo esagono: acido barbiturico, il capostipite dei barbiturici. Ovvero, l'alba degli psicofarmaci. Il che mi riportava alla conversazione in macchina, dopo il seminario, quando Helen aveva accennato alle loro ricerche su certe molecole ricavate da un'ascidia, che, opportunamente modificate, sembravano molto promettenti per lo sviluppo di psicofarmaci di nuova generazione.

Chi sa che altro conteneva il resto del foglio. Però non ci voleva molto a immaginare che fosse uno schema di massima per la produzione di quella loro mefitica sbobba chimica. Da illustrare al potenziale responsabile della futura produzione locale. Ci avrebbero pensato gli addetti ai lavori a tirare fuori da quel foglio tutto quello che c'era da tirare fuori. Non era roba per me.

Lasciai passare una settimana prima di richiamare Vittorio. Ero curioso di conoscere il resto. Stampa e tv, dopo la prima infornata di notizie, avevano lasciato morire di consunzione la faccenda. Per una volta, forse, aveva funzionato la strategia di depistaggio messa in opera dalle fonti ufficiali, di solito molto più prodighe di conferenze stampa e di affascinanti poliziotte da primi piani televisivi.

«Vitto'» dissi, «come finì con gli americani?».

Rifletté per qualche istante.

«Hai tempo per un caffè?» disse poi.

«A fine luglio, con le sedute di laurea in agguato, no. Però, dato che è quasi l'una e mezza, avrei tempo per un pasto veloce, anche dalle tue parti. Passo a prenderti alla Mobile. Diciamo tra venti minuti?».

Lo chiamai da sotto l'Arco dei Biscottari, poi trovai un buco per la Golf davanti la chiesa di San Giovanni Decollato, in via di restauro. Ci avviammo a piedi per piazzetta delle Vittime, verso una trattoria vicina, in piena Albergheria.

Macco di fave con i ditali lisci per tutti e due. Una cosa leggera. E vino della casa, bello fresco, di colore misto, con prevalenza dell'ambra, servito in una cannata di coccio.

«E allora?» dissi, dopo il primo sorso.

Anche lui mandò giù una bella sorsata, prima di rispondere. Poi allargò un sorriso di soddisfazione. Ma non per il vino.

«Lombino ha smollato» disse. «Sta scatasciando da tutte le parti».

«Siete stati *persuasivi*?».

«Non nel senso che intendi tu. Figurarsi, con l'America di mezzo... Comunque non c'è stato bisogno. Gli è stato solo prospettato il suo avvenire in un caso e nell'altro: se collaborava o se invece avesse deciso di seguire la sorte della combriccola, a cominciare dalla Pykora. Per inciso, ho l'impressione che della signora ne avesse le balle piene già da prima di partire dall'America. Ha cominciato a parlare e a momenti, per farlo smettere, gli dovevamo sparare».

«E ha detto che...».

«Ti faccio un riassunto. È successo che, come aveva scoperto la Dea, mentre studiavano quella bestiaccia... una di quelle che tu hai chiamato...».

«Un'ascidia».

«Ecco. Allora, mentre studiavano le proprietà di certe molecole di questa bestia, ne hanno trovata una che non si conosceva. Una specie di proteina, però piccolissima».

«Un peptide?».

«Bravo. Un peptide. Presente in quantità minime. Ma solo durante una fase della vita di queste bestie».

«La metamorfosi delle larve?».

«Ecco, bravo. Poi sparisce. Questo peptide aveva una struttura che somigliava a quella di certi ormoni che agiscono sull'umore. Allora avevano cominciato a lavorarci per vedere che cosa ne poteva uscire a fini applicativi. La Pykora si era messa a giocare con la chimica, inserendo e togliendo pezzi di... di cose... non so come chiamarle perché non è roba per me».

«Così alla cieca non è neanche roba per me. Immagino che innestassero gruppi sostituenti l'idrogeno in punti-chiave del peptide. Che così è diventato una specie di ibrido, in parte nativo, in parte artificiale. Poi che è successo?».

«È successo che quella femmina, a dire del marito, è un vero genio. E pure io lo penso, anche se non ne capisco niente, ma mi è bastato vedere *come* non parla, se afferri quello che intendo».

«Afferro, afferro» dissi, pensando ai silenzi di don Momò. «E che ha fatto lei di tanto geniale?».

«Ha fatto che, a un certo punto, a forza di giocare con la chimica, è riuscita a cambiare la... com'è che si chiama...».

«Conformazione?».

«Bravo. La conformazione di questo peptide. Tu lo sai che c'è una cosa che si chiama realtà virtuale? Sì? Lei, allora, sfruttando questa cosa della realtà virtuale ha provato a fare combaciare il peptide modificato con... con...».

«Ho capito: l'interazione con recettori specifici del sistema nervoso umano».

«Ecco. E ha intuito che poteva avere un enorme potenziale come allucinogeno. Potenziale economico».

«E ha riesumato la famiglia. Cioè è rimasta una Pycora per l'anagrafe, ma ha scelto di ridiventare una Pecora per la sua seconda vita. Quella segreta».

«Io non mi sarei saputo esprimere meglio. Ma ti dirò di più: ho l'impressione che lei non aveva mai smesso di essere una Pecora. E non è finita. Come hai detto tu quando ci siamo visti a cena a casa mia, non è facile produrre questa molecola nuova in quantità significative per il mercato degli allucinogeni. Dice il marito che sono riusciti a isolare il frammento di Dna che codifica la sintesi di questo peptide. E l'hanno inserito nel Dna di un batterio. Così è lui a fare tutto il lavoro».

«Certo, fanno la coltura massiva e poi estraggono e purificano la molecola. Il processo chimico successivo, dal punto di vista quantitativo non è un problema: questione di beute, matracci e reagenti. Ecco a cosa serviva il chimico che avete arrestato».

«Precisamente. Il foglio che tu ci hai fatto trovare non era altro che lo schema di massima di tutto il ciclo di produzione. L'avevano nascosto nel volume quando tu li avevi portati al baglio. Il bigliettino con la scritta Arvo Bracci era un promemoria. Con tutti quei libri che c'erano a casa del tizio rischiavano di confondersi. Quando li abbiamo arrestati, il chimico era appena arrivato e non avevano ancora recuperato il foglio. Bada però, Lore': io ti ho raccontato tutto in cinque minuti, ma loro era da più di dieci anni che andavano appresso a questa cosa. E per tutto il tempo sono stati finanziati dalla famiglia Pecora-Santoro, tramite una società chimico-farmaceutica creata ad hoc e intestata a prestanome insospettabili».

«E la visita a Timpafredda?».

«Quella è la parte più interessante per noi. Era previsto il coinvolgimento delle 'ndrine calabresi. Di questo, ovviamente, si sarebbe interessata la famiglia di Timpafredda, che aveva già i contatti giusti. La 'ndrangheta ultimamente ha messo a punto un sistema per il trasporto e la distribuzione delle droghe basato sulle navi da crociera. Infiltrano loro uomini negli equipaggi, o si comprano qualcuno che ne fa già parte, e riescono a fare passare borse piene di droga, che poi vengono nascoste in una cabina in cui viaggeranno persone insospettabili: metti, marito e moglie che festeggiano l'anniversario; persone *vicine* e pienamente consapevoli di quello che fanno. Questi poi consegnano il carico a destinazione. Crociera pagata, più un extra proporzionato al rischio e al valore della roba. Ce la fai a immaginare la catena potenziale di distribuzione? In pratica, il mondo. Ogni tanto si riesce a beccarne qualcuno. Ma per uno che se ne trova, altri cento la fanno franca».

«Impressionante. Quindi gli americani erano andati a Timpafredda per organizzare la logistica?».

«Non proprio. La Pykora era una specie di ponte insospettabile tra i due rami della famiglia: quella americana e la locale. E come dea ex machina di tutta la parte, diciamo tecnica, era una specie di assicurazione. Il progetto era produrre il peptide in un laboratorio clandestino in America. Poi l'avrebbero fatto arrivare in Sicilia in forma liofilizzata, per ridurre al minimo la massa. Fino qua, se li avessero beccati, avrebbero rischiato poco o niente: a quello stadio il peptide non è ancora un allucinogeno. Qui da noi sarebbe intervenuto il chimico per completare il lavoro fino a ottenere il prodotto definitivo, già tagliato con gli additivi. E, a dire di Lombino, si poteva tagliare assai... altro che coca o eroina. Utili spaventosi, considerato pure che sarebbe stata una produzione realizzata in regime di monopolio».

«E la Pykora? Che ha detto lei quando le avete riferito tutto quello che vi ha raccontato Lombino? Perché gliel'avete detto, no?».

«Li abbiamo messi a confronto, marito e moglie. Lei lo ha guardato in faccia, gelida, e ha sibilato una sola parola: muffutu».

«Tipico insulto finlandese, non c'è che dire».

Non c'era veramente altro da dire, perché Vittorio aveva finito il tempo a disposizione. Ed era finito pure il vino. E prima ancora il macco.

Filai in dipartimento. Quando entrai nella mia stanza il telefono squillava. Circumnavigai la scrivania, mi calai sulla sedia e sollevai il ricevitore. La voce della vecchia Virginia mi trapanò subito il timpano destro:

«I turisti, i turisti» gridò, prima che potessi anche solo dire *pronto*.

«Com'è andato lo spietramento, professoressa?» mormorai di rimando.

«Una bellezza. E a te come ti è andata con gli americani?».

«Una bellezza» dissi.

Guardavo fuori dalla finestra, verso le cime delle Washingtonie dei Giardini Botanici Comunali, e oltre. Luglio si era lasciato sprofondare in un tempo scipito, più medio autunno che piena estate, e non sembrava avere molta voglia di tirarsene fuori.

Ci sono rimaste solo le mezze stagioni, signora mia.

Marco Malvaldi

Fase di transizione

«Ce la fai?».

«Sì, credo di... cioè, aspetta...».

Massimo non finì la frase. Per fortuna, come ormai cominciava a capitare spesso, ci pensò Alice a sconfiggere l'imbarazzo del silenzio.

«Massimo, com'è possibile che tu sia arrivato alla tua età senza essere capace di aprire un gancio?».

Ma so una sega io. Ignorando il tono allegro di Alice, ma consapevole che quel tono scanzonato aveva una data di scadenza, Massimo continuò a trafficare, mentre il nervosismo montava. Il respiro affannoso, le dita che si rifiutavano di eseguire le intenzioni, e soprattutto la foga di aprire quel fottutissimo coso a cui, al momento, era agganciata la sua reputazione di Vero Uomo.

Finché, finalmente, il gancio cedette. E Massimo respirò, libero, prima di togliere l'odioso indumento che si frapponeva tra lui e le gioie della camera da letto. Indumento che Massimo aveva sempre pensato, fra parentesi, essere scomodo, oltre che veramente brutto. Pensato, certo: Massimo non aveva avuto mai occasione, né voglia, di indossarne uno, nemmeno per scherzo.

Fu con soddisfazione enorme, quindi, che dopo averlo sfilato, tirò lo scarpone da sci nell'armadietto.

«Io domani comunque salgo in camera direttamente con gli scarponi».

«Sì, così nel conto ci troviamo anche trenta metri quadri di moquette. Oltre a duemila euro di minibar». Alice guardò Massimo con aria severa. «Non è che lo proibiscono perché sono cattivi. Pensa a cosa succederebbe se salissero tutti in camera con gli scarponi addosso».

«Sarebbero tutti molto meno nevrotici» rispose Massimo. «E quindi addio al triplo spritz nella hall prima di andare a cena».

Arrivato all'ascensore, Massimo premette il tasto con assertività.

«È una mossa commerciale» continuò. «Ti costringono in un bugigattolo quasi senza posti a sedere, ma in compenso pieno di gente, per sganciarti e sfilarti degli oggetti che oltre a essere scomodi e a farti muovere come un'otaria sbronza sono anche addestrati a morderti le dita appena ti distrai, a meno che tu non riesca a calmarli con qualche ordine in tedesco. È chiaro che poi hai bisogno di darti all'alcol, o di farti fare un massaggio rilassante a sessanta euro».

Tutte cose che Massimo, fino a qualche tempo prima, si sarebbe detto da solo, e con un'acredine molto più sincera. Fino a qualche tempo prima. Il fatto di avere vicino una persona con cui avesse senso parlare cambiava di molto le cose. Il fatto poi che questa persona fosse una femmina giovane dalle forme morbide, e non uno o più vecchi duri d'orecchi, le rendeva meravigliose, e dava a Massimo una prospettiva positiva che non si ricordava da anni.

Talmente positiva che, al momento di scegliere dove andare in vacanza, era riuscito a farsi portare in montagna, a sciare. Cioè in un posto che detestava, per dedicare praticamente tutte le ore di veglia ad una attività che non poteva dire onestamente di detestare, perché aveva giurato a se stesso che non sarebbe mai salito su uno sci in vita sua.

E, fino a quel momento, aveva mantenuto la parola.

«Ma perché?».

Alice, entrando in camera, come prima cosa si liberò dei doposci, scalciandoli via l'uno dopo l'altro, con la porta ancora semiaperta. Massimo, dopo essersi liberato a sua volta dei propri, nuovissimi, con la stessa cura che una madre riserva al pannolino di un neonato, ovvero togliendolo con la massima delicatezza e sbarazzandosene prima possibile, si sedette sul letto.

«Perché mi sembrava una cosa da deficienti». E continua a sembrarmi tuttora, ma non lo dico solo perché ci sei tu e ti voglio tanto bene. «Poi, crescendo, ero convinto di non avere più l'età».

Anche di quello, Massimo restava convinto. Un po' perché il primo giorno, alla scuola sci, dopo essere stato messo in fila coi principianti aveva dovuto constatare di essere l'unico a superare i sette anni: ma quello, in fondo, se lo aspettava. Per diminuire l'imbarazzo, aveva chiesto di poter fare lezioni singole, e gli era stato assegnato all'uopo il maestro Attilio. Il quale, di cognome, si chiamava Comploj: e anche questo, in fondo, Massimo poteva aspettarselo, dato che a giudicare dalle insegne dei negozi circa la metà del paese si chiamava in quel modo. Quello che Massimo non si aspettava era che il maestro Attilio fosse un arzillo signore di circa centosei anni, portati talmente bene che sembravano una novantina appena. Era già abbastanza umiliante immaginarsi sulla pista, rigido come una scultura di legno della Val Gardena, accanto a quest'omino anzianissimo, flessibile ed elegante, che disegnava curve con sicurezza; si aggiunga poi che nei tratti di seggiovia, necessari per andare a coprirsi di ridicolo in parti sempre più ampie della vallata, il maestro Attilio gli crocifiggeva i coglioni traducendogli in italiano i nomi ladini di tutti i posti che incontravano («sòt de l'isa, eh, significa, cosa significa, eh, significa sotto la chiesa, eh, sì, è così, sotto la chiesa») terminando poi ogni spiegazione con una risatina che era l'unico particolare a rendere palese una vita di lunghi secoli dediti ai grappini.

«Insomma, quindi magari vorresti dirmi che ti stai anche rompendo un po' i coglioni» disse Alice, mentre si liberava della giacca a vento ipertecnologica e la tirava sul divano. «Povero Massimo, dovunque va ci sono dei vecchi in agguato».

«No, quello no. Casomai, dovunque vado c'è qualcuno che vecchio non diventerà mai. E poi, sarà un po' rintronato, ma ha qualcosa da insegnare. Comunque, devo ammettere che anche la montagna ha dei lati positivi».

Come il fatto che, dopo aver passato tre ore a spazzare neve con l'involontario ma goffo triangolo formato dai tuoi sci e da una linea immaginaria tangente al tuo culone il quale si trova indietro di circa un metro rispetto a dove dovrebbe stare, finalmente arriva l'ora di mettere le zampe sotto la tavola, e di entrare in un rifugio. Dove, con la scusa che si è fatta tanta attività fisica, uno si sente pienamente giustificato nell'ordinare il «piatto dello scalatore» (uova, salsiccia, speck e patate con formaggio fuso d'alpeggio, il tutto servito su una betoniera di polenta) e nell'accompagnarlo con un numero pari di pinte di birra, che aiutano a pennellare le curve e a non andare giù dritti, cosa che del resto anche il maestro Attilio ti ha detto di non fare sin dal primo giorno.

«Me lo immagino» rispose Alice, togliendosi anche la calzamaglia, e mettendola sul divanetto delicatamente. «A proposito di lati positivi e piacevoli, io ora vado a fare la doccia. Però non ho voglia di spendere sessanta euro per un massaggino. Non è che ci penseresti te?».

Ribadisco: anche la montagna ha i suoi lati positivi.

A essere onesti, il pranzo e la cena non erano le uniche motivazioni forti della giornata tipo di Massimo in montagna. Non bisogna, infatti, dimenticarsi della colazione.

Fin da quando era bambino, Massimo adorava fare colazione in albergo. Si sentiva un po' come i personaggi dei romanzi di Wodehouse con cui passava le giornate, che si svegliavano la mattina con l'aroma della pancetta sfrigolante e delle uova strapazzate, mentre a lui toccava un cornetto inumato in un sudario di plastica, masticabile solo dopo averlo costretto a testa in giù dentro l'inevitabile tazzone di latte fumante che sua nonna gli metteva davanti tutte le mattine, caldo caldo di vulcano. Più volte Massimo aveva provato a convincere sua nonna, se non a cambiare le portate, perlomeno a invertirle nel trattamento, e ad avere il cornetto caldo e il latte freddo. Macché.

Invece, quando andava in albergo, era tutta un'altra cosa. Uova strapazzate, pancetta alla griglia, trionfi di yogurt e miele, frutta e cereali: per non parlare degli alberghi con il cuoco schierato di fronte alla piastra, ardente dal desiderio di prepararvi in diretta una crêpe o una omelette. Oppure una centrifuga, cioè una cosa che a casa non ti prepareresti mai, perché per ottenere un decilitro di succo poi devi pulire un'ora. E, massimo dei massimi, quando capitava, il caffè americano. L'unica bevanda che Massimo concepiva con una vera colazione all'americana.

Purtroppo, nella maggior parte degli alberghi, il caffè americano era semplicemente un espresso allungato con acqua calda, col risultato di vedervi mettere davanti un bidone di roba scura come l'umore di chi era costretto a berselo.

Ma in alcuni alberghi, come quello in cui si trovava, facevano il vero caffè americano: filtrato, con la macinatura giusta e la giusta miscela. Un qualcosa da bere con, non durante, il pasto.

Pasto nel corso del quale non sono gradite interruzioni. Di nessun tipo. Nemmeno se a farle è la tua neofidanzata, e specialmente se parla di morti ammazzati.

«E comunque, anche qui ammazzano la gente».

Alice, immersa nel giornale, allungò una mano a prendere la tazza di tè (niente zucchero, un cucchiaino di miele appena, di più no sennò mi viene acidità di stomaco, grazie Massimo).

«Buono a sapersi» commentò Massimo, mentre seppelliva di burro una fetta di pane tostato. «Dico a nonno di raggiungerci e gli regalo una giacca a vento con un bersaglio disegnato sopra. Non sia mai».

«Sì, così a volerti bene al mondo si rimane in due» ribatté Alice, sempre col nasino in direzione del giornale. «Insomma, hanno assassinato un tizio in un appartamento giù in paese, vicino alla funivia del Col Alto. "Ottaviano Berardi, quarantasei anni, di Parma, ma molto conosciuto in paese, era solito passare le vacanze invernali tutti gli anni a Corvara, dove era proprietario di un appartamento nel residence 'Rosa Comploj'. Appassionato di sci, trascorreva nel nostro paese tutti i periodi natalizi e molti weekend invernali, spesso accompagnato dalla famiglia. A ritrovare il corpo, ieri verso le una, Antonella Dal Prat, residente a Corvara, addetta alle pulizie del residence. Entrata per i lavori domestici, la donna ha scoperto il cadavere dell'uomo in camera da letto, nudo, legato e imbavagliato, come per un gioco erotico, ma immerso in una pozza di sangue..."».

Massimo guardò la sua fetta di pane imburrato, e decise di mangiarla così, senza la solita marmellata di ribes.

«"... numerose coltellate sul corpo fanno pensare a un delitto passionale". Sì, è di competenza dei carabinieri di Corvara. Scusa il cinismo, ma niente mi fa godere le vacanze più del pensiero che in questo momento c'è qualcun altro che lavora al posto mio».

«Immagino che i parenti del morto sarebbero contenti di sentirti».

«La moglie, probabilmente. Visto come è stato trovato il tizio, la vedo difficile che stesse facendo l'imitazione del cowboy legato al palo per lei. Più facile che stesse facendo il gazzilloro con la sua amante ufficiale di Corvara».

«Formulare ipotesi è considerabile come lavoro, nel tuo caso? Perché ti ricordo che saremmo in vacanza».

Vero. Strano, ma vero: Massimo era in vacanza.

E anche la vacanza era una specie di metavacanza, una mancanza continua. Mancanza di Alice, la mattina: che si gettava in discesa libera e selvaggia giù per la Gran Risa, facendo il giro del Sella Ronda o altre cose eroiche come l'itinerario della Grande Guerra, mentre Massimo apprendeva i rudimenti dello sci da un reduce della medesima. Mancanza di relax, il pomeriggio: dedicato da Alice a ottimizzare, con amorevole perfezionismo, la traballante tecnica del suo neofidanzato, il quale a onor del vero si era immaginato di passare le tre o quattro ore prima della cena a mollo in piscina, in mano un libro e in culo al resto del mondo.

Perché, per l'appunto, sarei in vacanza.

«Esattamente. E io avrei voglia di andare a sciare». Alice indicò la tovaglia di fronte a Massimo, che sembrava un campo di battaglia fra orde di Pane ed eroici manipoli di Prosciutto Arrosto. «Non è colpa mia se il bambino, qui, deve fare il pieno di energia. Hai finito?».

«Veramente, avevo voglia di uno yogurtino...».

«Stavo in pensiero, stavo». Alice sbuffò, ma col sorriso. «Ascolta, disappetente, io intanto vado in camera. Appena hai finito di sconfiggere la fame nel mondo vieni su, che poi si va?».

Intrappolati tra decine di persone, Massimo e Alice stavano aspettando il proprio turno per salire sulla navetta, controllando di avere tutto il necessario. Lo skipass (nella tasca apposita della manica, così da poter essere letto dalle colonnine elettroniche senza bisogno di portarlo appeso al collo, tirarlo fuori ogni volta e impiccarsi col cordino, come quando Alice aveva imparato a sciare), la mappa (necessaria per perdersi in punti sempre più lontani del complesso Val Badia-Val Gardena-Val la Pena di Rimanere a Casa), la cioccolata (per l'immancabile crisi ipoglicemica di metà mattina) e il burro di cacao (per perderlo appena partiti).

Di solito, l'attesa dello scassatissimo pulmino da otto posti che li avrebbe condotti al Boè era carica di allegria, punteggiata da frizzi, lazzi e pallate di neve tra persone inspiegabilmente contente di andare a rischiare l'osso del collo tra le piste. Invece, quel martedì, l'atmosfera era decisamente carica di tensione.

Colpa del freddo, forse: in fondo in paese c'erano otto gradi sotto lo zero. Roba da nulla, rispetto ai meno diciassette del giorno prima al Boè, dove si trovava la scuola sci e da dove si prendevano gli impianti, ma comunque freddino.

O, più probabilmente, colpa del fatto che il pulmino di solito passava ogni dieci minuti, mentre quella mattina non si era visto da circa mezz'ora. Mezz'ora in cui il vacanziero medio, che quando è in vacanza non ha tempo da perdere e oltretutto è rimasto esposto al gelo in modo assolutamente gratuito nonostante smani dalla voglia di andare in un posto ancora più freddo, solitamente si incazza. Per questo il pulmino, quando finalmente arrivò sul piazzale, invece che dai soliti sette-otto sciatori della domenica venne preso d'assalto da una trentina di persone che sembravano aver perso qualche venerdì.

Mentre Massimo e Alice salivano sul pulmino, il giudatore incominciò a caricare gli sci sulla rastrelliera, apparentemente più scocciato che innervosito, mentre intorno ronzava incoerente uno sciame di Ma te guarda lì com'è tranquillo, Noi qui che si muore dal freddo e lui capace è andato a farsi un par di grappe supplementari, Ma dimmi te se questo è servizio, Ah io l'anno prossimo vado al Greif, i miei quattrini non li rivedono, tutte pronunciate ovviamente senza cercare direttamente l'attenzione dell'autista. Gli autisti dell'albergo, infatti, erano due: Huber, un valligiano dal sorriso aperto (in tutti i sensi, dato che quando sorrideva esibiva una rastrelliera con spazi fra i denti quasi più larghi dei denti medesimi) e un altro tizio, del quale nessuno aveva trovato opportuno chiedere il nome. Questo, ovviamente, era Altro Tizio.

Altro Tizio, mentre agganciava gli sci con il cavo elastico, si rivolse al gruppo continuando a tenere lo sguardo sul proprio lavoro:

«Scusate, sinniori, ma c'è stato ün contrattempo e sono rimasto da solo. Fino alle dieci e mezza, anche ündici, c'è una navetta sola».

«Che è successo a Huber? Si sente male?».

«Hüber sta benissimo. Solo che stamani ha dovuto accompanniare i bambini alla scuola del sci, e fino quando che tvtti i maestri e le maestre non han preso sü tvtti i bambini e non son partiti, che ci vuole un'oretta eh, lüi deve star lì con i bambini».

«Ma non li dovrebbe accompagnare la baby-sitter? Marisol?».

La Marisol, al secolo Maria Soledad Portanova, era la baby-sitter ufficiale dell'albergo: un miscuglio di etnie dalla risata cavallina, adorata dai bambini per come li faceva giocare e apprezzata da un buon cinquanta per cento degli adulti (i maschi, prevalentemente), i quali ci avrebbero giocato anche loro volentieri, sì, ma al dottore.

Altro Tizio, prima di rispondere, accese il motore del pulmino. Il rumore di trattore conseguente coprì quasi per intero la risposta.

«Hai capito qualcosa te?» chiese Alice a Massimo.

«Quasi nulla» rispose Massimo. «Ho capito solo "Marisol" e "carabinieri"».

«Eh sì, carabinieri. La Marisol l'han chiamata i carabinieri, stamani».

Si erano fatte le cinque, e la giornata di sci era finita, sia per le gambe di Alice che per il cervello di Massimo. I quali stavano aspettando di salire sul pulmino per tornare all'albergo, da soli, mentre Huber finiva di caricare.

«Ma per cosa? C'è stato qualche problema all'albergo?».

«No, è per quel tale che hanno ammazzato ieri mattina, il Berardi di Parma». Huber fece un gesto esplicativo con la mano, mimando un qualcosa di steso a terra in orizzontale. «La Marisol lo conosceva bene».

E tacque, con l'aria di chi muore dalla voglia di continuare.

«Quanto bene?» chiese Alice, empatica.

«Eh, bene bene» ridacchiò Huber. «Le dico solo questo, le dico: che la moglie del Berardi ha una tuta da sci bellissima, che costa un occhio. E gliel'ha regalata il Berardi. Anche la Marisol, che fa la baby-sitter, e guadagna il giusto, ha la stessa identica tuta da sci. Identica in tutto».

«Anche in chi gliel'ha regalata?».

Huber ridacchiò, coi dentacci che sprizzavano da tutte le parti.

«E lei come lo sa?».

«L'ha comprata da Manfred. Il negozio di sport su, accanto alla banca».

«Ah, Comploj».

«Esatto. Manfred Comploj. È mio fratello».

Come se fosse scontato.

«Cioè, questo Berardi aveva regalato all'amante una tuta uguale identica a quella della moglie?». Alice guardò Huber nello specchietto, incredula. Huber rispose annuendo, e sorridendo a trentadue rebbi. Alice guardò fuori dal finestrino. «Quasi quasi ha fatto bene ad ammazzarlo».

«Eh, dipende da chi è stato» retorizzò l'autista. Massimo, sentendo che il suo apporto fino a quel momento era mancato, si inserì.

«Vabbè, se anche hai l'amante, non è detto che sia per quello che ti hanno ammazzato. Se dovessero ammazzare tutti i fedifraghi che conosco avremmo risolto il problema della disoccupazione, basterebbe sostituire i deceduti e mettersi a fabbricare bare. Può essere stato chiunque, non solo la moglie o la Marisol».

«Son proprio d'accordo» confermò Huber, svoltando verso il bivio che li avrebbe portati all'albergo. «Anche solo per il discorso delle tute».

«Be', Huber, veramente per il discorso delle tute...».

«Se fossero solo due, sì» insisté il valligiano, ingranando la seconda. «Ma Manfred dice che di tute da sci da donna, uguali, il Berardi ne ha comprate tre».

Seguì un attimo di silenzio, che Massimo sentì il dovere di rompere.

«Ah be'. Tertium datur. In che posto strano vive, Huber».

«Vero? Per quello la gente ci viene in vacanza». L'autista fece un sorrisone, raccapricciante e soddisfatto. «Si vede, eh, che si divertono».

«Vabbè, ma questo è malato...». Alice scosse la testa. «Era malato, intendo. Già che siamo qui a farci i cavoli degli altri, a chi l'avrebbe regalata questa tuta, il signor Berardi, si sa?».

«Anche qui si può far solo supposte, come dice mio figlio» rispose Huber, girando per entrare nella piazzola dell'albergo. «Però sa, anche a far le pulizie mica si guadagna tanto».

«Hai capito il signor Berardi? Io mi domando e dico che genere di uomo sia uno che regala la stessa tuta da sci sia alla moglie che all'amante. Anzi, alle amanti».

«Be', come dice Huber, è solo una supposizione. È un ragionamento probabilistico. Anche io, a livello probabilistico, ti potrei dire qualcosa sull'assassino. Statisticamente, per esempio, è molto probabile che si chiami Comploj».

«E io che ti sto anche a sentire» disse Alice, smezzando con gesto svogliato un canederlo grosso come una palla da baseball.

«Di sicuro, non è affar tuo» andò avanti Massimo, che del resto aveva il piatto lustro già da qualche minuto e, dato che il cestino del pane era vuoto, qualcosa doveva pur fare. «Visto che si parla di tute da sci, ne ho viste parecchie con la scritta "Carabinieri". Sono sicuro che se la caveranno benissimo da soli. Non ti piacciono, i canederli?».

«No no, sono buonissimi. È che questa è una porzione da lottatore di sumo. Io mi chiedo...».

Ma, qualsiasi cosa Alice si stesse chiedendo, era destinata a rimanere nell'affollato universo dei pensieri troncati a mezzo. Il cellulare si era messo a vibrare d'entusiasmo, e Massimo cominciava a capire che Alice era una di quelle persone per cui quello che succedeva da un'altra parte aveva la precedenza su quello che le capitava nel posto dov'era.

Cosa che lui aveva sempre tentato di evitare. Per cui, mentre Alice si portava il cellulare all'orecchio, Massimo si portò alla bocca un pezzo di canederlo dal piatto di Alice.

«Pronto? Sì, sono io». Alice tenne lo sguardo verso il basso, come se non capisse. «Sì. De Silvestri? Sì, sono esattamente a Corvara. Sì, tra l'altro».

Ci fu un momento di silenzio, durante il quale Massimo catturò un'altra aliquota di canederlo. Alice, con gesto lievemente stizzito, prese il piatto e glielo mise direttamente davanti.

«Ah, capisco. E voi non avreste modo... No, certo. Certo». Alice guardò Massimo con aria spersa. «Sì... senta, adesso starei cenando. Posso passare da voi fra un'ora circa. Sì, va bene. Meglio ancora».

E buttò giù.

«Era il maresciallo De Silvestri, stazione carabinieri di Corvara. Pare che stiano indagando su un omicidio, pare che abbiano dei sospetti, e pare che abbiano bisogno di un esperto di GPS e posizionamento satellitare per fargli alcune domande riguardo a un alibi. Un esperto che possibilmente afferisca al Ministero degli Interni».

«Tiro a indovinare: il vicequestore Martelli Alice?».

«Esatto. Mi vengono a prendere fra un'ora qui fuori. Gli ho chiesto che almeno mi lascino finire di cenare».

«Non avevo capito che tu avessi ancora fame» disse Massimo, accennando al fu piatto di canederli.

«Non ho più fame, in effetti. Voglio solo godermi un'oretta a fare due chiacchiere in santa pace con Massimo. Voglio ricordarti così, fra vent'anni. Magro».

«Tranquilla, ho sempre mangiato parecchio».

«E non fai un minuto di attività fisica».

«Si vede che consumo lo stesso».

Era mezzanotte e mezzo, circa, quando la porta della camera si aprì, lasciando entrare una lama di luce seguita da una Martelli con la faccia buia. Massimo, sdraiato a letto con un cuscino sotto la pancia, tirò su la testa dal libro e sorrise.

«Non ti hanno arrestata nemmeno stavolta?».

«Guarda, avrebbero potuto. Sai che tuta aveva regalato la vittima alle sue donne?».

«Tiro a indovinare. Uguale alla tua?».

«Quasi. La mia è il modello dell'anno scorso».

«Per quello la faccia buia? Ti senti poco fashion, rispetto all'adultero medio della Val Badia?».

Alice si sedette sul letto, togliendosi la giacca.

«No, semplicemente c'è... Senti, posso raccontarti quello che mi ha detto De Silvestri? O sei stanco?».

Se c'era una cosa che Massimo aveva capito delle donne, era che saper ascoltare era molto più importante che saper parlare.

Anche perché, non di rado, poi ti interrogano.

«Ma figurati. Vieni, vieni, racconta».

I fatti, incominciò Alice mentre Massimo le massaggiava la schiena, erano i seguenti. Ottaviano Berardi era morto in seguito a un certo numero di ferite di arma da punta, presumibilmente un coltello da cucina, tra le undici e mezzogiorno del giorno precedente. La stima così precisa era stata possibile grazie al tempestivo rinvenimento del cadavere da parte dell'addetta alle pulizie, la signorina Antonella Dal Prat.

Alle dieci e quarantacinque, diversi testimoni avevano visto entrare dal portoncino del condominio dove il Berardi aveva l'appartamento una donna in tuta da sci e passamontagna: cosa che non aveva incuriosito nessuno, visto che 1) la tuta da sci in questione era esattamente quella regalata dall'arrapatissimo signor Berardi a ognuna delle tre donne che a detta del paese condividevano il suo talamo e 1 + 1) quella mattina faceva un freddo becco, e quelli che tenevano il passamontagna anche in paese erano una maggioranza bulgara. Della donna si sapeva quindi solo l'altezza: circa uno e settanta, che coincideva con quella di tutte e tre le femmine a cui il Berardi era solito sfilare la sopracitata tuta di dosso, nonché con quella di qualche migliaio di sciatrici all'interno del comprensorio.

Delle tre pulzelle in questione, era quindi fondamentale esaminare gli alibi.

La signora Deborah Vivarelli, anni 40, di professione moglie del Berardi, era uscita di casa verso le nove e mezza di mattina per andare sulle piste di fondo dell'Armentarola, lasciando in casa da solo il marito in preda a un attacco di nevralgia del trigemino che in montagna gli capitavano non di rado. Era tornata a casa verso le due, per mangiare qualcosa e vedere se il marito stava meglio, scoprendo così che in effetti il dolore gli era passato definitivamente, grazie all'applicazione di un efficace analgesico per uso esterno.

La signorina Maria Soledad Portanova detta Marisol, anni 32, di professione operatrice turistica, circa un quarto alle dieci era stata accompagnata in pulmino, insieme ai quattro bambini ospiti dell'albergo e di cui era responsabile, alla scuola di sci del Boè, dove aveva atteso fedele alle proprie consegne che i maestri li ritirassero, distribuendo carezze e caramelle nel freddo caino della mattinata fino alle dieci e mezza circa, quando l'ultimo maestro aveva preso in carico l'ultimo pargolo. Dopodiché, essendo libera da impegni fino all'una, aveva tirato fuori gli scarponi dallo zaino e si era andata a fare una bella sciata.

La testimonianza, continuò Alice levandosi le calze mentre il massaggino di Massimo si faceva lievemente più audace, era avvalorata dagli skipass delle sospettate, i quali avevano fatto avanti e indietro per le seggiovie e gli skilift dell'Alta Val Badia per tutta la mattinata.

Più complicata, riprese Alice dopo aver chiesto con fermezza a Massimo di mettersele sul suo, di culo, quelle otto zampe, la posizione di Antonella Dal Prat, anni 26, di professione collaboratrice domestica (tutto a norma di legge, eh: mai visto pagare così una donna a ore. Un sistema di voucher efficientissimo, contributi in regola, e tutto quanto. Dai, Massimo, fammi finire, domani c'è da alzarsi presto che voglio andare su a Porta Vescovo). La quale sosteneva di essere arrivata nel condominio verso le dieci, con la tuta da sci indosso, perché nel pomeriggio aveva intenzione di andare a sciare. Crepate tutti dalla voglia di sciare, qui, aveva commentato Massimo. Non pensate ad altro. Be', altre voglie evidentemente pensava di togliersele in mattinata, aveva risposto Alice.

Insomma, comunque sia, la Dal Prat sosteneva di essere andata a stirare in casa dei Forlanetti (interno sei), quindi di essere andata a rifare i letti a casa del Bonciani (interno quattro) e finalmente di essersi recata nell'appartamento dei Berardi (interno due) anche lì per rifare i letti, ma dall'interno, secondo quanto credeva il maresciallo De Silvestri.

Opinione condivisa, evidentemente, anche dal Berardi, il quale l'aveva fatta entrare e si era fatto legare docilmente al letto, però questa volta con la variante che alla fine avevano penetrato lui, non fare quella faccia che te fai battute anche peggiori, voi maschi vi sentite in diritto di dire le peggiori ghiozzate e quando una volgarità la diciamo noi femminucce storcete la boccuccia di rosa.

Dopodiché, aveva atteso un po' di tempo e aveva avvisato la polizia.

La deposizione era avvalorata parzialmente, in quanto nessuno aveva visto la signorina Dal Prat; vero però che i panni in casa Furlanetti (babbo, mamma, due figlioli, tutti e quattro sulle piste sin dall'alba) risultavano adeguatamente stirati e i letti in casa Bonciani (broker milanese, maniaco dello snowboard e dei videogiochi, anche lui impegnato a venire giù da dirupi vari a partire dalle otto di mattina) erano rifatti con precisione militare. Tutte cose che la signorina Dal Prat avrebbe potuto fare benissimo dopo, o inframmezzandole col delitto, secondo le convinzioni del maresciallo De Silvestri.

«Ma non le tue?».

«No. Semplicemente no».

«E perché?».

«In primo luogo, il maresciallo De Silvestri è di fresca nomina qui a Corvara. È il primo inverno che passa qui. E mi ha confessato piuttosto candidamente di non essersi mai occupato di un omicidio in vita sua».

Massimo annuì, amaramente. La realtà di chi fa il carabiniere in paesi piccoli, dove l'occupazione usuale è raccogliere denunce per calunnie e, due giorni dopo, convocare il querelante e convincerlo a ritirare la denuncia. A meno che uno non venga mandato a Pineta, certo.

«In secondo luogo, non ha mai sciato in vita sua».

«Si adeguerà».

«Lo spero per lui. C'è un collega romano che è stato destinato ad Aosta, e non l'ha ancora metabolizzato. Rifiuta addirittura di comprarsi dei vestiti adeguati. Pensa che va a giro con le Clarks».

«Gli sono nel cuore. Mi dicevi che il maresciallo... a proposito, scusa, ma perché ti ha chiamato?».

«Voleva sapere come funzionano i GPS, i navigatori satellitari. Li usano in parecchi di questi esaltatoni della montagna. Solitamente, li inseriscono nelle tute per andare a fare fuoripista».

«Capisco. Così poi quando li investe la slavina è più facile restituire alla famiglia i poveri resti, comunque ben conservati».

«Demente. Comunque, la Vivarelli, cioè la vedova, aveva uno di questi cosi addosso, così si può tracciare la posizione».

«Non basterebbe il cellulare?».

«Dipende dall'accuratezza che desideri. Il cellulare al massimo ti dà una accuratezza di cinque-dieci metri, in condizioni ideali».

E non bastano? Cosa minchia vai a sciare, se dieci metri in qua o in là ti mandano nel panico? Stai a casa tua a guardare Discovery Channel e fai prima, no?

«È così grave?» esplicitò Massimo.

«Per la posizione, non troppo. Ma c'è il problema della velocità. Se sei un vero maschio che vuol sapere tutto sulla sua performance, un errore di qualche metro nella rilevazione può significare un errore di decine di chilometri all'ora nel calcolo della velocità».

«Capisco. E la signora Vivarelli Deborah è un vero maschio?».

Madonna se sei pedante, dissero le pupille di Alice.

«Comunque sia, il maresciallo ti ha chiesto...».

«Di verificare il posizionamento della signora Vivarelli e di controllare se per caso i file che ne hanno registrato la posizione non siano in qualche modo stati alterati. Cosa che ho verificato, in sede. Nessuna alterazione. Ma già me lo immaginavo».

«Ah, perché, la colpevole non è lei?».

Alice si voltò, rendendo vano il tentativo di dolce bacino sulla spalla nuda che Massimo stava progettando da qualche secondo, e guardandolo con autentico stupore.

«Perché dovrebbe essere lei?».

«Scusa, visto che sei convinta che la ragazza delle pulizie non c'entri niente...».

Alice, sempre rivolgendo gli occhi al cielo, si avviò verso il bagno. Massimo, consapevole di averla in qualche modo irritata, ma non riuscendo in nessun modo a immaginare come, cercò di mantenere il contatto:

«Fra l'altro, scusa, io continuo a non capire cosa c'entra il fatto che il carabiniere, pardon, il maresciallo De Silvestri non sappia sciare con la tua deduzione che questa tizia, quella delle pulizie, non c'entri nulla».

«No' 'o 'etto 'e 'on 'enta 'ulla. 'Olo 'e 'aeshallo... Aspetta. Forse senza spazzolino viene meglio».

Si sentì il rumore di un rubinetto che si chiudeva, seguito da un vigoroso rumore di sciacquone. (Alice tirava sempre lo sciacquone, quando usciva dal bagno, anche quando andava semplicemente a lavarsi i denti o a truccarsi. Avendo paura delle possibili spiegazioni, Massimo non aveva mai rivolto domande specifiche sull'argomento). Dopo un attimo, Alice uscì dal bagno.

«Non ho detto che la ragazza delle pulizie non c'entra».

«E allora?».

«Ho detto che in uno degli alibi c'è una cosa che non funziona. E il maresciallo non l'ha notato. Ed è proprio perché non ha mai sciato, che non se ne rende conto».

«Continuo a non capire. Del resto, non ho mai sciato nemmeno io. A parte questi ultimi tre giorni. E cosa, in particolare, non ti torna?».

«Non ne sono sicura. No, non ne sono sicura».

«Meglio ancora. Il dubbio è la base della scienza. Di solito, si organizza un bell'esperimento e passa tutto». Massimo sospirò. «Purtroppo, nei casi di omicidio questo non è possibile».

Alice lo guardò con una lama di sguardo che non prometteva niente di buono. Poi si voltò, dando le spalle a Massimo. Il quale, nello specchio sopra al lavandino, ebbe l'impressione di aver visto un accenno di sorriso di volpe.

«Sempre no» disse, dirigendosi verso l'armadio. «Ma stavolta sì».

E incominciò a vestirsi, con una certa fretta. Massimo, in piedi davanti al bagno, sorrise.

«Non vorrei sembrare il fidanzato geloso che ti chiede dove minchia stai andando all'una di notte, ma dove stai andando all'una di notte?».

«A organizzare l'esperimento. Parte numero uno, stato dell'arte: ovvero, ricerca bibliografica e controllo incrociato della letteratura. Per la parte sperimentale...».

«Per la parte sperimentale?».

«Prima di domattina non si può fare nulla».

«Bene. Quindi dopo si dorme?».

«Te puoi dormire anche ora. Domani mi servi in forze».

«Buongiorno».

«Buongiorno» disse l'impiegato del noleggio sci, dopo qualche secondo, riemergendo da un fumetto giapponese la cui copertina prometteva combattimenti all'esimo sangue. D'altronde era mercoledì, giorno di metà settimana, e non c'era da aspettarsi troppa clientela. Chi noleggia gli sci di solito lo fa ad inizio settimana bianca, o per il weekend; se uno entra in un noleggio sci di metà settimana, tipicamente lo fa per lamentarsi.

«Mi dica. C'è qualcosa che non va?» chiese infatti l'impiegato.

«Niente di grave. Solo, il mio fidanzato ha qualche fastidio con gli scarponi. Nulla di serio, un po' di fastidio all'alluce. Ieri, per sbaglio, nella skiroom dell'albergo si è infilato lo scarpone di un altro, che per puro caso era del numero giusto, e mi ha detto che ci stava comodissimo».

«E ti aspetti che ci creda?» aveva chiesto Massimo, con la tazzina di caffè in mano, seduti a colazione, una mezz'oretta prima.

«No, mi aspetto che ti dia un paio di scarponi di quel modello. Poi, può credere un po' a quello che vuole».

«E se non avesse quel modello?».

«Mi stupirei alquanto. Sono di un modello comune, ne ho visti parecchi in giro. Che c'è, non hai fame?».

No, in effetti. Sono nervoso. Se c'è da dire una balla a qualcuno sono sempre nervoso. E quando sono nervoso mi passa la fame. E se la balla serve per mandare in galera una persona che mi stava pure simpatica è ancora peggio.

Tutto questo, Massimo lo disse alla commissaria solo con lo sguardo: o, meglio, più che dirglielo glielo ricordò, dato che lo aveva già comunicato a parole e gesti in camera una decina di volte, prima di scendere a colazione.

«Dai, Massimo. Allora facciamo così: parlo io, va bene? Tu devi solo fare la faccia sofferente ma vagamente speranzosa, ok?».

Mi verrà benissimo. Non per gli stessi motivi per cui penserà il commesso, ma mi verrà benissimo.

«Benissimo. Sì, vanno benissimo».

In realtà, andavano davvero benissimo. Per due motivi.

Numero uno, che come forma del piede lo scarpone sembrava pennellato, molto meglio di quello che gli avevano rifilato la domenica prima: stritolato nella centuria di pseudosciatori agognanti l'innevato pendio, aveva dato per buono il primo paio di stivaletti malesi che gli avevano fatto provare, pur di fare presto e levarsi dai coglioni prima di subito. Così, per non ritrovarsi stretto tra le persone, si era ritrovato costretto in un paio di scarponi modernissimi come concezione, ma decisamente medievali negli effetti.

Numero due, lo scarpone era esattamente del modello desiderato. Uguale identico a quello della baby-sitter, Marisol, della cui marca Alice si era accertata la notte prima, scendendo dalla camera in una improbabile mise inverno-estate (pantaloncino corto – calzettoni – piumino – ciabattoni a forma di orso) fino nella skiroom e fotografando il materiale tanto per essere sicura.

«Bene. Allora, mi rende quelli vecchi e si tiene quelli nuovi».

«C'è mica da dare una qualche differenza...».

«A posto così».

«Bene. A posto così. Adesso che facciamo?».

Seguendo le istruzioni di Alice, Massimo era tornato nella skiroom, si era tolto gli scarponi e li aveva deposti nella loro custodia di tela; dopo aver indossato i doposci, si era rimesso in fila in attesa della navetta, insieme a un esiguo numero di amanti del rischio e del freddo, che anche quella mattina era difficile da ignorare. Arrivati al Boè, Alice invece di marciare decisa verso gli impianti, come al solito, aveva accettato di buon grado l'offerta di Massimo di prendere qualcosina al piccolo barrettino di fronte alla discesa, chiedendo come unica condizione di stare fuori all'aria aperta. Cosa che Massimo aveva affrontato da vero uomo di montagna, accompagnando i tre cornetti necessari a fronteggiare il ritorno dell'appetito con un bello Jagertee, misterioso infuso tradizionale di erbe e rum dalla gradazione prossima a quella dell'alcol denaturato. Un quarto d'ora dopo, quindi, Massimo era nuovamente allegro, con molteplici declinazioni del termine.

«Adesso ti rimetti gli scarponi. Dobbiamo andare a sciare, no?».

Be', mi sembra che la doverizzazione sia adeguata. Dopo essersi tolto il doposci, Massimo prese lo scarpone e tentò di infilare il piede.

Dopo un minuto circa di sforzi inutili, incominciando a sudare, disse:

«No, avevi ragione».

«Non ce la fai?» chiese Alice, con tono decisamente soddisfatto.

«Nemmeno per idea. Non entra. Lo scarpone non entra. Sto provando con tutta la forza che ho».

«Che si presume essere un po' di più di quella della baby-sitter. Va bene che oltre a non essere esperto di sci sei parecchio fuori forma, ma sempre un uomo sei».

Agli zoppi pedate negli stinchi, eh?

Massimo continuò a provare a mettersi gli scarponi per circa dieci minuti, con tutta l'energia e l'ardimento che solo uno Jagertee ben preparato può fornire, ottenendo come unico risultato di coprirsi di sudore fin nelle pieghe più recondite.

«Non ci si riesce?» chiese Alice, passando rispettosamente all'impersonale.

«Non ci si riesce» confermò Massimo, serio serio.

«Te l'avevo detto? Transizione vetrosa».

«Transizione vetrosa» ripeté Massimo, togliendosi lo scarpone e guardandolo, per la prima volta, come se fosse un oggetto interessante.

La transizione vetrosa, come Alice aveva spiegato a Massimo la notte prima mentre si levava i ciabattoni da orso, è una transizione di fase tipica dei materiali plastici. La plastica, o la gomma, se raffreddata oltre una certa temperatura, letteralmente vetrifica, e da elastica diviene rigida come, per l'appunto, un vetro.

Questa temperatura, aveva continuato Alice togliendosi i calzettoni, dipende dal materiale: però, gli scarponi da sci sono fatti in materiali plastici scelti apposta per essere malleabili a temperatura interna (venti gradi) e per indurirsi quando sono all'esterno, una volta indossati, in modo da tenere la caviglia e il piede fermissimi. Da modello a modello il materiale varia, certo, aveva proseguito Alice levandosi di dosso la maglia; gli sciatori professionisti usano materiali più duri, mentre gli sciatori della domenica di solito usano plastiche morbide. Per questo era necessario sperimentare con lo stesso modello di scarpone che aveva la baby-sitter.

Poi Alice, dopo il reggiseno, si era tolta anche altro. E Massimo non era più riuscito a concentrarsi sull'indurimento.

Almeno, non quello della plastica.

«Quindi, secondo il racconto della Marisol, lei sarebbe stata qui circa mezz'ora, cioè più di quanto ci siamo stati noi, direttamente sulla pista, cioè in un posto più freddo dei tavoli accanto al bar, nella giornata di lunedì, ovvero una giornata con una temperatura minore di quella odierna. Con i doposci addosso, come risulta dalla sua testimonianza».

E d'altronde, badare ed eventualmente inseguire dei cuccioli di sciatore con gli scarponi ai piedi non deve essere facile.

«E poi avrebbe tirato fuori gli scarponi dallo zaino e sarebbe andata a sciare. A meno che non avesse dietro una piccola fonderia portatile, io non ci credo».

«Ma come ha fatto a venirti in mente, questa cosa?».

«È successo anche a me, qualche anno fa. Ero in vacanza... vabbè, con il mio ragazzo di allora, e un giorno ho detto "vado a comprare una cosa in paese, con i doposci addosso, e poi ti raggiungo sulla pista. Mi metto gli scarponi e si va". Come no. Dopo dieci minuti di bestemmie, ho realizzato che non ci sarei mai riuscita».

«Ah, quindi tutto lo spiegone sulla transizione vetrosa era sfoggio, via».

«Un po'. Avevo come la convinzione che se ti avessi spiegato la cosa in termini scientifici mi avresti creduto di più». Alice si alzò dalla panca, decisa, con un piccolo sbuffo.

«E questo ci basta?».

«Manco per niente» disse Alice rimettendosi il casco. «Abbiamo una direzione. Adesso bisogna smontare l'alibi dello skipass. Sempre per andare sulla convinzione, credo che questo non basti per convincere il buon De Silvestri».

«Ma non eri in vacanza?».

«Difatti». Alice si calcò gli occhiali sul viso. «E quindi ora ti lascio al tuo bel librino e vado a sciare, così tra una curva e l'altra ci penso». Bacio con lo schiocco. «Ci vediamo dopo».

«A dopo» disse Massimo, tirando fuori dallo zaino *I racconti di Padre Brown*, e guardando la sua ragazza allontanarsi con l'aria di un gatto soddisfatto.

Un libro da leggere al tavolino di un bar, all'aria aperta, nel silenzio ovattato della neve. E se qualcuno entra e vuole un caffè, non glielo devo preparare io.

Finalmente in vacanza.

Bello, veramente bello.

Magari un pochino datato come scrittura, ma 'sto Chesterton era un genio.

Giunto alla fine del racconto, Massimo chiuse il libro, tenendo l'indice tra le pagine per mantenere il segno, e alzò gli occhi, giusto in tempo per vedere il maestro Attilio uscire dal bar, con in mano il grappino d'ordinanza. L'uomo, dopo averlo scorto, lo salutò sorridendo e si avviò verso il suo tavolo con arzilla baldanza; Massimo, estremamente ben disposto nei confronti del mondo grazie alla mattinata di lettura e di quello che per lui era un corretto uso degli sci (cioè appoggiati a una rastrelliera, mentre il proprietario è a tavola), gli fece posto sulla panca sorridendo a sua volta.

«Allora, niente sci oggi? Ci prendiamo una pausa, eh, una pausa? Ogni tanto ci vuole, eh?».

«Sì, direi di sì» approvò Massimo, completamente d'accordo.

«Eh, sì» andò avanti il maestro. «Poi dipende anche dall'abitudine, eh. Se uno fa una cosa che non è abituato, si stanca subito. Se la sai fare, eh, vai avanti tutto il giorno e non ti stanchi».

Il maestro Attilio puntò la bacchetta verso lo skilift, dove dei nutriti gruppi di frugoli con gli sci ai piedi si stavano incolonnando per prendere il mezzo di trasporto più scomodo mai progettato dall'essere umano.

«Vede, è a quell'età lì che bisogna incominciare; non quando si è già su d'età, come lei. A quell'età lì, eh. Non quando si è già un po' su. Eh, sì».

In circostanze diverse, il sentirsi dare del vecchio da uno che era stato battezzato nel Mesozoico avrebbe fatto entrare a Massimo un giramento di coglioni tale da reagire.

In quel caso, invece, Massimo chiuse gli occhi e restò immobile. Sarà il freddo, sarà lo Jagertee, sarà il fatto che picchiare il maestro Attilio con la panca non si può, capace che è anche sotto la giurisdizione della Sovrintendenza ai Beni Artistici e Parecchio Museali e poi te lo fanno ripagare come nuovo.

Ma soprattutto perché, guardando i bambini, gli era venuta in mente la prova che stavano cercando.

«Allora, venuto in mente qualcosa?».

«Qualcosina» disse Alice, accoppiando gli sci uno sull'altro. «Io con questi cosi un giorno mi ci faccio male. Con le mani ho sempre fatto casino. Mi sa invece che la nostra baby-sitter con le mani sia parecchio lesta».

«Sì, credo anch'io» disse Massimo, guardando in direzione della pista da sci, dove dieci marmocchi di altezza trascurabile sfilavano a sci incrociati dietro al maestro.

È bello, quando tra due persone non c'è nessun bisogno di parlare.

Nel momento stesso in cui Massimo guardava, sapeva benissimo che anche Alice stava puntando lo sguardo sui bambini che seguivano il maestro come anatroccoli dietro alla mamma, e che non c'era in quel rimirare nessuna traccia di istinto materno. Semplicemente, stava visualizzando la scena di Marisol che, amorevole, tra una caramellina e una soffiata di naso, sostituiva lo skipass nella tasca di uno dei bambini con il proprio. Sostituzione numero uno. La sostituzione numero due l'avrebbe fatta al termine della lezione, andando a riprendere i marmocchi medesimi, fra un vezzo e l'altro.

«Se abbiamo ragione...».

«Abbiamo anche la prova» disse Massimo, guardando in direzione dello skilift. Dove i pargoletti, sempre ordinatamente in fila dietro il maestro, aspettavano di accedere all'impianto uno dopo l'altro, senza che nessuno si inserisse tra di loro.

E il dispositivo approvava, con un bip sonoro, ogni singolo bimbo che passava. Approvava e registrava.

Come presumibilmente aveva fatto due giorni prima, con lo skipass della baby-sitter.

«Senti, ti dispiace se vado un attimo in caserma?» chiese Alice, già sicura della risposta.

«Ma niente affatto» rispose Massimo, già sicuro di ordinare un secondo Jagertee.

«"... alibi che è crollato in tutta evidenza quando il maresciallo ha scoperto che lo skipass nominativo di Maria Soledad Portanova era transitato sempre in corrispondenza del passaggio del gruppo Leprotti 2 della scuola sci, guidato dal maestro Konrad Planitscher, in tempi compresi tra quelli del primo e l'ultimo bambino del gruppo, senza che nessuno ne notasse la presenza. Un particolare difficile da spiegare, specialmente se abbinato al fatto che, dall'analisi degli skipass, uno dei bambini iscritti al gruppo Leprotti 2, B. N., di anni 7, non risultava essere mai passato con il proprio gruppo, nonostante il maestro, il bambino stesso e i suoi compagni confermassero la sua presenza nel gruppo nel corso della mattina in questione. A questo punto gli inquirenti..."».

«A questo punto gli inquirenti si godono il resto della vacanza» chiosò Alice, dopo aver buttato giù l'ultimo sorso di frullato (solo mela e carota, niente arancia, grazie Massimo). «Anche se a mezzo servizio. Sicuro di non farcela?».

Massimo, senza enfasi, annuì lentamente, guardandosi la caviglia gonfia e violacea: risultato dei numerosi tentativi di mettersi uno scarpone rigido come un burocrate prussiano, con l'effetto anestetico combinato dei meno dieci gradi di temperatura esterna e dei più quarantacinque gradi dello Jagertee.

«Sicuro».

«Mi dispiace». Alice dette un buffetto sulla guancia di Massimo. «Con questa giornata, ti tocca stare tutto il giorno in piscina a leggere».

Massimo cercò di assumere un'aria contrita, senza riuscirci troppo.

In fondo, era in vacanza.

Indice

Turisti in giallo

Questo volume è stato stampato
su carta Palatina
delle Cartiere di Fabriano
nel mese di luglio 2015
presso la Leva Printing srl - Sesto S. Giovanni (MI)
e confezionato
presso IGF s.p.a. - Aldeno (TN)

La memoria

Ultimi volumi pubblicati

501 Alessandra Lavagnino. Una granita di caffè con panna
502 Prosper Mérimée. Lettere a una sconosciuta
503 Le storie di Giufà
504 Giuliana Saladino. Terra di rapina
505 Guido Gozzano. La signorina Felicita e le poesie dei «Colloqui»
506 Ackworth, Forsyth, Harrington, Holding, Melyan, Moyes, Rendell, Stoker, Vickers, Wells, Woolf, Zuroy. Il gatto di miss Paisley. Dodici racconti gialli con animali
507 Andrea Camilleri. L'odore della notte
508 Dashiell Hammett. Un matrimonio d'amore
509 Augusto De Angelis. Il mistero delle tre orchidee
510 Wilkie Collins. La follia dei Monkton
511 Pablo De Santis. La traduzione
512 Alicia Giménez-Bartlett. Messaggeri dell'oscurità
513 Elisabeth Sanxay Holding. Una barriera di vuoto
514 Gian Mauro Costa. Yesterday
515 Renzo Segre. Venti mesi
516 Alberto Vigevani. Estate al lago
517 Luisa Adorno, Daniele Pecorini-Manzoni. Foglia d'acero
518 Gian Carlo Fusco. Guerra d'Albania
519 Alejo Carpentier. Il secolo dei lumi
520 Andrea Camilleri. Il re di Girgenti
521 Tullio Kezich. Il campeggio di Duttogliano
522 Lorenzo Magalotti. Saggi di naturali esperienze
523 Angeli, Bazzero, Contessa Lara, De Amicis, De Marchi, Deledda, Di Giacomo, Fleres, Fogazzaro, Ghislanzoni, Marchesa Colombi, Molineri, Pascoli, Pirandello, Tarchetti. Notti di dicembre. Racconti di Natale dell'Ottocento
524 Lionello Massobrio. Dimenticati
525 Vittorio Gassman. Intervista sul teatro
526 Gabriella Badalamenti. Come l'oleandro
527 La seduzione nel Celeste Impero
528 Alicia Giménez-Bartlett. Morti di carta
529 Margaret Doody. Gli alchimisti
530 Daria Galateria. Entre nous
531 Alessandra Lavagnino. Le bibliotecarie di Alessandria
532 Jorge Ibargüengoitia. I lampi di agosto
533 Carola Prosperi. Eva contro Eva
534 Viktor Šklovskij. Zoo o lettere non d'amore
535 Sergej Dovlatov. Regime speciale
536 Chiusole, Eco, Hugo, Nerval, Musil, Ortega y Gasset. Libri e biblioteche

537 Rodolfo Walsh. Operazione massacro
538 Turi Vasile. La valigia di fibra
539 Augusto De Angelis. L'Albergo delle Tre Rose
540 Franco Enna. L'occhio lungo
541 Alicia Giménez-Bartlett. Riti di morte
542 Anton Cechov. Il fiammifero svedese
543 Penelope Fitzgerald. Il Fanciullo d'oro
544 Giorgio Scerbanenco. Uccidere per amore
545 Margaret Doody. Aristotele e il mistero della vita
546 Gianrico Carofiglio. Testimone inconsapevole
547 Gilbert Keith Chesterton. Come si scrive un giallo
548 Giulia Alberico. Il gioco della sorte
549 Angelo Morino. In viaggio con Junior
550 Dorothy Wordsworth. I diari di Grasmere
551 Giles Lytton Strachey. Ritratti in miniatura
552 Luciano Canfora. Il copista come autore
553 Giuseppe Prezzolini. Storia tascabile della letteratura italiana
554 Gian Carlo Fusco. L'Italia al dente
555 Marcella Cioni. La porta tra i delfini
556 Marisa Fenoglio. Mai senza una donna
557 Ernesto Ferrero. Elisa
558 Santo Piazzese. Il soffio della valanga
559 Penelope Fitzgerald. Voci umane
560 Mary Cholmondeley. Il gradino più basso
561 Anthony Trollope. L'amministratore
562 Alberto Savinio. Dieci processi
563 Guido Nobili. Memorie lontane
564 Giuseppe Bonaviri. Il vicolo blu
565 Paolo D'Alessandro. Colloqui
566 Alessandra Lavagnino. I Daneu. Una famiglia di antiquari
567 Leonardo Sciascia scrittore editore ovvero La felicità di far libri
568 Alexandre Dumas. Ascanio
569 Mario Soldati. America primo amore
570 Andrea Camilleri. Il giro di boa
571 Anatole Le Braz. La leggenda della morte
572 Penelope Fitzgerald. La casa sull'acqua
573 Sergio Atzeni. Gli anni della grande peste
574 Roberto Bolaño. Notturno cileno
575 Alicia Giménez-Bartlett. Serpenti nel Paradiso
576 Alessandro Perissinotto. Treno 8017
577 Augusto De Angelis. Il mistero di Cinecittà
578 Françoise Sagan. La guardia del cuore
579 Gian Carlo Fusco. Gli indesiderabili
580 Pierre Boileau, Thomas Narcejac. La donna che visse due volte
581 John Mortimer. Avventure di un avvocato
582 François Fejtö. Viaggio sentimentale
583 Pietro Verri. A mia figlia
584 Toni Maraini. Ricordi d'arte e prigionia di Topazia Alliata
585 Andrea Camilleri. La presa di Macallè
586 Guillaume Prévost. I sette delitti di Roma
587 Margaret Doody. Aristotele e l'anello di bronzo
588 Guido Gozzano. Fiabe e novelline
589 Gaetano Savatteri. La ferita di Vishinskij
590 Gianrico Carofiglio. Ad occhi chiusi
591 Ana María Matute. Piccolo teatro
592 Mario Soldati. I racconti del Maresciallo
593 Benedetto Croce. Luisa Sanfelice e la congiura dei Baccher
594 Roberto Bolaño. Puttane assassine

595 Giorgio Scerbanenco. La mia ragazza di Magdalena
596 Elio Petri. Roma ore 11
597 Raymond Radiguet. Il ballo del conte d'Orgel
598 Penelope Fitzgerald. Da Freddie
599 Poesia dell'Islam
600
601 Augusto De Angelis. La barchetta di cristallo
602 Manuel Puig. Scende la notte tropicale
603 Gian Carlo Fusco. La lunga marcia
604 Ugo Cornia. Roma
605 Lisa Foa. È andata così
606 Vittorio Nisticò. L'Ora dei ricordi
607 Pablo De Santis. Il calligrafo di Voltaire
608 Anthony Trollope. Le torri di Barchester
609 Mario Soldati. La verità sul caso Motta
610 Jorge Ibargüengoitia. Le morte
611 Alicia Giménez-Bartlett. Un bastimento carico di riso
612 Luciano Folgore. La trappola colorata
613 Giorgio Scerbanenco. Rossa
614 Luciano Anselmi. Il palazzaccio
615 Guillaume Prévost. L'assassino e il profeta
616 John Ball. La calda notte dell'ispettore Tibbs
617 Michele Perriera. Finirà questa malìa?
618 Alexandre Dumas. I Cenci
619 Alexandre Dumas. I Borgia
620 Mario Specchio. Morte di un medico
621 Giorgio Frasca Polara. Cose di Sicilia e di siciliani
622 Sergej Dovlatov. Il Parco di Puškin
623 Andrea Camilleri. La pazienza del ragno
624 Pietro Pancrazi. Della tolleranza
625 Edith de la Héronnière. La ballata dei pellegrini
626 Roberto Bassi. Scaramucce sul lago Ladoga
627 Alexandre Dumas. Il grande dizionario di cucina
628 Eduardo Rebulla. Stati di sospensione
629 Roberto Bolaño. La pista di ghiaccio
630 Domenico Seminerio. Senza re né regno
631 Penelope Fitzgerald. Innocenza
632 Margaret Doody. Aristotele e i veleni di Atene
633 Salvo Licata. Il mondo è degli sconosciuti
634 Mario Soldati. Fuga in Italia
635 Alessandra Lavagnino. Via dei Serpenti
636 Roberto Bolaño. Un romanzetto canaglia
637 Emanuele Levi. Il giornale di Emanuele
638 Maj Sjöwall, Per Wahlöö. Roseanna
639 Anthony Trollope. Il Dottor Thorne
640 Studs Terkel. I giganti del jazz
641 Manuel Puig. Il tradimento di Rita Hayworth
642 Andrea Camilleri. Privo di titolo
643 Anonimo. Romanzo di Alessandro
644 Gian Carlo Fusco. A Roma con Bubù
645 Mario Soldati. La giacca verde
646 Luciano Canfora. La sentenza
647 Annie Vivanti. Racconti americani
648 Piero Calamandrei. Ada con gli occhi stellanti. Lettere 1908-1915
649 Budd Schulberg. Perché corre Sammy?
650 Alberto Vigevani. Lettera al signor Alzheryan
651 Isabelle de Charrière. Lettere da Losanna
652 Alexandre Dumas. La marchesa di Ganges

653 Alexandre Dumas. Murat
654 Constantin Photiadès. Le vite del conte di Cagliostro
655 Augusto De Angelis. Il candeliere a sette fiamme
656 Andrea Camilleri. La luna di carta
657 Alicia Giménez-Bartlett. Il caso del lituano
658 Jorge Ibargüengoitia. Ammazzate il leone
659 Thomas Hardy. Una romantica avventura
660 Paul Scarron. Romanzo buffo
661 Mario Soldati. La finestra
662 Roberto Bolaño. Monsieur Pain
663 Louis-Alexandre Andrault de Langeron. La battaglia di Austerlitz
664 William Riley Burnett. Giungla d'asfalto
665 Maj Sjöwall, Per Wahlöö. Un assassino di troppo
666 Guillaume Prévost. Jules Verne e il mistero della camera oscura
667 Honoré de Balzac. Massime e pensieri di Napoleone
668 Jules Michelet, Athénaïs Mialaret. Lettere d'amore
669 Gian Carlo Fusco. Mussolini e le donne
670 Pier Luigi Celli. Un anno nella vita
671 Margaret Doody. Aristotele e i Misteri di Eleusi
672 Mario Soldati. Il padre degli orfani
673 Alessandra Lavagnino. Un inverno. 1943-1944
674 Anthony Trollope. La Canonica di Framley
675 Domenico Seminerio. Il cammello e la corda
676 Annie Vivanti. Marion artista di caffè-concerto
677 Giuseppe Bonaviri. L'incredibile storia di un cranio
678 Andrea Camilleri. La vampa d'agosto
679 Mario Soldati. Cinematografo
680 Pierre Boileau, Thomas Narcejac. I vedovi
681 Honoré de Balzac. Il parroco di Tours
682 Béatrix Saule. La giornata di Luigi XIV. 16 novembre 1700
683 Roberto Bolaño. Il gaucho insostenibile
684 Giorgio Scerbanenco. Uomini ragno
685 William Riley Burnett. Piccolo Cesare
686 Maj Sjöwall, Per Wahlöö. L'uomo al balcone
687 Davide Camarrone. Lorenza e il commissario
688 Sergej Dovlatov. La marcia dei solitari
689 Mario Soldati. Un viaggio a Lourdes
690 Gianrico Carofiglio. Ragionevoli dubbi
691 Tullio Kezich. Una notte terribile e confusa
692 Alexandre Dumas. Maria Stuarda
693 Clemente Manenti. Ungheria 1956. Il cardinale e il suo custode
694 Andrea Camilleri. Le ali della sfinge
695 Gaetano Savatteri. Gli uomini che non si voltano
696 Giuseppe Bonaviri. Il sarto della stradalunga
697 Constant Wairy. Il valletto di Napoleone
698 Gian Carlo Fusco. Papa Giovanni
699 Luigi Capuana. Il Raccontafiabe
700
701 Angelo Morino. Rosso taranta
702 Michele Perriera. La casa
703 Ugo Cornia. Le pratiche del disgusto
704 Luigi Filippo d'Amico. L'uomo delle contraddizioni. Pirandello visto da vicino
705 Giuseppe Scaraffia. Dizionario del dandy
706 Enrico Micheli. Italo
707 Andrea Camilleri. Le pecore e il pastore
708 Maria Attanasio. Il falsario di Caltagirone
709 Roberto Bolaño. Anversa
710 John Mortimer. Nuovi casi per l'avvocato Rumpole

711 Alicia Giménez-Bartlett. Nido vuoto
712 Toni Maraini. La lettera da Benares
713 Maj Sjöwall, Per Wahlöö. Il poliziotto che ride
714 Budd Schulberg. I disincantati
715 Alda Bruno. Germani in bellavista
716 Marco Malvaldi. La briscola in cinque
717 Andrea Camilleri. La pista di sabbia
718 Stefano Vilardo. Tutti dicono Germania Germania
719 Marcello Venturi. L'ultimo veliero
720 Augusto De Angelis. L'impronta del gatto
721 Giorgio Scerbanenco. Annalisa e il passaggio a livello
722 Anthony Trollope. La Casetta ad Allington
723 Marco Santagata. Il salto degli Orlandi
724 Ruggero Cappuccio. La notte dei due silenzi
725 Sergej Dovlatov. Il libro invisibile
726 Giorgio Bassani. I Promessi Sposi. Un esperimento
727 Andrea Camilleri. Maruzza Musumeci
728 Furio Bordon. Il canto dell'orco
729 Francesco Laudadio. Scrivano Ingannamorte
730 Louise de Vilmorin. Coco Chanel
731 Alberto Vigevani. All'ombra di mio padre
732 Alexandre Dumas. Il cavaliere di Sainte-Hermine
733 Adriano Sofri. Chi è il mio prossimo
734 Gianrico Carofiglio. L'arte del dubbio
735 Jacques Boulenger. Il romanzo di Merlino
736 Annie Vivanti. I divoratori
737 Mario Soldati. L'amico gesuita
738 Umberto Domina. La moglie che ha sbagliato cugino
739 Maj Sjöwall, Per Wahlöö. L'autopompa fantasma
740 Alexandre Dumas. Il tulipano nero
741 Giorgio Scerbanenco. Sei giorni di preavviso
742 Domenico Seminerio. Il manoscritto di Shakespeare
743 André Gorz. Lettera a D. Storia di un amore
744 Andrea Camilleri. Il campo del vasaio
745 Adriano Sofri. Contro Giuliano. Noi uomini, le donne e l'aborto
746 Luisa Adorno. Tutti qui con me
747 Carlo Flamigni. Un tranquillo paese di Romagna
748 Teresa Solana. Delitto imperfetto
749 Penelope Fitzgerald. Strategie di fuga
750 Andrea Camilleri. Il casellante
751 Mario Soldati. ah! il Mundial!
752 Giuseppe Bonarivi. La divina foresta
753 Maria Savi-Lopez. Leggende del mare
754 Francisco García Pavón. Il regno di Witiza
755 Augusto De Angelis. Giobbe Tuama & C.
756 Eduardo Rebulla. La misura delle cose
757 Maj Sjöwall, Per Wahlöö. Omicidio al Savoy
758 Gaetano Savatteri. Uno per tutti
759 Eugenio Baroncelli. Libro di candele
760 Bill James. Protezione
761 Marco Malvaldi. Il gioco delle tre carte
762 Giorgio Scerbanenco. La bambola cieca
763 Danilo Dolci. Racconti siciliani
764 Andrea Camilleri. L'età del dubbio
765 Carmelo Samonà. Fratelli
766 Jacques Boulenger. Lancillotto del Lago
767 Hans Fallada. E adesso, pover'uomo?
768 Alda Bruno. Tacchino farcito

769 Gian Carlo Fusco. La Legione straniera
770 Piero Calamandrei. Per la scuola
771 Michèle Lesbre. Il canapé rosso
772 Adriano Sofri. La notte che Pinelli
773 Sergej Dovlatov. Il giornale invisibile
774 Tullio Kezich. Noi che abbiamo fatto La dolce vita
775 Mario Soldati. Corrispondenti di guerra
776 Maj Sjöwall, Per Wahlöö. L'uomo che andò in fumo
777 Andrea Camilleri. Il sonaglio
778 Michele Perriera. I nostri tempi
779 Alberto Vigevani. Il battello per Kew
780 Alicia Giménez-Bartlett. Il silenzio dei chiostri
781 Angelo Morino. Quando internet non c'era
782 Augusto De Angelis. Il banchiere assassinato
783 Michel Maffesoli. Icone d'oggi
784 Mehmet Murat Somer. Scandaloso omicidio a Istanbul
785 Francesco Recami. Il ragazzo che leggeva Maigret
786 Bill James. Confessione
787 Roberto Bolaño. I detective selvaggi
788 Giorgio Scerbanenco. Nessuno è colpevole
789 Andrea Camilleri. La danza del gabbiano
790 Giuseppe Bonaviri. Notti sull'altura
791 Giuseppe Tornatore. Baarìa
792 Alicia Giménez-Bartlett. Una stanza tutta per gli altri
793 Furio Bordon. A gentile richiesta
794 Davide Camarrone. Questo è un uomo
795 Andrea Camilleri. La rizzagliata
796 Jacques Bonnet. I fantasmi delle biblioteche
797 Marek Edelman. C'era l'amore nel ghetto
798 Danilo Dolci. Banditi a Partinico
799 Vicki Baum. Grand Hotel
800
801 Anthony Trollope. Le ultime cronache del Barset
802 Arnoldo Foà. Autobiografia di un artista burbero
803 Herta Müller. Lo sguardo estraneo
804 Gianrico Carofiglio. Le perfezioni provvisorie
805 Gian Mauro Costa. Il libro di legno
806 Carlo Flamigni. Circostanze casuali
807 Maj Sjöwall, Per Wahlöö. L'uomo sul tetto
808 Herta Müller. Cristina e il suo doppio
809 Martin Suter. L'ultimo dei Weynfeldt
810 Andrea Camilleri. Il nipote del Negus
811 Teresa Solana. Scorciatoia per il paradiso
812 Francesco M. Cataluccio. Vado a vedere se di là è meglio
813 Allen S. Weiss. Baudelaire cerca gloria
814 Thornton Wilder. Idi di marzo
815 Esmahan Aykol. Hotel Bosforo
816 Davide Enia. Italia-Brasile 3 a 2
817 Giorgio Scerbanenco. L'antro dei filosofi
818 Pietro Grossi. Martini
819 Budd Schulberg. Fronte del porto
820 Andrea Camilleri. La caccia al tesoro
821 Marco Malvaldi. Il re dei giochi
822 Francisco García Pavón. Le sorelle scarlatte
823 Colin Dexter. L'ultima corsa per Woodstock
824 Augusto De Angelis. Sei donne e un libro
825 Giuseppe Bonaviri. L'enorme tempo
826 Bill James. Club

827 Alicia Giménez-Bartlett. Vita sentimentale di un camionista
828 Maj Sjöwall, Per Wahlöö. La camera chiusa
829 Andrea Molesini. Non tutti i bastardi sono di Vienna
830 Michèle Lesbre. Nina per caso
831 Herta Müller. In trappola
832 Hans Fallada. Ognuno muore solo
833 Andrea Camilleri. Il sorriso di Angelica
834 Eugenio Baroncelli. Mosche d'inverno
835 Margaret Doody. Aristotele e i delitti d'Egitto
836 Sergej Dovlatov. La filiale
837 Anthony Trollope. La vita oggi
838 Martin Suter. Com'è piccolo il mondo!
839 Marco Malvaldi. Odore di chiuso
840 Giorgio Scerbanenco. Il cane che parla
841 Festa per Elsa
842 Paul Léautaud. Amori
843 Claudio Coletta. Viale del Policlinico
844 Luigi Pirandello. Racconti per una sera a teatro
845 Andrea Camilleri. Gran Circo Taddei e altre storie di Vigàta
846 Paolo Di Stefano. La catastròfa. Marcinelle 8 agosto 1956
847 Carlo Flamigni. Senso comune
848 Antonio Tabucchi. Racconti con figure
849 Esmahan Aykol. Appartamento a Istanbul
850 Francesco M. Cataluccio. Chernobyl
851 Colin Dexter. Al momento della scomparsa la ragazza indossava
852 Simonetta Agnello Hornby. Un filo d'olio
853 Lawrence Block. L'Ottavo Passo
854 Carlos María Domínguez. La casa di carta
855 Luciano Canfora. La meravigliosa storia del falso Artemidoro
856 Ben Pastor. Il Signore delle cento ossa
857 Francesco Recami. La casa di ringhiera
858 Andrea Camilleri. Il gioco degli specchi
859 Giorgio Scerbanenco. Lo scandalo dell'osservatorio astronomico
860 Carla Melazzini. Insegnare al principe di Danimarca
861 Bill James. Rose, rose
862 Roberto Bolaño, A. G. Porta. Consigli di un discepolo di Jim Morrison a un fanatico di Joyce
863 Stefano Benni. La traccia dell'angelo
864 Martin Suter. Allmen e le libellule
865 Giorgio Scerbanenco. Nebbia sul Naviglio e altri racconti gialli e neri
866 Danilo Dolci. Processo all'articolo 4
867 Maj Sjöwall, Per Wahlöö. Terroristi
868 Ricardo Romero. La sindrome di Rasputin
869 Alicia Giménez-Bartlett. Giorni d'amore e inganno
870 Andrea Camilleri. La setta degli angeli
871 Guglielmo Petroni. Il nome delle parole
872 Giorgio Fontana. Per legge superiore
873 Anthony Trollope. Lady Anna
874 Gian Mauro Costa, Carlo Flamigni, Alicia Giménez-Bartlett, Marco Malvaldi, Ben Pastor, Santo Piazzese, Francesco Recami. Un Natale in giallo
875 Marco Malvaldi. La carta più alta
876 Franz Zeise. L'Armada
877 Colin Dexter. Il mondo silenzioso di Nicholas Quinn
878 Salvatore Silvano Nigro. Il Principe fulvo
879 Ben Pastor. Lumen
880 Dante Troisi. Diario di un giudice
881 Ginevra Bompiani. La stazione termale
882 Andrea Camilleri. La Regina di Pomerania e altre storie di Vigàta

883 Tom Stoppard. La sponda dell'utopia
884 Bill James. Il detective è morto
885 Margaret Doody. Aristotele e la favola dei due corvi bianchi
886 Hans Fallada. Nel mio paese straniero
887 Esmahan Aykol. Divorzio alla turca
888 Angelo Morino. Il film della sua vita
889 Eugenio Baroncelli. Falene. 237 vite quasi perfette
890 Francesco Recami. Gli scheletri nell'armadio
891 Teresa Solana. Sette casi di sangue e una storia d'amore
892 Daria Galateria. Scritti galeotti
893 Andrea Camilleri. Una lama di luce
894 Martin Suter. Allmen e il diamante rosa
895 Carlo Flamigni. Giallo uovo
896 Maj Sjöwall, Per Wahlöö. Il milionario
897 Gian Mauro Costa. Festa di piazza
898 Gianni Bonina. I sette giorni di Allah
899 Carlo María Domínguez. La costa cieca
900
901 Colin Dexter. Niente vacanze per l'ispettore Morse
902 Francesco M. Cataluccio. L'ambaradan delle quisquiglie
903 Giuseppe Barbera. Conca d'oro
904 Andrea Camilleri. Una voce di notte
905 Giuseppe Scaraffia. I piaceri dei grandi
906 Sergio Valzania. La Bolla d'oro
907 Héctor Abad Faciolince. Trattato di culinaria per donne tristi
908 Mario Giorgianni. La forma della sorte
909 Marco Malvaldi. Milioni di milioni
910 Bill James. Il mattatore
911 Esmahan Aykol, Andrea Camilleri, Gian Mauro Costa, Marco Malvaldi, Antonio Manzini, Francesco Recami. Capodanno in giallo
912 Alicia Giménez-Bartlett. Gli onori di casa
913 Giuseppe Tornatore. La migliore offerta
914 Vincenzo Consolo. Esercizi di cronaca
915 Stanisław Lem. Solaris
916 Antonio Manzini. Pista nera
917 Xiao Bai. Intrigo a Shanghai
918 Ben Pastor. Il cielo di stagno
919 Andrea Camilleri. La rivoluzione della luna
920 Colin Dexter. L'ispettore Morse e le morti di Jericho
921 Paolo Di Stefano. Giallo d'Avola
922 Francesco M. Cataluccio. La memoria degli Uffizi
923 Alan Bradley. Aringhe rosse senza mostarda
924 Davide Enia. maggio '43
925 Andrea Molesini. La primavera del lupo
926 Eugenio Baroncelli. Pagine bianche. 55 libri che non ho scritto
927 Roberto Mazzucco. I sicari di Trastevere
928 Ignazio Buttitta. La peddi nova
929 Andrea Camilleri. Un covo di vipere
930 Lawrence Block. Un'altra notte a Brooklyn
931 Francesco Recami. Il segreto di Angela
932 Andrea Camilleri, Gian Mauro Costa, Alicia Giménez-Bartlett, Marco Malvaldi, Antonio Manzini, Francesco Recami. Ferragosto in giallo
933 Alicia Giménez-Bartlett. Segreta Penelope
934 Bill James. Tip Top
935 Davide Camarrone. L'ultima indagine del Commissario
936 Storie della Resistenza
937 John Glassco. Memorie di Montparnasse
938 Marco Malvaldi. Argento vivo

939 Andrea Camilleri. La banda Sacco
940 Ben Pastor. Luna bugiarda
941 Santo Piazzese. Blues di mezz'autunno
942 Alan Bradley. Il Natale di Flavia de Luce
943 Margaret Doody. Aristotele nel regno di Alessandro
944 Maurizio de Giovanni, Alicia Giménez-Bartlett, Bill James, Marco Malvaldi, Antonio Manzini, Francesco Recami. Regalo di Natale
945 Anthony Trollope. Orley Farm
946 Adriano Sofri. Machiavelli, Tupac e la Principessa
947 Antonio Manzini. La costola di Adamo
948 Lorenza Mazzetti. Diario londinese
949 Gian Mauro Costa, Alicia Giménez-Bartlett, Marco Malvaldi, Antonio Manzini, Francesco Recami. Carnevale in giallo
950 Marco Steiner. Il corvo di pietra
951 Colin Dexter. Il mistero del terzo miglio
952 Jennifer Worth. Chiamate la levatrice
953 Andrea Camilleri. Inseguendo un'ombra
954 Nicola Fantini, Laura Pariani. Nostra Signora degli scorpioni
955 Davide Camarrone. Lampaduza
956 José Roman. Chez Maxim's. Ricordi di un fattorino
957 Luciano Canfora. 1914
958 Alessandro Robecchi. Questa non è una canzone d'amore
959 Gian Mauro Costa. L'ultima scommessa
960 Giorgio Fontana. Morte di un uomo felice
961 Andrea Molesini. Presagio
962 La partita di pallone. Storie di calcio
963 Andrea Camilleri. La piramide di fango
964 Beda Romano. Il ragazzo di Erfurt
965 Anthony Trollope. Il Primo Ministro
966 Francesco Recami. Il caso Kakoiannis-Sforza
967 Alan Bradley. A spasso tra le tombe
968 Claudio Coletta. Amstel blues
969 Alicia Giménez-Bartlett, Marco Malvaldi, Antonio Manzini, Francesco Recami, Alessandro Robecchi, Gaetano Savatteri. Vacanze in giallo
970 Carlo Flamigni. La compagnia di Ramazzotto
971 Alicia Giménez-Bartlett. Dove nessuno ti troverà
972 Colin Dexter. Il segreto della camera 3
973 Adriano Sofri. Reagì Mauro Rostagno sorridendo
974 Augusto De Angelis. Il canotto insanguinato
975 Esmahan Aykol. Tango a Istanbul
976 Josefina Aldecoa. Storia di una maestra
977 Marco Malvaldi. Il telefono senza fili
978 Franco Lorenzoni. I bambini pensano grande
979 Eugenio Baroncelli. Gli incantevoli scarti. Cento romanzi di cento parole
980 Andrea Camilleri. Morte in mare aperto e altre indagini del giovane Montalbano
981 Ben Pastor. La strada per Itaca
982 Esmahan Aykol, Alan Bradley, Gian Mauro Costa, Maurizio de Giovanni, Nicola Fantini e Laura Pariani, Alicia Giménez-Bartlett, Francesco Recami. La scuola in giallo
983 Antonio Manzini. Non è stagione
984 Antoine de Saint-Exupéry. Il Piccolo Principe
985 Martin Suter. Allmen e le dalie
986 Piero Violante. Swinging Palermo
987 Marco Balzano, Francesco M. Cataluccio, Neige De Benedetti, Paolo Di Stefano, Giorgio Fontana, Helena Janeczek. Milano
988 Colin Dexter. La fanciulla è morta
989 Manuel Vázquez Montalbán. Galíndez

990 Federico Maria Sardelli. L'affare Vivaldi
991 Alessandro Robecchi. Dove sei stanotte
992 Nicola Fantini e Laura Pariani, Marco Malvaldi, Dominique Manotti, Antonio Manzini, Francesco Recami, Gaetano Savatteri. La crisi in giallo
993 Jennifer Worth. Tra le vite di Londra
994 Hai voluto la bicicletta. Il piacere della fatica
995 Alan Bradley. Un segreto per Flavia de Luce
996 Giampaolo Simi. Cosa resta di noi
997 Alessandro Barbero. Il divano di Istanbul
998 Scott Spencer. Un amore senza fine
999 Antonio Tabucchi. La nostalgia del possibile
1000 La memoria di Elvira
1001 Andrea Camilleri. La giostra degli scambi
1002 Enrico Deaglio. Storia vera e terribile tra Sicilia e America
1003 Francesco Recami. L'uomo con la valigia
1004 Fabio Stassi. Fumisteria